文春文庫

夢見る帝国図書館

中島京子

文藝春秋

目次

夢見る帝国図書館

単行本
2019年5月　文藝春秋刊

初出
「別冊文藝春秋」
第328号〜第340号

本文イラスト　上楽藍

DTP制作　エヴリ・シンク

喜和子《きわこ》さんと知り合ったのは、かれこれ十五年ほど前のことだ。

わたしが小説家になる以前のことで、出会った場所は上野公園のベンチだった。

小説を書いてはいるものの、雑誌に掲載されたり本が出たりしたわけではないころというのは、立場的にも精神的にも不安定で、なかなか建設的な未来が思い描けない時期でもある。

なにしろ経済的にはかなり逼迫《ひっぱく》していたし、フリーランスの雑誌記者としてかつかつの収入を得ていたとはいえ、時間があれば小説を書いていたかったのだし、じっさい書いていたわけで、人に会って、

「どんなお仕事を？」

と聞かれれば、できれば、

「小説を書いています」

と答えたいものだけれども、続けて、

「それはどこで読めますかね」

などと聞かれることを考えたら、舌を噛みちぎってでも小説に関しては触れずにおきたいというような心理状態に置かれる。

もちろん、十五年前といえばわたしもすでに三十代半ばで、それなりの人生経験もあったから、初対面の相手に妙なことをいうようなヘマは絶対せずに、必要があれば九十度に体を折り曲げてお辞儀をし、フリーライターという肩書をつけた名刺を両手で持って渡したし、天気の話とか前日のスポーツの試合結果であるとか、当たり障《さわ》りのない話題を選んでその場をやり過ごすことくらい、できないわけではなかった。

それなのになぜ喜和子さんに向かって、

「小説、書いているんです」

などと言ったのか。

いまとなっては、自分でもよくわからない。

ただ、言えるのは、不安定な時期だったからこそ、喜和子さんに出会うことができたのだろうということだ。わたしの不安定と喜和子さんの不安定が、都合よく惹かれあったのだろう。

あの日、わたしは全面開館した国際子ども図書館を取材した帰りだった。生活雑貨を扱う通販雑誌に絵本紹介コーナーがあって、季刊のその雑誌で、絵本に関する小さなコラムを書いていた関係で、図書館のルポを依頼されたのだった。いっしょに出かけたカメラマンは、写真を撮り終わると別の取材場所へ行くために先に出てしまっていた。わたしは取材を終えて、そのままぶらぶらと公園に立ち寄り、噴水の見えるベンチに座っていた。

五月の終わりごろで、うららかな、とてもいい日だった。

ただし、心中はとりたてて穏やかというわけではなかった。将来への慢性的な不安が、漠然と胸を覆っていたからだ。わたしは噴水が見える位置にあるベンチに腰を下ろした。鳩が低く鳴いていた。

喜和子さんは、動物園の方向からやってきた。短い白い髪をして、奇天烈《きてれつ》な装いをしていた。あとで、彼女が端切れをはぎ合わせて作ったコートだということがわかったが、そのときはなんだか孔雀《くじゃく》を思わせる珍妙な衣装だなと思ったものだ。

「ああ、くたびれた」

その人は、まったく躊躇《ちゅうちょ》なく、わたしの隣に音を立てて座り込んだ。そしてほとんど間髪を入れずにポケットからたばこの箱をひねり出すと、指の先で箱の底を二回ほどはじいて、飛び出した一本を人差し指と中指に挟み、たばこをしまう動作をした反対の手でいつのまにか小さなライターを取り出し、しゅっと音をさせて火をつけた。

瞬時に煙が鼻先を流れ、わたしは不意をつかれてそれを吸い込んでしまい、大きくせき込んだ。困ったことに、煙が気道に入ってしまったか何かして、立て続けにせきをする羽目になった。

じつはわたしは気管がどうも弱いらしい。いまでもときどきせき込むと止まらなくなることがあるし、風邪をひくときもかならず喉からやられる。まるで隣の白髪女性に意地悪しているようなのも気が引けて、早く収めたいと思えば思うほど、なぜだか喉の奥が異常をきたし、せきは涙とともに飛び出してちっともひっこんでくれなかった。

ようやく発作めいたせきが収まって、涙をハンカチで拭くことができ、二度ほどため息とも深呼吸ともつかないものをやったあとで、わたしは隣のその白髪女性に、

「すみません」

と言ってしまった。もちろん、迷惑をかけられたのはこちらであるにもかかわらず。

「いいのよ」

鷹揚《おうよう》にその女性は言った。その上、たばこを出したのと同じような早業で、今度はどこからか飴を取り出して、

「舐める？」

と、隣のわたしに聞いたのだった。

こちらが謝られてしかるべきときに、ついうっかり頭を下げてしまったことを後悔していたのも手伝って、わたしは差し出された飴をとうぜんの権利のように受け取った。相手から謝罪の言葉はなかったが、賠償の品はあったとでもいうように。

「きっと、あれだよ、花粉症」

驚いたことに隣の白髪孔雀女性は、わたしの気管に影響を与えたのが自分のたばこの煙であるとはまったく気づかずに、あるいはわざと無視して、そんなふうに言うのだった。

「みんな鼻だけだと思ってるじゃない？　だけど鼻水だけじゃないらしいよ。目にもくるし、喉にもくるのよ。だけどマスク？　あれ、やだねえ、みっともなくてさ」

みっともない、との言葉に、わたしは少なからず衝撃を受けた。カラス天狗のような花粉症用マスクがあまり美的でないことには同意するが、パッチワークと呼ぶのもはばかられる不思議なコートに比べれば、奇抜さは少ないように思われたからだ。なんと返事をしていいかわからなかったし、もっと言えば、返事をすべきかどうかもわからなかったので、とりあえず一礼してから手元の包みを剝《む》いて丸い飴を口の中に放り込んだ。そうすれば、口という器官が音を発するのではなく、物を食べることに使われるので、しゃべらない言い訳になるような気がしたからだ。

しかし一瞬ののち、しまったと思った。飴がいきなり歯にくっついたのだ。いくら、しゃべりたくなかったとはいえ、歯と歯をがっちり飴で固めて口を開けない状態にしようなどとは、考えもしなかった。わたしの奥歯は上下とも治療した歯であり、このまま強引に上下の歯を離そうとすれば、どちらかに被せてある金属が抜け落ちる危険が感じられた。わたしは口を閉じたまま、顔を歪ませた。

「あ、やっちゃったね、あんた」

隣の女性はなんだかうれしそうに言った。

「くっつくのねえ、これ、歯に。あんた、金太郎飴の食べ方知らないねえ。すぐに噛んじゃだめなの。ゆっくり舐めてね。やーらかくなってからなら噛んでも大丈夫」

なぜだか彼女には、他人の口腔内の惨劇がわかるらしかった。わたしは憮然として隣を見やった。白髪の女性はさらにうれしそうに笑った。

「心配しなくたって大丈夫。ちょっと待ってりゃ、やーらかくなって取れるから。ああ、おかしい。ああ、面白かった。笑わしてもらった」

そのあとも、こちらをちらっと見ては、両手で口を覆って、

「うふふー。うふふー」

と、うれしそうに笑った。

初めのうちは腹立たしかったが、笑っている彼女があまりに屈託なくて、自分の姿

がひどくまぬけなので、最後にはつられてわたしも笑い出し、飴は上下の歯から離れた。

それが、喜和子さんとの初めての出会いであり、喜和子さんが根津神社の近くで買う大好きな金太郎飴を、わけてもらうのも初めてのことだった。

「あんた、今日は何しに来たの？」

無遠慮に、といってもいい口調で、しかし和《なご》やかな笑みを浮かべて喜和子さんは聞いてきた。

「ちょっと、そこの図書館に用事があって」

「あらまあ。上野の図書館に？」

「そこの、新しくできた国際子ども図書館てところで仕事があって」

「あらやだ。新しくなんかないわよ」

「まあ、建物は古いけど、リニューアルしたでしょう。ずっと一部しか利用できなかったのが、こんど全面オープンになったから」

「ふん」

と彼女は鼻から音を出した。

「きれいになって、なんだか入りにくくなっちゃった」

「リニューアル前に行ってたんですか？」

「そうよ。あたしなんか、半分住んでたみたいなものなんですから」

急に丁寧語を使って威張るように鼻を上に向けた。

彼女が言ったことについて、そのときはまるで深く考えてみなかった。のちになって、あの言葉にはいろいろ意味があったのだなあと思うのだけれど、初対面でそんなことにまで気づくはずもない。

それよりも、この人はこの格好で図書館に行くのだろうかと、ふとそんなことだけ考えた。行くと目立つだろうなあといったようなことを。しかし公共図書館というのは、誰にでも開かれていて、時間を潰すには最適の場所かもしれない。地域の図書館の新聞コーナーを占拠しているご老人などを思い浮かべつつ、この孔雀みたいなコートを着た白髪女性が毎日開館から閉館まで図書館で過ごす姿を想像してみた。なんだか似合うような気もした。

「子どもの図書専門になりましたからね」

「それはまあ、いいんだけどさ。ねえ、それで、あんたはなんだって図書館に行ったの？　調べもの？　あんた、学生さん？」

そんなわけないだろうと言いかけて、年取った人から見れば、二十代も三十代もいっしょに見えるのだろうかと思いついた。

「学生じゃないです。物書きです」

そう答えると、間髪を入れずに白髪女性は言った。

「なに、書いてんの？」

それで、わたしは、

「フリーライターです」

とも、

「図書館の紹介記事です」

とも答えずに、

「小説、書いているんです」

と言ってしまったのだった。

「あらやだ」

白髪女性は言った。あとからわかったことだが、「あらやだ」は彼女の口癖だった。それから次のように続けた。

「あたしとおんなじ！　握手しよう。あたし、喜和子っていうの。喜ぶに、平和の和に子どもの子ね」

行きがかり上、わたしは自分の名を名乗り、彼女の乾いた手を握った。

「喜和子さんは、小説家なんですか？」

「うーん、そういうわけじゃないけど」

足元に寄って来る鳩をちょっと足で牽制するようにして、喜和子さんは答えた。

「書こうかなって、思ってんの」

そう言って喜和子さんはにこにこ笑った。その笑顔にうっかりつられて、わたしは初対面の彼女に話し出した。

「わたしもいま、書いてるものがあるんです」

「あら、なんなの、それ」

「言いません」

「あら、なんで言わないの？」

「言うとなくなっちゃうような気がするから言わないんです」

「そう。じゃあ、書けたら見せてよ。うんと楽しみにしてるから」

わたしは隣に座った白髪の女性をもう一度ゆっくり見てみた。

喜和子さんはたしかに、突拍子もない服装をしていた。ジャケットに端切れをはぎ合わせて作ったコートの下に、かなりくたびれたTシャツを着て、茶色の、長い、頭《ず》陀袋《だぶくろ》めいたスカートを穿いて、足元は運動靴だった。けれど、その短い白い髪に包まれた小さい顔は、目鼻立ちがくっきりしてどこか品もあった。本を読む人なんだな、ということがわかった。この人は図書館が好きで、住んでいるくらいに通ったことのある、本好きな人なんだなと思った。「書けたら見せてよ」というフレーズにはなんとなく慰められもした。

もちろん、つい数分前に出会った人なのであり、まだお互い名前を名乗っただけなので、そんな相手に書いているものを読ませようなんて、本気で思ったわけではなかったのに、たしかにそのとき、わたしは、

「はい」

と言った。

喜和子さんは、五月晴れの空の下で、ほんとにうれしそうに笑った。

小説を書けたら見せますなどと言っておきながら、わたしは彼女となんの約束もしないで別れた。それは勢いから出た言葉だったのだし、

「小説が書けたら見せたいので、ご連絡先を教えていただけますか」

というようなやりとりをしようとも思わなかった。

でも、わたしたちは再会した。それも、上野でのことだった。

そのときもわたしは、子ども図書館に仕事があったのだった。というより、五月に作った記事が編集部の目に留まって、絵本関係の季刊の雑誌で図書館のイベントを取材する小さな記事を連載することになって、その最初の打ち合わせに行ったのだった。

あれは八月のことだった。

少し早めに出て時間があったので、ふと思いついて根津で降りて、たいやきを買った。焼きたてをもぐもぐ頰張りながら歩いていたら、善光寺坂の途中で喜和子さんとばったり出くわした。端切れをはぎ合わせたスプリングコートこそ着ていなかったが、あの白い頭と頭陀袋のようなスカートに見間違いようはなかった。

「喜和子さん」

呼び止めると、坂の途中で、彼女は振り返った。

「あら、いいもの食べてる」

と、彼女は言った。わたしが頭からかぶりついて三分の一ほどを咀嚼《そしやく》していた根津のたいやきは、しっぽまでたっぷり餡《あん》こが入っていることで有名な土地の人気のお菓子だった。

わたしは少し躊躇して、トートバッグから二つめのたいやきを取り出して彼女に手渡した。非常に強い視線を感じたからだ。二つ買ったのは人にあげるためではなく、一つという単位で買い物ができない気の弱さのためだったが、喜和子さんは当然のように受け取った。

「ありがと」

喜和子さんは甘いものに目がなかった。そして、上野谷中界隈《かいわい》は、おいしい甘いものには事欠かない場所でもあった。

「ねえ、あんた、どこ行くの？」

たいやきを齧《かじ》りながら喜和子さんが尋ねた。

「それがまた国際子ども図書館なんです」

「上野の図書館になんの用事？」

「図書館のイベントを取材して、雑誌に書くことになったんで、その件で打ち合わせに」

「ほーお」

感心した、といわんばかりのため息をもらし、喜和子さんは坂の途中で立ち止まって腕を組み、断定するように続けた。

「あんた、よほど図書館に縁があるのね」

「いやあ、縁とかいう話ではない気がしますが」

「いいえ、縁がある」

喜和子さんはきっぱりそう言うと、餡このついた口の端を舐めた。そのまま、喜和子さんは図書館の入り口までついてきて、けれども中に入ろうとはせずに、わたしたちはいったん別れたのだったが、打ち合わせを済ませて外に出てみると、そこには彼女が笑顔で立っていたのだった。

「あれ、喜和子さん？」

「あたし、することないから、このあたり散歩してたの。そろそろ出てくるころかなあと思って。ちょっとさ、うちへ寄っていかない?」

「え?」

「寄りなさいよ。すぐなんだから」

「あ、でも」

「遠慮することないんだからさ。すぐそこなんだから」

喜和子さんはそう言うと、わたしが肩から掛けていた大きなトートバッグを引っ張り始めた。

わたしの頭は混乱した。

奇妙なセンスの服を着た、甘いもの好きの中高年女性が、なぜそんなにわたしに親しげなのか、よくわからなかった。

それはもしかしたら、たいやきをおごったせいなのだろうか。甘いものをおごったり、おごられたりするという行為が、なにか、わたしの知らない、下町気質的な親しさを示す記号になっているのだろうか。だとすれば、たいやきを渡してしまったというアクションは、果たして正しかったのだろうかなどなど、妙なことを考えた。

なんだって喜和子さんは、待ち伏せするみたいに図書館の前にいたのだろうと考えると、少し戸惑いを覚えもした。

喜和子さんの強引さと、あっけらかんと無邪気なところは、その後も、何度かわたしを驚かせた。でも、彼女にこの性質がなかったら、わたしたちは友達になってなどいなかったに違いない。

「こんなところで立ち話もなんじゃないの」

とか言いながら、喜和子さんがあんまり熱心に誘うので、こちらとしても暑い戸外よりは冷房の効いた部屋に入ったほうがよかろうという気持ちも手伝って、途中からは引っ張られずともついて行った。これがまともな勤め人であれば、そんな呑気なこともしていられないだろうけれども、お金はないが時間だけはあるフリーライターだったわたしは、平日の午後にたいしてすることもなかったのだった。

喜和子さんは、迷いなく東京藝大の先の細い道を抜け、善光寺坂をちょっと下ってまた細い路地に入り込み、さらに細い、一メートルもないような道を見つけてさっさとそこに入っていった。道は行き止まりで、左側に間口の狭い木造二階建ての家屋が建っており、喜和子さんはがたつく引き戸を開けた。

「入るわよ！　あれ、いないのかな」

「どなたかいらっしゃるんですか」

「うん、上にね、一人。あ、いないみたいね」

わたしは若干呆然としてその部屋を眺めた。

それは、想像したよりもずっと魅力的な空間だったからだ。けれどもともかく狭かった。そして冷房のれの字もなかった。ただ、奥まった場所にあるために、少し陰になっていて、直射日光は当たらないようだった。

あれから何度も行ったから、よく覚えている。そこに入った途端に古い小説の中にでもまぎれ込んだ気がした。あの部屋を見た時、わたしは喜和子さんにつかまったのだと思う。

おそらくそこは長屋のような造りの家だったのに違いない。ただ、隣の家はもうすでに新しいものに建て替えられていて、路地の奥のそこだけが江戸時代を背負っているみたいに古かった。聞いたところによれば大正か、昭和の初めの建物だったはずだ。

引き戸を開けると靴が二、三足おけるほどの小さい三和土《たたき》があり、上がり框《かまち》があった。玄関のすぐ左に一畳もあるかどうかという台所があって、その後ろはたいへん急な階段になっていた。誰かいるとすればその上にいるということになるのだろう。喜和子さんの居室は目の前に広がる空間ということになるけれども、四畳半のその狭い部屋には丸い小さな卓袱台《ちゃぶだい》と座布団が一枚。細長い衣装ダンスが隅にあり、その上にも床にも本が積み上げられていた。古い『樋口一葉《ひぐちいちよう》全集』が目についた。

「喜和子さん、ほんとに本が好きなんですね」

「うん。読むっていうよりねえ、囲まれると安心するのよ」

「でも、地震のときに崩れてきませんか？」

「そうなのよ。だからねえ、布団は押入れの中に敷いて寝てんの」

喜和子さんは狭い台所で湯を沸かし、お茶を淹れてくれた。お茶請けには例の、金太郎飴が出てきた。喜和子さんの家には冷蔵庫がなかった。少なくとも一階の彼女の居室にはなく、どうしても必要なときは二階の住人の冷蔵庫に入れさせてもらっているのだとのちにわかった。でもまあ、暑いときに熱いお茶というのも悪くはないのだ。

「あんたに折り入って、頼みがある」

丸い卓袱台の前にちょこんと正座して、湯呑を捧げるように持つと、男のような口調で彼女は言った。

「上野の図書館のことを書いてみないか」

「上野の図書館のこと？」

「あたしが書こうかなって思ってたんだけど、考えてみたら、あたし、文章書いたことないし、試しにやってみたらまったくできそうもない気がしてきたんだよね」

「上野の図書館のなにを書くんですか？」

「小説」

「小説？」

「上野の図書館の歴史を書いたらいいと思ったんだけど、歴史って、読んでても頭に入ってこないからねえ」

しみじみ言う喜和子さんのつぶやきを聞きながら部屋を見まわしてみると、「上野の歴史」とか「上野公園の歴史」とか「国立国会図書館三十年史」、「国立国会図書館五十年史」といった本が、けっこうな場所を占めていることがわかった。

「どうして上野の図書館の歴史を書こうって思ったんですか」

「好きなのよ、上野の図書館が」

「小さいころから通ってたとか」

「うん、近いものはある」

「それで、図書館を舞台にした小説を書こうと」

「舞台にしたっていうのとも、ちょっと違うんだけど」

「図書館に通う男女が本の貸し借りを通じて惹かれあう恋愛小説みたいなの、ありましたよね。あれ、小説じゃなかったかな。アニメだったかな」

「まあ、そういう要素も入ってもいいかもしれないけど」

「要素?」

「ただ、全体的には、上野の図書館が主人公の小説みたいなイメージなの」

「図書館が主人公?」

「そう。図書館が語る、みたいな」

「図書館の一人称っていうこと？　吾輩は図書館である、みたいな？」

「でも無理。あたし、書こうとしたら、文章書くの嫌いだったってことを思い出した」

「もとの発想に無理があったのでは。猫ならまだしも、建ったまま動かない図書館では小説の語り手にはならないのでは」

「そんなことはないでしょう」

「ないですかね」

「そこをなんとか書くのが、小説家というものでしょう。ね、あんたが書くというのはどうよ」

「ええ？　わたしが？　いや、わたしは小説家というわけでは」

「だって、書いてるって言ったじゃない」

「それは、自分の書きたいものを書いているんであって」

「だけど、いい題材だと思うんだけどな」

「そりゃ、喜和子さんに、いい題材だということであって」

「あんたが書いたほうがいいんじゃないかな」

「なにを根拠に。あのね、ダメですよ。その人の見つけた題材は、その人のもんです。他人には書けないし、書けたとしてもぜんぜん違うものになっちゃいますよ、きっと。そういうのを読まされると腹立ちますよ。すんごいいい題材を教えてやったのに、こんなもんにしやがってって。だから、書きたいなら自分で書かなきゃダメです」

「そうかな」

「そうですよ。当り前じゃないですか」

「だけど、あたし、文章書いたことないし」

「わたしを見つける前は、自分で書くつもりだったんでしょう？」

「そういや、そうだけど」

「書きたいって思ったわけでしょ」

「うん、そう」

「じゃ、自分で書かなきゃ」

「そうかな」

「そりゃそうですよ。やめてくださいよ。ああ、びっくりした」

「じつはねえ、もう題だって決めたのよ」

「題？」

「そう。お題はね、『夢見る帝国図書館』ていうの」

喜和子さんはほんとうに、夢見るような顔つきをした。

わたしは金太郎飴を口に放り込んだ。

「ねえ、どうして、図書館ってものが作られたのか、あんた知ってる？」

こんどはちょっと怖い顔をして、詰問口調で彼女は問いただした。

「どうしてって。本をみんなに読ませようと思ったんじゃないですか?」

「みんなって」

「だからその、市民というか」

「そうね。まあ、当たってなくもないけどね」

喜和子さんは不満そうであった。

「福沢諭吉《ふくざわゆきち》がね、洋行をしたわけよ」

「あ、福沢諭吉がね。一万円札の」

「そう。そして帰ってきて言ったわけ。『西洋の首都にはビブリオテーキがある』って」

「なんだか料理名みたい」

「それでみんなでびっくりして、そりゃ作らなきゃならんてことになった」

「それがスタートですか!」

夢見る帝国図書館・1　前史「ビブリオテーキ」

「ビブリオテーキ！」

明治政府の要人たちは眉を寄せて口々につぶやいた。江戸が明治にとってかわられる前に三回も洋行をしていた福沢諭吉の繰り出す奇怪な西洋言葉には、しかしどこか重厚な響きがあり、無視しえなかった。

「言うなれば、文庫だな」

「文庫がその」

「ビブリオテーキ」

「読み本や図画を綴じたものもあれば、古書や珍書もあって、世界中から集まった書物が据えられていて、誰でも来て勝手に読む。ただし毎日文庫の中で読むのであって、家に持ち帰ることは許されていない。ロンドンの文庫には書籍八十万巻がある。ペテルブルクの文庫には九十万巻、パリの文庫には百五十万巻もあってだな。フランス人が言うには、パリの文庫の本を一列に並べると、長さが二十八キロになるというんだ」

「二十八キロと言えば七里！」

「七里になるほどの蔵書！」

「それが全部収まるほどの文庫！」

「それを西洋語で」

「ビブリオテーキ」

「それがないことには、近代国家とは言えないわけだな」

「一刻も早く近代国家にならなければ不平等条約が撤廃できない」

「ビブリオテーキがないことには、不平等条約が撤廃できないということか」

「そういうわけだ」

そういうわけで明治新政府は、ビブリオテーキを作ることを思いついた。

季刊の雑誌で、子ども図書館に通う仕事ができたので、喜和子さんとも三月《みつき》に一ぺんくらいの頻度で会うようになった。喜和子さんは当時、六十歳くらいで、年金暮らしを始めたばかりだった。死別した夫がなにがしか残したものもあるようなことを言っていたが、家はボロ屋だったし、一日二食しか食べないとかたくなに決めていたし、どう見ても裕福な生活からはほど遠かった。

二階に間借りしているのは、藝大に通う学生さんで、制作のために大学に泊まり込むことも多いようだった。最初に顔を合わせたときは、息子かと勘違いしたが、

「ツレ」

嬉しそうに喜和子さんは冗談を言い、かなりはっきり嫌な顔をした青年に、

「息子だとか嘘つくのやめてって言ったら、こんどはそっちですか」

と、あきれられていた。

取材があるのはだいたい平日の午前中だったから、天気のいい日にわたしと喜和子さんはよく公園のベンチでいっしょにランチをした。ランチといっても、菓子パンやおにぎりを買ってきて、喜和子さんがポットに入れて持ってきてくれたお茶を飲みながら頬張る、簡単かつ安価なものだった。平日の公園は、子ども連れの若いお母さんたちがカートに手をかけて立ち話をしていたり、スケートボードで行ったり来たりしている若い男の子の姿もあった。

喜和子さんはベンチの上で胡坐《あぐら》をかき、頭陀袋めいたスカートを曲げた脚の間に丸め込むようにして、食事のあとは、たばこを好きなだけ吸いながら話をつづけた。考えてみれば、あんなふうにたばこを吸われたら、頭が痛くなって逃げ出したくなる気がするけれども、あれは青空の下だったから大丈夫だったんだろうか。そういえば狭い家の中では、あまり吸っていた記憶がない。初めて会った日にひどくむせたわたしに遠慮して、喜和子さんは煙を吐くとき横を向いて顔を突き出し、ついでにくちびるも突き出すようにした。

喜和子さんは図書館の建物が大好きなのに、きれいになった国際子ども図書館にはけっして入ろうとしなかった。そのくせ、中の様子が気になるようで、わたしに取材したイベントの内容を話させては、ふんふんとおもしろそうに聞いていた。

ある日、喜和子さんがわたしに尋ねた。

「あんた、あの建物が何歳だか知ってる?」

「知ってますよ。最初の打ち合わせのときに聞いてきましたからね。一九〇六年に完成したから、もうすぐ百年になるんですってね」

「百年ってすごくない? ねえ、百年、ここに立ってるのよ。その間に明治は大正になって昭和になって、長い昭和も終わって平成になっちゃうわけじゃない」

「天皇が四代、替わってますね」

「その間にいろんなことを見たわけじゃない」

「震災とか、戦災とか」

「そういうことを考えるわけよ。あの建物を見ると」

喜和子さんはまるで雲の中に映画のスクリーンが現れでもしたように、目を見開いて空を見つめ、それから静かに目を閉じた。

「ね、目を閉じてみて」

と、喜和子さんは目をつむったまま言った。

「いま？」

「そう、いま」

「閉じました」

「閉じた？」

「閉じましたよ」

「んじゃ、想像して。ここいらへんの美術館だのホールだの大学だのの建物をみんななくすの。もちろん、図書館もなくしてよ」

「やってみてますが、なくすのは難しい」

「じゃ、ほかのものと入れ替えてみて」

「ほかのもの？」

「そうね、寺と入れ替えて」

「寺？」

いったいなにをさせようとしているのだろうと、目を開いて喜和子さんを見たら、彼女はとっくに目を開けて、噴水が上がるのを眺めているのだった。

「江戸が東京になる前、戊辰戦争で上野が戦場になる前は、ここらへん一帯は広大な寛永寺の敷地だった」

「寛永寺？」

「いまもこの裏に、小さくなって残ってるけど、かつてはものすごく大きなお寺だったの。この噴水広場のあたりには、間口四十五メートル、奥行き四十二メートル、高さ三十二メートルっていうでっかい根本中堂《こんぽんちゅうどう》があったそうよ」

「高さ三十二メートルって」

「マンションだと十階建てくらいだわよ」

「ほんと？」

「あっちのさ、国立博物館のできたあたりには、本坊があって、小堀遠州《こぼりえんしゅう》って、京都の二条城の二の丸庭園なんかで有名な、茶人で庭造りの名人が造った立派な日本庭園もあったんだって。想像してみてよ。寛永寺、最盛期の敷地は三十万五千坪だってさ」

「三十万五千坪というと」

「東京ドーム二十個分だよ」

「すごい」

「でしょ。それがよ。佐幕派の彰義隊が立てこもって、大村益次郎《おおむらますじろう》率いる官軍が、加賀様のお屋敷って、いまの東大あたりからアームストロング砲をぶっぱなして、不忍池《しのばずのいけ》の上をでっかい砲丸がびゅんびゅん飛んで、お江戸のど真ん中で大戦争よ。官軍が勝って半日で終わるんだけどさ。だって、あんた、アームストロングだものね」

喜和子さんは、アームストロングという名前にたいそう意味があるような言い方をした。たしかに腕っぷしの強そうな名前だなとわたしも思った。

「彰義隊はね、モテたんだって」

「モテた？」

「吉原や根津の遊郭の女たちは、『情夫《いろ》に持つなら彰義隊』って言ってね。遊びに来る彰義隊の隊士をだいじにしたんだそうよ」

「かっこよかったんですかね」

「だってほらさ、官軍はさ、田舎モンじゃない」

「ああ、薩長とか、土肥とか？　田舎者とか言ったら、怒られちゃいますよ」

「彰義隊はさ、町っ子でしょ。遊び方もうまいわけよね。ぽっと出の田舎モンが吉原あたりで目を白黒させて無粋なことをやらかすと、彰義隊がやってきて、花魁《おいらん》にそんなことしちゃいけねえな、なんて言って、追い払ったりする」

「そりゃ、かっこいいわ」

「ねえ。しかも、官軍との全面衝突は避けられないってわかってるから」

「ああ、明日にも死んでしまうかもしれない恋人ってことですね」

「そう。そこがポイント」

「そりゃ、萌えるわ」

「前の日には、明日ここは戦場になるから、女、子どもと町人はどこかへ避難しておくようにって、触れてまわってね」

「そんなことを言われて、櫛《くし》の一つももらっちゃったら、もう、一生それだけを思い出に生きていけますね」

喜和子さんは、わたしの感想を聞き流して、小さく笑った。

「芥川龍之介《あくたがわりゅうのすけ》のさ、『お富の貞操』っていうの、あるじゃない」

わたしは、その有名な短編を読んだことがなかったので、あるともないとも言わずに次の言葉を待った。

「明治元年五月十四日、上野戦争の前日が舞台なの。誰もいなくなった町に、お富っていう小間物屋の女中が、置き去りにした三毛猫を探しに店に戻る。そこでは、乞食の新公って呼ばれる男が雨宿りをしていて、お富と新公は二人だけになる。新公がね、妙な気を起こして、突然、猫に短銃を向けてお富に言うの。猫の命が惜しかったら、言いなりになれって。あんた、これ、まだ読んでない？」

「読んでないです」

「じゃあ、先を言わないほうがいい？」

いろいろな面で強引な喜和子さんは、なぜだかこういうときだけ遠慮がちになった。

「言ってもだいじょうぶです」

「お富の貞操は結局、守られるんだけどね。明日には世界が変わるってことだけがわかってる静かな午後、町には男と女と猫しかいないの」

わたしはもう一度目をつむって、誰もいない町、というのを想像してみた。それから口を開いた。

「その男は彰義隊士だった？」

「ううん、実はね、その男は、新公は、官軍のほう」

「じゃあ、勝ったほうだ」

「そう。半日で勝負は決まっちゃってね。このあたり一帯は置きっぱなしの彰義隊の死体がごろごろ」

「変なこと言わないでくださいよ」

「何日か経って、町に戻った商人とお坊さんの手で荼毘《だび》にふされたそうなんだけども、無人の寛永寺じたい、物騒なとこになっちゃって、それでね、官軍は、寺のほとんどを焼き払って、ここは更地になって、お国の土地になったってわけなの」

「官軍、というか、明治政府の」

「そう。ここはもともと全部、そういう血を吸った土地だったの」

「そこに、東京国立博物館だの、国立西洋美術館だの、東京文化会館だのが建つわけですね。あ、その、図書館もですが」

「まあ、その、いろいろあったんだけど、縮めて言えばそうね」

縮めて言っちゃうとつまんないじゃないのよ、と言いたげな顔を喜和子さんはした。なんだって喜和子さんが上野の図書館の歴史に詳しくなり、またそれを書こうと（もしくはわたしに書かせようと）思うに至ったのかは、問いただしてもいつだって要領を得ない答えが返ってきた。ただ、図書館だけでなく、喜和子さんが上野界隈を愛していることがわかったから、そんな上野への愛情の延長線上にあるのだろうと解釈することにした。

「だっておもしろいのよ」

と、目を輝かせて喜和子さんは言うのだった。

考えてみれば、誰かがなにかを書く理由など、ほかにないのかもしれない。そして喜和子さんの話はちょっと変わっていた。たとえばこんなふうに。

夢見る帝国図書館・2　東京書籍館時代「永井《ながい》荷風《かふう》の父」

永井荷風の父、久一郎《きゆういちろう》は憤慨のあまり、椅子から転がり落ちそうになった。

「本がない？」

彼は二十三歳の若き文部省官吏であり、等級にしてみると八等官だった。しかし、八等官であろうがどうだろうが、彼の書籍への思いの熱さは相当なものだった。ちなみに久一郎はこのときまだ結婚しておらず、のちに自分が永井荷風の父になることなど知る由もなかった。

「書籍館なのに、本がない？」

「ないというわけではないが、博覧会事務局が浅草に持って行ってしまって、しかも一般市民の閲覧を禁止にしてしまったので、実質、国民に図書を提供するという書籍館業務はなくなった」

同僚が申し訳なさそうに未来の永井荷風の父に言った。

「書籍館業務はなくなったって、あんた、始めたばっかりでしょうが！」

荷風の父、久一郎はそう言って同僚をにらむ。

「私に言われても困る。博覧会事務局が決めたことであるからね」

同僚は所在なげに下を向く。

「なんでもかんでも、博覧会ばっかり優先してっ！」

久一郎は口惜しさのあまり鼻の頭をぴくつかせた。

「しかし、博覧会はああして見物客を十五万人も集める巨大事業だが、書籍館はたいして人も入らず、金も儲からないから」

日陰者扱いも仕方がないではないかと続けようとした同僚は、久一郎が鬼の形相でにらみつけているのを見て、終いまで口にできずにもごもごとごまかした。

もとはといえば、大久保利通《おおくぼとしみち》が、と、久一郎は心の中で呪詛《じゅそ》した。

明治五年八月。東京は湯島の聖堂に日本初の近代図書館「書籍館」が開館した。

「書籍館」は「しょじゃくかん」と読む。

しかし、この書籍館はもともと、博物館との抱き合わせであった。書籍館の開館からさかのぼること数か月、湯島聖堂では日本初の「博覧会」が催された。

「来年はオーストリーのウィーンで万国博覧会の開かるっとでごわす。ウィーン万博に日本館を出しもんそう」

と、大久保利通が言った。

「万博！」

「万博！」

明治政府の要人たちは何かに胸を突かれて、みなそれぞれに目を細めたり、天井を見上げたりした。中にはパリ万博の華やかさを思い出した者もあった。

「近代国家たるもの、万博に出展しないわけにはいかないな」

「近代国家たる日本の産業の粋を見せてやるわけだな」

「国威発揚でごわす」

「不平等条約の撤廃にも一歩近づく」

「まずは東京で予行演習だな」

「となると、湯島の聖堂あたりで、『博覧会』をやらねばならんな」

というわけで、翌年のウィーン万博に先駆けて、明治五年三月に開催されたのが「文部省博覧会」であり、東京の真ん中で開催されたその催し物は、新しもの好きの庶民の関心を一気に集め、十五万人もの観客を呼んで大盛況となった。この博覧会が恒久的展示を行う博物館を誕生させた。

その会期直後に、ついでのように併設されたのが「書籍館」だった。蔵書のほとんどは、旧幕府所蔵の和漢書や洋書であった。博物館と書籍館が抱き合わせられた理由は、幕末や明治の初めに洋行した人々の頭には、博物館と図書館が一体となった「大英博物館」の印象が、やたらと強かったからであった。

「書籍館は、博物館のオマケではないっ」

と、久一郎は吠えた。

ウィーン万博の開催された明治六年に、書籍館事業は文部省から博覧会事務局に吸収され、翌年の明治七年には、書籍は全部、浅草に引っ越しを余儀なくされて、しかも一般の閲覧が禁止になってしまった。

「書籍は美術品や工芸品とは違う！」

「皿だの壺だの着物だのならば、蔵に入れておいて、開催期間中だけ陳列すればいいが、書籍は読まれなければ意味がない！」

「眺めて綺麗なもんばっかりだいじにして！」

「書籍は地味だが役に立つんだ！」

「えーい、いまいましい。博覧会事務局からもう一回文部省に事業を奪還して、人々の閲覧に堪える書籍館を作り直さねば！」

心ある文部官僚たちが一念発起し、頑張って書籍館を文部省の管轄に戻した。こうして、明治八年に名前も改めた「東京書籍館《しょせきかん》」が湯島聖堂大成殿に発足するのだが、

「蔵書はもらっておくよ。これは博覧会事務局のもんだからね」

と言い渡されて、蓋を開けてみたら、なんと、本がなかったのである。

「本がない？　書籍館なのに本がない？」

将来は永井荷風の父となるべき久一郎は、憤った。

「こーれーだーかーらー」

と、久一郎は怒鳴った。

「国威発揚とか富国強兵とかばっかり考えてる明治政府は困るよ。国民に本を読ませない国は亡びるよ。ほんとにだいじなのは、教育ですよ。ものを考える力を養うことですよ。ペンは剣よりも強しと言うだろう」

「なにそれ」

同僚はぽかんとして顔を上げた。

「知らんの？　ペンというのは西洋の筆ですよ。筆でもって書いたもの、すなわち書物ですよ。書物の力、言論の力は、武力に勝るという西洋のことわざですよ。知らんの、あなた」

不勉強ですよ、と言わんばかりの勢いで、久一郎は力説した。

それからの久一郎の働きは目覚ましかった。府県所有の旧藩蔵書を全国から取り寄せ、アメリカで留学生の世話をしている人物に金を送って洋書を買ってもらい、

「書籍館なのに、本がない」

という屈辱的な状態を払拭すべく八面六臂《はちめんろっぴ》の大活躍をしたのだった。東京書籍館館長・畠山義成《はたけやまよしなり》に代わり、これらすべてを取り仕切ったのは、弱冠二十三歳の館長補・永井久一郎であった。なぜならば、畠山館長は、よせばいいのに米国フィラデルフィ

ア万博を視察に出かけた帰路、洋上で病死してしまったからである。かえすがえすも、恨みの万博である。

　しかし、久一郎の近代図書館にかける情熱の火は赤々と燃え続け、無かった蔵書はむくむくと増えて、七万冊を超えるに至った。万感の思いを込めて久一郎は、東京書籍館の新しい蔵書票にこう印刷させたのである。

「The Pen Mightier Than The Sword.（ペンは剣よりも強し）　東京書籍館　明治五年　文部省創立」

　久一郎渾身の英文であった。

　広く万民の教育に資するという高い志のため、蔵書は無料公開となり、久一郎の若き情熱のもと、東京書籍館の前途は洋々たるかに見えた。

　一瞬だけ。

　わずか二年ほど。

　風雲は、まさしくほんとうに、急を告げる。

　大事件が起こったのは、明治十年のことであった。

「は、い、し？」

　永井荷風の父、久一郎は、再び憤激のあまり椅子から転がり落ちそうになった。

「廃止って、どういうこと？　まだ、開館したばっかりでしょうが！」

「私に言われても困る。政府が決めたことであるからね」

怒鳴りつけられた同僚は、鼻の頭を掻きながら言い訳した。

「永井さんも知らんわけじゃあるまい。いま、政府がなににてんてこ舞いしてるか」

「なにって、なに？」

「そりゃ、あんた、西郷隆盛《さいごうたかもり》の挙兵じゃありませんか！」

「西郷さんと、われわれ書籍館になんの因果関係が？」

「西南戦争で戦費がかさんじゃって、かさんじゃって、国は、経費節減、行政機構縮小を図ることとなりました」

「な、なんですと」

「書籍館のように金を食うばかりで戦の役に立たない事業は、廃止することになったそうです」

椅子から転げ落ちた久一郎は、苦虫を嚙みつぶした。

このようにして、永井久一郎の夢はわずか二年で潰《つい》えたのであった。無念。

いとおしい蔵書を、東京府に下げ渡し、東京府書籍館として存続させるために奔走すると、久一郎は東京女子師範学校三等教諭兼幹事に転任することとなったのであった。

失意の久一郎は、ぽっかりと胸に空いた穴の存在を感じ、

「嫁でも、もらうか」

と、考えた。

そして、この年、師である鷲津毅堂《わしづきどう》の娘、恒《つね》と結婚し、小石川区金富町に居を構えた。

長男の壮吉《そうきち》、のちの断腸亭主人、永井荷風が生まれるのは二年後のことである。

永井久一郎と「書籍館」の話を語り終えると、

「気の毒でしょう、永井荷風のお父さん」

喜和子さんは心から同情したように、言うのだった。

「永井荷風のお父さんが気の毒とかいうよりも、図書館そのものが気の毒ですよ」

「あらやだ。そうなのよ。あたしもそこのところが、うんと気になってねえ。あんた、ご縁があるみたいですけれども、あすこの図書館ね」

そう言って、喜和子さんは正確に子ども図書館の方角を指さした。

「こんな話ばっかりなのよ」

「こんな話とは」

「お金がない。お金がもらえない。書棚が買えない。蔵書が置けない。図書館の歴史はね、金欠の歴史と言っても過言ではないわね」

それはその後、何度も、喜和子さんの口から聞くことになったフレーズだった。

季節ごとに取材で子ども図書館に通っていたころは、天気がよければ上野公園でお弁当を広げ、雨が降ったり寒かったりすれば、喜和子さんのところでお茶をごちそうになって帰ったものだった。携帯電話など持っているはずもない喜和子さんとは、事前に連絡を取り合うこともせず、仕事が終わるとぶらぶら歩いて彼女の家を訪ねた。

行けばたいてい彼女はそこにいて、お天気がいいから外に出ようとか、雨宿りに家に入れとか言うのだ。でも、わたしの訪問は行き当たりばったりだったから、彼女が出かけている日もあった。

二階の藝大生は、谷永雄之助《たにながゆうのすけ》くんという、どこか古めかしい名前の人物だったが、この人はめったに家にはいなかった。ただ、時折、寝起きの間の抜けた顔で階段を下りてくることがある。雄之助くんの専攻は油絵で、ものすごく大きなキャンバスになにかを描いているのだそうで、多くの時間を作品制作に充てている彼は、家は寝るだけの場所と考えているようだった。ただ、その寝る時間が、一般の人とはずいぶんかけ離れていて、夜なり昼なり、決まった時間ならまだいいけれども、ほんとうにいつ寝るかはその日次第という生活だったから、雄之助くんに会えるのは、ほとんどまぐれ当たりだった。

あのころ喜和子さんと連れ立って、近くの銭湯に出かけたことがある。もう何年か前に無くなってしまったが、当時は毎日熱い湯を沸かしていて、近隣の利用者ばかりか観光であのあたりを訪れる人々の疲れも癒していた。

喜和子さんの家には当然、風呂などというものはなかったから、彼女は一日か二日置き、季節によっては毎日通っていた。大正時代から営業しているというそのお湯屋さんの、脱衣場の床と天井は木でできていてつやつやと光り、角の丸い格天井《ごうてんじょう》が珍しくて、嘆息しながら見上げた覚えがある。喜和子さんは慣れたもので、珍しがるわたしをおもしろそうに眺めて笑ったりしたが、タイル張りの広い浴槽が真ん中にでんと鎮座する贅沢な造りの風呂場でまた歓声を上げると、まるで自分の家を自慢するように、富士山と精進湖《しょうじこ》の描かれた壁を指さして満足そうに微笑んだ。

「やっぱり、銭湯のほうが、あったまるのよね」

喜和子さんは、浴槽で小さなお猿さんのように身を丸めてそう言った。

「あたしも谷中に引っ越してくる前は、自宅に風呂あったけど、せまっ苦しいとこに、水道でお湯入れてって、そういうのじゃあ、風呂から出りゃすぐに冷めちゃうもの。ぜんぜん、あったまりゃしない。いろいろ考えると銭湯がいちばん。たいした贅沢じゃないと思うわよ」

喜和子さんは小柄で痩せていて、きめ細かいオークル系の肌をしていた。少し猫背で、重力に引っ張られた胸も、あまり大きくなかった。よく歩くからなのか、脚はきれいに引き締まっていたが、お尻と膝周りの皮膚にたるみが出てきているのも年齢を考えたら相応だと言えるだろう。ちょっと失礼な言い方をすると板切れを思わせる体つきで、何かに似ているなと思って思い出したのは、子どものころに見たイタリア制作のテレビシリーズ『ピノッキオの冒険』に出てきたピノッキオだった。人間の男の子が演じる金髪の主人公のほうではなく、ジュゼッペじいさんがしゃべる木材から彫かとり出した、人形の姿のピノッキオに、喜和子さんの風貌はちょっと似ていた。誰かといっしょにお風呂に入ったらするものなのだろうと思って、わたしは彼女の細い背中を流した。病的な細さではなかったが、見た目にも背骨の存在がくっきりわかる肉付きだった。

お風呂から上がって、夕やけだんだんを上り、お寺の近くの中華屋さんでラーメンとソフトクリームを食べた。原稿料が入ったからごちそうしたいと申し出ると、喜和子さんはちっとも嫌がらずに、

「あら、いいわねえ」

と喜んでくれた。嬉しそうな顔をした彼女はとてもかわいらしくて、喜和子、という名前が似つかわしかった。

そんなちょっぴりの食事でも満腹になってしまう小食の喜和子さんといっしょに、店を出て日暮里駅のほうに行きかけると、東の空にきれいな満月がかかっていたのを覚えている。わたしはJRの駅に行くつもりだったが、喜和子さんはだんだんを下りて途中で左に曲がったほうが、家までの距離が近いことを思い出し、ねえ、見て、月があんなにきれいですよと言いながら振り返ると、そこにはお爺さんが一人、怒ったような顔で立っていた。

「あらやだ、こんなところで」

と、喜和子さんは言った。

「お知り合いですか？」

そう、わたしが何も考えずにたずねると、

「知り合いも何も」

と、お爺さんが唸《うな》るように答えた。

二人はしばらく見つめ合うのだかにらみ合うのだか、目を合わせていたが、やがてお爺さんのほうが根負けして目をそらした。

「せっかくだから、久しぶりにちょっとつきあいなさいよ。よかったら、そちらの嬢ちゃんも」

目をそらしているから、弱気なのかと思えばそんなことを言う。嬢ちゃん、というのも聞きなれない呼称だった。さすがに三十代半ばは嬢ちゃんではないと思うが、年寄りから見れば「小僧」とか「小娘」の部類に入ったのかもしれない。

「だってもう、お腹空いてないんだもの」

と、ぶつぶつ言う喜和子さんの小さい背中を、

「いいからっ」

と言って押しながら、目でわたしにもついてくるように合図して、お爺さんは昭和を感じさせる狭いアーケードの横町に入っていき、そこにあった小さなカウンターの

居酒屋に腰を落ち着けてしまった。お爺さん、喜和子さん、わたし、と並んで座った。

二人の関係を聞いていいのかわからず黙っていると、観念した喜和子さんは、

「そんじゃ、あたし、ビールもらう。ね、この人のおごりだからさ、もらっちゃいなさいよ」

と、わたしに声をかけ、おしぼりをポンと音を立てて開けた。

「風呂付のとこに住んでたころはね、あたし、この人の愛人だったの」

「あ、愛人?」

あまりにも無防備にそんな単語を出すので、わたしはびっくりして繰り返した。

「あなたは相変わらず、品のない言い方をするね。恋人とでも、言えばいいじゃないか」

と、お爺さんは言った。

喜和子さんがぼそぼそ話してくれたところによると、お爺さんは古尾野《ふるおや》放哉《ほうさい》という名の大学の先生で、上野広小路の飲み屋さんで働いていた彼女を好きになり、大学の近くに仕事部屋を借りると家人に大嘘をついてワンルームマンションを借りて、喜和子さんをそこに住まわせて、勤め先もお弁当屋さんに変えさせ、しょっちゅう通っていたということだった。

「いいじゃないか。お玉みたいで」

「先生が場所を決めたんじゃない。あなたは、お玉なんだから、なにがなんでも無縁坂だなんて言って」

「お玉だなんて言ったのが間違いだった。結局、僕は岡田じゃなくて、末造だったんだ。役回りから何からさ。ほんとに腹が立つ」

「そういう話をするなら、あたしは帰りますよ。もう、ずいぶん前に終わったことじゃないの」

「しかも、相手は学生ですらない。あれは、なんだったんだ。あなたという人はまあ、なにをするかわからんから」

「だからね、そういう話をするなら、いっしょにお酒はいただきませんよ。ねえ」

と、帰るそぶりを見せたところで、喜和子さんの前に泡の立ったビールが運ばれてきて、二人は休戦して乾杯をした。

「あなたはなに、まだ、このあたりに住んでいるんですか」

鼻の下にビールの泡を少しつけたまま、古尾野先生がどこか恨めしそうにたずねた。

「そうよ。あたし、このあたりっきり知らないし、ほかのところへ行く気もしないもの。上野の山から歩ける範囲にしか、住みたくないの。それより、先生は何しに来たの。大学はとっくに、クビになったんでしょう?」

「人聞きの悪いことを言うもんじゃない。定年退職ですよ。今日はちょっとこの近くの出版社に用事がありましてね」

「なんだっけ、ほら、おうちの近くの、千葉だかどっかの大学に移ったみたいなこと聞いたけど、あれ、どうしたの？」

「そちらのほうも、無事、お払い箱になりましたよ。あれからずいぶん経つからね」

自分で「クビは人聞きが悪い」と言っておきながら、定年を「お払い箱になった」と表現する元大学教授は、見た目ほどおっかない人ではなかった。喜和子さんとつきあっていたころは国立大学の先生をしていて、国公立は私立大学よりも定年が少し早いので、やめてから私立大に移って五年働き、そちらも何年か前に定年を迎えたらしい。ご専門は中国文学だということだった。

お玉がどうのこうのというのは、森鷗外《もりおうがい》の『雁』という小説の話で、末造という金貸しの男が、お玉という若い女を囲い者にして、家を借りてやって住まわせるのだが、そのお玉の家というのが無縁坂にあり、お玉は無縁坂をしょっちゅう通る帝大生の岡田という男をちょっと好きになる。そんな筋書きで、たしかにそう聞くと、喜和子さんのためにワンルームマンションを借りてしまった古尾野先生は、どう考えても、岡田ではなく金貸しの末造の「役回り」でしかない。喜和子さんが無縁坂に住んでいたのは都合四年ほどのことで、先生との仲がおかしくなったのと、先生の奥さんに浮気がバレかかったのがほとんど同じころだったため、喜和子さんはすっぱり関係を清算

して引っ越しをし、先生のほうはいかにも勤勉な大学教授の別宅らしい本だらけのワンルームを妻に見せることに成功し、

「見なさい、寝る場所だって、この硬いソファしかないんですよ。何が愛人だ、ばかばかしい。いい加減にしなさい」

と、妻を一喝して事なきを得たのだそうである。

わたしのほうは、喜和子さんが大学教授の愛人をしていたことはもちろん、それ以前には広小路の飲み屋で働いていたことも、そののちお弁当屋さんでアルバイトしていたことも、「学生ですらない」人物と恋愛沙汰らしきものに陥って、大学教授との仲を清算する羽目になったらしいことも、すべて初耳だった。たしか、結婚していたことがあると言っていた気はしたのだったが、こうなるともう、いったいいつのことだかもわからない。

「僕もねえ、あなたがああいう男とどうにかなるとは思わなかったよ」

最初から、その話以外する気がないのか、先生は喜和子さんの制止などとんと耳に入らない様子で、そんなことを言う。

「どうにもなってませんよ。先生が勝手に嫉妬して大騒ぎしただけじゃないの」

「あなたは、金のない男が好きなんだ。だけども、大学教授だってそんなに自由になる金があるわけじゃないんだから、それをあなた、こっちはなけなしの」

言いかけて、それ以上話すとみじめになるとでも思ったのか、肩をそびやかして先生は黙り、そうすると喜和子さんは、まあまあとか言いながら、意外に色気のある仕草でお酒を注いであげた。そうなると男という人種は、どんなにひどい目に遭わされても恨みが消えるのだか、ずいぶんやさしい目つきで喜和子さんを眺めて、

「あなたって人は」

と言うにとどめ、静かにお酒を飲んでいた。

わたしたちは先生につきあって十時ごろまで飲み、千葉だかどこかの、かなり遠い家に帰るのを日暮里駅で見送った。そのとき、わたしたちはなぜだか、翌週の週末に湯島聖堂で行われるイベントに行くことを約束させられていた。先生が『山海経《せんがいきょう》』という中国の化け物事典みたいな本について話をするのだそうで、

「だって、あなたは湯島の聖堂が好きなんだろう？　僕という男と付き合うことにしたのも、聖堂に興味があったからなんだろう？　僕がときどき、あそこで講義をすることを知ってさ」

と、先生が絡むように誘い、喜和子さんも無下《むげ》に断れず、わたしを道連れにすることにしたのであった。

休日にわざわざ待ち合わせをして喜和子さんに会うのは、あの日が初めてのことだ

ったし、その後もそんなことはあまりなかった。たしか季節は春の初めだった。喜和子さんは桃色のカーディガンを着ていたかもしれない。夏はTシャツのみ、秋や冬は例のはぎ合わせのコート、そして春はよく桃色のカーディガンを羽織っていた。喜和子さんはパリジェンヌではなかったけれど、たぶん十着くらいしか服を持っていなかった。頭陀袋のようなスカートは、それでも生地の厚いものと薄いものと、二枚くらいは持っていたろうか。

御茶ノ水の駅で待ち合わせて聖橋を渡り、相生坂を下りた。湯島聖堂の敷地の中には古いがけっこう立派な建物があり、カルチャーセンターのようなものであるらしく、入り口に、

「古尾野放哉先生特別講義『山海経の世界』」

というポスターが貼ってあった。

古尾野先生が化け物の絵をいろいろと示しながらなにを話したのだか、わたしはきれいさっぱり忘れてしまったが、退屈した喜和子さんと二人でこっそり筆談した内容だけはやけにはっきり覚えている。

「先生と付き合ってたのって、いつごろ?」

「七、八年前。十年くらい前からか」

そう書いて、一瞬おいて彼女は、

「若かった。五十代」

と、付け足した。

五十代なんか若いもんかとそのときは思ったけれども、いま思えば喜和子さんの五十代はじゅうぶん若く、魅力的だっただろう。

「古尾野先生と別れる原因になった男の人ってどんな人？」

「山本學《やまもとがく》っていう俳優に似てた」

「職業は？」

「上野公園のホームレスさん」

「まじで？」

「なにもなかった。プラトニック」

「プラトニック！」

「でもインテリ」

「喜和子さん、インテリに弱い？」

「弱い」

「インテリなら自分がいるじゃないかって、古尾野先生は思うよね」

「思ってる」

「そりゃ怒るわ」

「ハンサムだった」

「古尾野先生、もっと怒るわ」

「いい人だった」

「喜和子さん、お金のない人が好きなの？」

「そんなことない」

「でも古尾野先生が言ってた」

「ホームレスだから好きだったわけじゃない」

「でも気にならなかった？」

「なにが？」

「ホームレスだってこと」

「だって上野だもの」

「？」

「上野って、昔から、そういうとこ」

「そういうとこって？」

「いろんな人を受け入れる。懐が深いのよ」

上野は懐が深い。いろんな人を受け入れる。

それも、彼女の口から何度も聞いたことだった。図書館には金がない、という話と同じくらい、それは、喜和子さんらしい言説だった。ホームレスだから好きだったわけじゃないと彼女は言ったけれど、もしかしたらそのホームレス男性がとても「上野的」なものに感じられたのかもしれない。

　ここ何年かであまり見かけなくなったが、あのころ、上野公園には青いビニールシートで覆ったホームレスの家がたくさんあった。皇族が上野で美術展やコンサートを鑑賞するときは、目に触れないようにダンボールハウスを畳んでリヤカーなどに積み、ぞろぞろとみんなで移動するという奇妙な光景が見られたものだった。喜和子さんといっしょにいるときに、たまたまそれを見かけたことがあったが、

「皇族が来たって誰が来たって、そこにあるものはあるんだから、見せればいいのに。あそこはあの人たちの家なんだから、追い払うのは失礼だわよ」

　と憤慨していた。そのときも、きっぱり言ったのだ。

「ここは上野よ。いつだって、家のない人、身寄りのない人を受け入れてきた場所よ。懐が深いの。それが上野ってとこなの」

　ホームレスの男性と喜和子さんは、上野公園で知り合った。雑誌や古本を回収して古書店に売って日銭を稼いでいたにもかかわらず、おもしろそうな本があると喜和子さんに融通してくれたという。彼が縄張りにしていた谷中から本郷界隈には古い家が多く、持ち主も高齢者が多いので、ときどきごっそりお宝が廃棄になることがあって、

そんな時はけっこう大きな稼ぎが期待できたりする。じつは喜和子さんの家に鎮座していた立派な『樋口一葉全集《ひぐちいちよう》』は、この彼がどこからか調達してきてくれたものだった。売ればけっこうな額になると思われるのに、喜和子さんの、

「あたし、一葉全集、前から欲しかった」

の一言にほだされてしまった彼は、やはり喜和子さんにぞっこんだったのだろう。

喜和子さんの家に、次々古本や古雑誌が増えていくのを見て、勘のいい古尾野先生は何か異変を察知した。そして、教授会を抜け出した昼下がり、古い本の話で盛り上がる一昔前のまじめな中学生みたいな二人を、上野公園のベンチで発見したのだった。逆上した先生は、いきなり喜和子さんのお相手に食ってかかり、ほとんど暴力沙汰を起こさんばかりの状況まで追い込まれたところを、ダンボールハウスから出てきた別のホームレスさんたちに羽交い締めにされて止められたという。その後、喜和子さんと先生の仲はすっかりぎくしゃくしたとのことであった。

夢見る帝国図書館・3　孔子《こうし》様活躍す・東京府書籍館時代

東京書籍館は、国家が戦費を得るために文化機関を「廃止」した悲しき最初の例として、日本近代史に刻まれることとなった。ペンはあっさり剣に負けた。

廃止を余儀なくされた東京書籍館は、永井久一郎《ながいきゅういちろう》の奔走や、職員の涙ぐましい努力によって、東京府書籍館となったが、このときの職員たちの合言葉は、

「一日たりとも閉鎖せず」

であった。

図書館を利用し、書籍を閲覧する人々に支障があってはならないのであって、図書館業務は「一日たりとも」怠ることなく、国から府への移管は、あたかもある日突然ただ看板だけがすげかわったように進むことを理想として行われた。そして実際に、彼らはそれをやりおおせたのである。明治十年五月四日に書籍館は幕を閉じ、何事もなかったかのように五月五日に府書籍館は開館した。

しかし、いかんせん、東京府には金がなかった。

国家予算から捻出していた経費を、地方税で賄われる府の財政から引き出すのだから、馬車をネズミに曳けと言っているような話だ。

金がない。

本が買えない。

モチベーションが下がる。

気持ちがくさくさする。

この年の八月、上野公園では鳴り物入りで第一回内国勧業博覧会が催された。会場には、美術本館、農業館、機械館、園芸館、動物館が建てられて、連日やんやの人入りであった。

とうぜん、博覧会が大好きな大久保利通《おおくぼとしみち》の肝いりである。殖産興業万歳。日本エライ。寛永寺旧本坊の表門の上には大時計が掲げられ、公園入り口には十メートルもあるアメリカ式の風車が建てられ、上野東照宮前から公園へは、数千個の提灯が並んだ。

あいかわらず、博覧会は派手であった。

一方、府書籍館のほうは、明治十年、十一年と時が経るうちに、残念ながらどうにもジリ貧の相を呈してきた。

府書籍館の職員たちは、これではいけないと思った。

盛り上げねばならない。東京府書籍館を盛り上げねばならない。

幸いにして、看板をすげかえて東京書籍館を居ぬきで使っている府書籍館は、もともと湯島聖堂大成殿にある。湯島聖堂大成殿といえば、たいへん立派な孔子廟があった。もとは林羅山《はやしらざん》が忍岡《しのぶがおか》先聖殿に安置したものを、元禄三年、五代将軍徳川綱吉《とくがわつなよし》が湯島に移したものというから、歴史があるのである。この孔子廟は、これまで一般公開されたことがなかった。

「これはお宝だ！」

と、府書籍館の職員たちは思った。

「府としてこれを公開すれば、府書籍館の名声は上がるに違いない」

そこで働き者の府書籍館員たちは、明治十二年、定例閉館日のはずの三月十五日に、館内参観日として特別オープンし、府書籍館のイメージアップに相努めた。これはたいへんなヒットであった。

小さな廟に納められた孔子様。両脇には、孟子、曾子、顔子、子思といった門弟たち。びっしり並んだ書棚の奥で、その知的な風貌をのぞかせた儒学者たちに、訪れた人々はため息をもらした。

あまりの評判に気をよくして、府書籍館の職員たちは、同じく九月十五日の定例閉館日にも、奮発して特別参観を認め、さらに、雅楽の演奏もプラスすることにした。華族、名士を初めとして著名人、清国公使に至るまで招待したので、多数の参観人が早朝から詰めかけて、長蛇の列を作るほどになった。かつて昌平黌《しょうへいこう》で儒学を学んだ年寄りの学者などは、大成殿の孔子様のお姿を自ら拝謁することがかなったのみならず、かくも多くの人々にそのご尊顔を仰がしめた府書籍館の粋な計らいに、

「欧化欧化って、明治以来そんなのばっかりで、ずっと憂鬱だったけど、ぱーっとお日様が照ったみたいだよ」

と、大喜びしたものであった。

だがしかし、ふと我に返ってみれば、多くの人が孔子様を見に来るということと、府民が図書館を利用することとは、ぜんぜん関係がないのであった。職員たちの心のどこかに、博覧会への対抗心が消えていなかったのかもしれない。

金がなく、本が増えないのでは、図書館としては敗北である。

「府に賄えというのはもともと無茶苦茶だったのだ」

「やはりきちんと国が運営すべきなのである」

「文部省なんとかしろ」

という声が、さんざん上がった。

そして明治十三年七月、東京府書籍館はその業務を再び文部省に移管することとなった。府書籍館時代は、ばたばたと三年ほどで幕を下ろしたのである。

湯島聖堂の敷地内にある古い建物の中の教室で、『山海経』の講義を終えた古尾野先生は、喜和子さんとわたしを促して外に出た。

「さあさあ、あなたがたは図書館だった大成殿を見たいんでしょう」

喜和子さんの背を押して、先生は大きな立派な門をくぐる。目の前には太い幹の大きな楷《かい》の樹があって、その右側には巨大な孔子像が立っていた。

背の高い塀が幹線道路と聖堂の敷地を隔てているおかげで、都心とは思えないような鬱蒼《うっそう》とした樹木の中、石畳を踏んでいくと、入徳門というまたまた立派な門にたどり着き、そこをくぐると石段があって、杏壇門《きょうだんもん》という別の門が控えている。この杏壇門は門だけがあるわけではなくて左右に延びた回廊がある。回廊は中庭を囲むようにして、大向こうの「大成殿」という額の掲げられた建物に繋がっている。

大成殿には孔子廟はなくて、中は広くがらんどうになっていた。

「ああ、この人はねえ、上野の図書館の記事を書いているの」

喜和子さんは、思い出したようにわたしのことを古尾野先生に紹介した。

「上野の図書館の記事じゃないです。国際子ども図書館の記事です」

訂正するわたしの言葉にはさして注意を払わず、古尾野先生は、

「相変わらず、あなたの関心事はあの図書館ですか」

と言った。そして、今度はわたしのほうを見て、

「上野に移る前は、この大成殿が官立図書館第一号だったんだよ」

と解説し、湯島聖堂の歴史を話し出した。

入徳門、杏壇門、先聖殿といった建物は、元は上野忍岡にあり、徳川綱吉の時代に湯島に移築され、先聖殿は大聖殿と改称された。その後、湯島聖堂は寛政年間に「昌平坂学問所」の一施設となった。古尾野先生は、

「朱子学が官学となったでしょ」

とか、

「『寛政異学の禁』、覚えてるね」

などと、盛んにわたしの受験知識の不確かさを実感させるフレーズを繰り出した。

しかし、「昌平坂学問所」という名称くらいは、さすがにわたしも時代劇などで見知っていたので、

「東大の前身でしょ」

と、なけなしの知識を披露して調子を合わせたつもりだったのに、なんとこれが大きな墓穴を掘ったのだった。

「ばーか。何言ってんの、違うよ」

古尾野先生の率直な物言いに、わたしは少なからず衝撃を受け、隣にいた喜和子さんは目を丸くして、わたしの背中をそっと撫でた。知り合って二度目に会った人に、

ばかと言われるとは思わなかったのでたいへん傷ついたけれども、確かにそれはばかと言われるに相応《ふさわ》しい出鱈目であったようである。

「そもそも東大の失敗はねえ、昌平坂学問所を継承しなかったことにあるって、なぜ人は正確に知ろうとしないかねえ」

鼻息荒い古尾野先生は、日本でいちばん有名な大学を、いきなり「失敗」と決めつけて、わたしを動転させた。

「源流の一つとか言って、お茶を濁しているけどもね、ありゃ、源流じゃない、傍流もいいとこ。東大の源流はね、幕府天文方と種痘所なの。ようするに、理学部と医学部ですよ。困ったことに、人文という発想が、そもそもないんだ。しかも明治という時代は、何がなんでも西洋の学問をしなければならないというのが基本だった。昌平坂学問所が学問としてやっていたのは、哲学だよ。人文学だよ。大学なんてものはねえ、世の東西を問わず、人文学があって始まるのが基本じゃないか。哲学を欠いた理学と医学に、発展があるか。意義があるのかね」

孔子様の殿堂で勢いづいた古尾野先生は、そう興奮してまくしたてた。

「ともかく急いで西洋から学べという発想で官立大学を作って、それまでの学問を切り離しちゃったんだよ。近代国家体制を作らなきゃならなかったから、それでも法学は重視した。次に医学。そして富国強兵・殖産興業に資する工学ね。こういう、実学ばっかり重視した大学にしていっちゃった。だけど何度も言うけど、学問の基本は人文学だ。生活に役に立つものを作る学問だって必要だけれども、そのバックボーンには、徹底して人間というものを考え抜く哲学の素養がなければいけないんだ。わかるかね、きみ。きみも記者なら、そこのところをきみの記事に盛り込みなさい」

きみの記事と言われたって、わたしは子ども図書館のリポートのほかに、当時は情報誌で都内のラーメン屋のランキングと地図などを作っていたのだから、古尾野先生の崇高な人文礼賛を盛り込めるわけがなかったのだが、先生はもちろんそんなことに興味はなかったに違いない。

先生は滔々《とうとう》と、儒学・漢学の学問所であったはずのものが、明治になってから国学と神道に重きを置く機関に改変させられてしまって云々と、続けざまに不満をぶちあげていたが、喜和子さんは背中で手を組んでのんびりと、回廊の黒い立派な柱を上から下まで眺めたりして、それなりに聖堂観光を楽しんでいた。

「大成殿を書庫にして、この廊下に机と椅子を並べて閲覧所にしてたんだって。夏はいいけど、冬は寒そうねえ」

そう言って、喜和子さんは柱をとんとんと叩いた。春風に吹かれて頭陀袋スカートが膨らんだりすぼまったりした。

「この聖堂が近代日本の最初の図書館だったころに、通った人物としていちばんよく知られているのは夏目漱石《なつめそうせき》と幸田露伴《こうだろはん》だろうが」

またこの元大学教授は、試験官のような妙な目つきでわたしを見る。定年退職しても学校の先生という人種は、自分より年の若い者に成績をつけるような態度がなくならないのだろうかと、こちらが若干ひがんだ気持ちになるのも気にせず彼はつづけた。

「僕が好きなのは、ここで若い露伴と知り合って友達になって、井原西鶴《いはらさいかく》がおもしろいってことを教えてやった淡島寒月《あわしまかんげつ》だね。もう、ほとんど読まれないが、明治って時代のいちばんいいところは、あの、とんでもない趣味人が持ってたよ」

こうして古尾野先生のお話は、淡島寒月がたいへんな博覧強記ですさまじい教養人であったにもかかわらず、明治のイデオロギーだった立身出世にすっぱり背を向けて、欧化政策とも独特の距離を取りながら、その楽しげな人生を貫いた話に移っていった。

さすがに大学の先生をして長いだけあって、その話はまあまあおもしろかったのだが、わたしにとってより印象的だったのは、大成殿の黒い柱に耳をつけて、そこからまるで何かの物語が流れているかのように、ときどき笑顔になったり、目を丸くしたり閉じたりしている喜和子さんの姿だった。

あのとき、喜和子さんは、何に反応していたんだろう。

「甘いものでも食べて帰りましょう。あなたは、甘いものが好物なんだから」

講義に次ぐ講義に疲れたらしい古尾野先生がそう言うので、わたしたちは少し歩いて神田須田町にある甘味屋さんに入った。入母屋《いりもや》造りの古い建物は、周囲のやはり古くからある料理屋といっしょに、特別の雰囲気を醸し出していた。

わたしと喜和子さんは粟ぜんざい、先生は御膳しるこを注文した。わたしたちはみんなゆっくりと、建物とそのすてきな空間の中で味わう甘味に集中した。

帰りがけに、古尾野先生は女二人にお土産を持たせてくれるのも忘れなかった。すっかりひからびたお爺ちゃまではあったがなかなかの紳士で、「インテリだから」というだけではなくて、五十代の喜和子さんには魅力的に映っただろうと推測された。

「あげまんじゅう、久しぶり」

喜和子さんはにっこり笑って受け取った。

店を出しなに先生は、あなたはどうだか知りませんが、これがほんとのあげまん、とかなんとか、知性よりも年齢を感じさせるくだらないギャグを言って、わたしの心の中でせっかく上がった評価を無残にも落とした。

先生は秋葉原へ出てJRで千葉方面に帰っていったが、喜和子さんは千代田線のほうがいいというので、わたしも方向としてお茶の水方面に出たほうが帰りやすいので、二人してのんびりと坂を上った。

「湯島の聖堂ねえ、小さい時に来たことがあるのよ」

と、喜和子さんは言った。

「お参りかなんかで？」

「ううん、なにかのついででね。兄さんと来たの」

たしか、喜和子さんはそう言ったと思う。

「お茶の水にはね、戦後、かなり大きなバラック集落があったの」

ふと、そんなことも、喜和子さんは口にした。

「バラック？」

「うん、そう。戦後まもなくのころだから、あっちこっちにそういうのあったのね。上野にもあったし、浅草にも大きいのがあった。空襲で家を無くした人たちが、雨露しのぐために建てたわけ。御茶ノ水の駅のあたりかなあ、崖っぷちみたいなとこだったんだけど」

「わー、いま、影も形もないですよね」

「兄さんが、そのバラックに住んでる人と知り合いで。仕事のことかなんかでね、話をしに行ったついでに、ちょっと寄ってみようって、湯島聖堂にも寄ったのよ」

「大成殿はそのとき、どんなでした？」

「うーん、どうなんだろう。周りが焼け野原でぜんぜん違うし、こんなにきれいでもなかったんじゃないかな。なにしろ、こっちも子どもだったから、なんだかちょっと怖かったわね。建物なんかもっと巨大に見えたしね」

「喜和子さんの小さいころって、そういう時代なんだ」

「そうよ、あたし、生まれたのは戦争中だもの」

「生まれも育ちも上野ですか」

「あらやだ。違うわよ」

喜和子さんは、びっくりしたように立ち止まってこちらを見た。

「え？　違うんですか？　わたしはてっきり」

「ぜんぜん違うわよ。わたし、生まれも育ちも九州だもの」

「九州？　生まれも育ちも？」

「そう。こっちに出てきたのは、そうねえ」

そう言って、喜和子さんは眉間にしわを寄せて首を傾げた。

「そうねえ、こっち来て、十七、八年くらいにはなるかな」

新御茶ノ水の駅についてしまったので、それじゃあと言ってわたしたちは別れたが、なんだか釈然としないような気分に襲われたのを覚えている。それまでわたしは、喜和子さんが生粋の江戸っ子なのだと信じて疑ったことがなかったからだ。

喜和子さんから、「兄さん」と「バラック集落」のことを初めて聞いたのはこのときだったと思う。

それは、喜和子さんにとって「図書館」と同じくらい重要な二つのキーワードだったし、のちに、わたしはこれらについてもっと詳しく知ることになるのだが、あの時点ではあまりにあっさりした会話の中だったから、気にも留めなかった。

ただ、喜和子さんが上野育ちでなかったことだけが意外な気がして、いつか機会があったらもう少し聞いてみようと思いながら、その日は別れたのだった。

夢見る帝国図書館・4　寒月と露伴・湯島聖堂時代

今まではさまざまの事してみたが
死んでみるのは之が初めて

淡島椿岳《あわしまちんがく》

「東京書籍館」→「東京府書籍館」→「東京図書館」と、名前を変えたのは、湯島聖堂の図書館で、これが明治五年から十八年のことになる。

明神門から入って石畳を踏み、入徳門をくぐって石段を登れば、杏壇門の貸出受付があった。孔子廟のある大成殿は真正面にあり、そこには書棚が隙間なく置かれているが、書庫に出入りするのは図書館員たちだ。そこから左右に回廊が延びて杏壇門まで続いている。この左右の回廊が閲覧室になっていて、利用者たちはその書見台に本を置き、椅子に腰かけて借り出した本を読むのだった。

いずれも本好きの、あるいは学問好きの利用者たちは、本に没頭していて日が落ちたことにも気づかない。手元が暗く、字が読みにくくなったなと思うか思わないかのころに、静かに使丁がやってきて、机の上に蠟燭をそっと置く。そうしてようやっと、そうか、もう日暮れかと気づいて、それでも閉館まではまだ時間があるからと、蠟燭の灯りを頼りに本を読み続けるのだった。

ちょうど「府書籍館」が再び文部省の管轄に戻り「東京図書館」と名を改めたころに、足しげく通いだした男がいた。

馬喰町のかるやき屋で生まれ育ったが、明治十年に自宅が火事で全焼、場所を移して新築した家が神田明神坂にあったため、自分の蔵ほどの近さに日本一の書庫があることに気づいて、通うことにしたのだった。もともとが兄の影響で本好きだった彼、淡島寒月は、図書館で『燕石十種《えんせきじつしゅ》』をせっせと引き写すという奇妙なことを始めた。『燕石十種』というのは、江戸時代の風俗や珍談奇談を集めた随筆集で、安政から文久年間にかけて作られた古書だったが、山東京伝《さんとうきょうでん》や大田《おおた》南畝《なんぽ》の随筆も含む、この六十冊もある本を、毎日毎日生真面目に写している二十歳かそこらの男というのは、かなり異様な目立ち方をしたらしい。

そこへまた、同じように図書館に日参する別の男があった。

こちらは、男というよりはまだ少年で、名を幸田成行《しげゆき》といった、のちの幸田露伴である。

露伴は、寒月とは対照的に、ともかくそこにある本をなんでもかんでも読んだ。家庭の事情で府立一中（いまの日比谷高校）も東京英学校（いまの青山学院）も退学せざるを得なかった露伴としては、抑えきれない向学心を、湯島聖堂の図書館で発散させたのだった。

毎日毎日通う。

自分はとっかえひっかえ、借り出した本を読んでは返し、また借りては返しして、いろんな本を読み漁っているのに、判で押したように『燕石十種』を借り出して、読むというよりは丸写ししている年上の男が隣にいる。もう司書のほうも慣れたもので、寒月が来れば黙って『燕石十種』の続きを出す。寒月も黙って受け取って、ただただ引き写す。

それがあんまりおもしろかったので、若い幸田露伴は寒月に綽名《あだな》をつけた。

燕石十種先生。

「ねえ、燕石十種先生って、呼んでもいい？」

露伴は寒月にたずねた。

「いいよー」

と、寒月は答えた。二人は友達になった。

「なんでそれ写してるの？　おもしろいの？」

「おもしろいよー。山東京伝めちゃくちゃおもしろいよー。オレいま、こういう江戸時代の娯楽本を片っ端から買い集めてるんだけど、『燕石十種』はここにしかないからね」

露伴は寒月の散切《ざんぎ》り頭を眺めた。

「燕石十種先生の家には、江戸時代の娯楽文学がいっぱいあるの？」

「あるよー」

「見に行ってもいい？」

「いいよー」

かくして露伴は寒月の家をたずねた。

江戸の随筆を丸写ししているから、江戸趣味の人なのかと思いきや、
燕石十種先生は、目を丸くする露伴にビスケットを差し出し、コーヒーを淹れてくれた。

「食べる？」

「いただきます」

露伴少年はつつましくビスケットを手に取った。

「オレ、ちょっと、アメリカ人になってみたくてね」

燕石十種先生は、ぽりぽりビスケットを齧りながら言うのだった。

「ちょっと前は、完全にかぶれてたから、髪も脱色して赤く染めようと思ったり、目もどうにかして青くならないかと思っててね。そのころは、家の柱も丸く削って白く

塗って、窓にカーテンかけてベッドで寝てたんだよ」

「ベッド？」

「西洋の寝床だよ。オレ、一度決めたら徹底するからね。もう、向こうに行ったら、なっちゃうつもりだった」

「アメリカ人に？」

「そう。だけど、ふと考えたのよ。あっちへ行ったら、日本のことをあれこれ聞かれるだろうってね。何食ってんのとか、何着てんのとか、どういうこと考えてんのとか。そしたらさ、答えなきゃならないじゃない。だけどね、よく知らないのよ、日本のこと。オレ、安政生まれだろ。物心ついたら明治でさ、欧化の時代だったからさあ。オレ、漢学より先に英語習っちゃったんだもの」

「英語、しゃべれるの？」

「まあね。わりと好きだったからさ、ハリファキス先生に習ったの。アメリカ人になりたくってね」

「じゃあ、アメリカ人になるために、『燕石十種』を引き写してるの？」

「うん、まあね。というか、そうだったんだよ、初めのうちはね。だけど、読みだしたら、おもしろいんだわ、江戸文学って。いま、すんごく読みたいのはね、井原西鶴だよ」

「知らねえ」

「ないもん、どこにも。江戸の娯楽文学は、開国以来迫害されて、ばんばん捨てられちゃって、見つからなくなってるんだもん。山東京伝の『骨董集』に書いてあったんだけど、井原西鶴の『好色一代男』、もう、これがめちゃくちゃおもしろいらしいのね。だから、オレ、それ読むまでは、アメリカ人にならなくてい一わ」

「その、いは、いは、なんだっけ？」

「井原西鶴？」

「いはらさいかく。手に入れたら、貸してくれる？」

「いいよー」

「オレはさ、この世にある本という本、全部読みたいよ！」

露伴少年は鼻の穴を膨らませた。

寒月が井原西鶴を実際に手にして読んだのはもう少しのちのことで、「東京図書館」が上野に移転すると、寒月自身は湯島聖堂時代ほど頻繁には図書館にいかなかったようである。しかし、淡島寒月と幸田露伴の友情はずっと続いて、寒月は露伴やその友人の尾崎紅葉《おざきこうよう》に井原西鶴を推薦して読ませることになる。

淡島寒月が井原西鶴を発掘しなければ、寒月の西鶴本を露伴や尾崎紅葉がむさぼり読むこともなかった。だから、このかるやき屋のせがれがいなければ、日本の近代文学史が丸ごと違ったものになったはずだ。

　ところで、なんでもかんでも読んでしまう幸田露伴は、綽名をつけるのが好きだった。

　そこで「燕石十種先生」のほかにも、綽名を進呈した人物がいる。それは、学問に志したのが、普通の人よりも遅くて、大学に入った時、ほかの学生より五、六歳年上だったという、ちょっと神経質な男で、露伴はこの人に、「大器晩成先生」という綽名をつけた。

　大器晩成先生は、神田錦町の東京大学から歩いて湯島の聖堂を訪れ、淡島寒月や幸田露伴と同じように、毎日熱心に読書に励んだ。熱心に熱心に熱心に読んだ末に、草臥《くたび》れて神経衰弱に陥った。

　そこで、東京を離れて奥州に転地療養に行き、山寺に宿を借りて豪雨に遭い、山のさらに奥の草庵に避難したところで、洋燈《ランプ》の影に揺れる古い絵の中に吸い込まれていきそうになる奇妙な体験をするのだけれども、それはまた別の話になる。

　同じころ、露伴と同い年の少年、夏目金之助《きんのすけ》も聖堂の図書館に通い、荻生徂徠《おぎゅうそらい》の『蘐園《けんえん》十筆』を無暗に写し取っていたのだが、このころ二人はすれ違うばかりで、まだ出会っていない。だから露伴がのちの夏目漱石に「蘐園十筆先生」という綽名をつけた記録はない。

淡島寒月は膨大な蔵書を持ったほかに、世界各国の玩具を蒐集したり、江戸の風俗について書き物をしたり、やたら旅行をしたりして暮らしたが、梵雲庵と名付けて住んだ向島の寓居を関東大震災で焼かれてそのコレクションを全部失った。失ったその日にはまた新しい玩具を買うという、懲りない人生でもあったらしいが。そしてその二年と少し後に鬼籍に入った。

冒頭に挙げたのは寒月の父で、やはり趣味人の画家だった椿岳のご機嫌な辞世の句だが、息子も、とてつもなく陽気な辞世を詠んだ。

淡島寒月

針の山の景しきも見たし極楽の
蓮のうへにも乗りたくもあり

あのころわたしは小石川植物園の近くに部屋を借りていた。

千川通りという通り沿いにあるマンションだった。

それなりに交通量の多い場所だから騒音はあるし、近隣の印刷関係の小さな会社は、朝からよく働いてシャカシャカと機械音を立てるし、壁の薄い安普請はそうそう住み心地がいいとも言えなかったが、一本入ると植物園の緑が灰色のコンクリート塀沿いにのぞくのも、「こうば」と呼びたくなるような印刷、製本関係の零細企業のたたずまいも気に入っていた。大塚方向に少し歩くとある、共同印刷の先の播磨坂は、春には見事な桜を咲かせたし、なんといっても植物園に行けば周りに高い建物もなく、のんびり森林浴めいた時間を過ごせるので、賃貸物件じたいの居心地は多少目をつぶってても住んでいたい場所ではあった。

「あたし、小石川植物園に行こうかなと思ってるんだけど、いっしょに行かない？」

ある日、喜和子さんがそう言って、頭陀袋《ずだぶくろ》スカートのポケットからしわくちゃの紙を一枚取り出した。新聞の切り抜き記事の、そのまたコピーだかなにかで、

「青の竜舌蘭《りゅうぜつらん》、七十年に一度の開花」

とある。

「なんですか、これ」

「わかんないけど、うちの前に落っこってたの」

「落っこってた？　この紙が？」

「そう。よくわかんないけど、すごそうじゃない？　七十年に一度の開花って」

「そりゃまあ、そうですけども」

「あんたんち、小石川植物園の近くじゃなかった？」

「近いですよ」

「あたし、行ったことないの。案内してくれる？」

いいですよ、ということになって、わたしたち二人は平日の昼間に植物園へ出かけていったのだが、なにが驚いたといって、小石川植物園には青の竜舌蘭がなかったことだ。

まだ入り口に券売機がなかったころで、植物園の向かいの売店でチケットを買い、窓口で園内図のついたパンフレットを受け取って、ソテツだのイチョウだの見ながら坂を上って、ニュートンの林檎の木の子孫だ、メンデルのブドウの木の子孫だと、いわくのある立派な木を見たり、小石川養生所の井戸を見たりして歩き回ったのだが、肝心の青の竜舌蘭がない。七十年に一度の開花なら、看板くらい出ていそうなものだが、そうしたものもない。こっちかしら、あっちかしらと言いながら植物園を一周し、受付窓口で、

「青の竜舌蘭はどこですか？」

とたずねると、不審げな顔をした若い女性が、

「少しお待ちください」

と、手元の資料をめくり、

「こちらには、ございません」

と言うのだった。

喜和子さんは不満そうに口を尖らせて、頭陀袋スカートのポケットから例の紙を取り出して広げたが、しばらくそれを見ていた女性は気の毒そうに、

「小石川植物園にある、という記事ではないようです」

と言った。

「え？」

わたしと喜和子さんは、奪うようにその紙をつかみ取り、目を凝らしてそれを眺めたが、七十年に一度しか開花しない青の竜舌蘭に関するその記事は、たしかに、どこで見られるとも書いてはいないのだった。

「喜和子さんが、ここで見られるって言うから」

「だって、あんた、花ならここに来れば見られると思うじゃないの」

しょんぼりする喜和子さんを見て、植物園の若い女性は深く同情し、

「ここには燭台大蒟蒻があります」

と慰めるのだった。

「ショクダイオオコンニャク？」

「世界最大の花と言われています。やはり、開花はめったに見られません」

「いま、咲いてるんですか？」

「いまはまだちょっと。何年かしたら」

「ショクダイオオコンニャク？」

「どういう特徴があるんですか？」

「世界最大の花で、においが臭いことで有名です」

「臭いことで」

「肉の腐乱臭で虫を惹きつけます。死体花という別名も」

うーん、と喜和子さんは唸った。

わたしたちは、やや脱力して女性職員にお礼を言い、日本庭園まで戻ってベンチに座った。

青の竜舌蘭が見られなくても、燭台大蒟蒻の開花がまだでも、植物園は行く価値のある場所だった。あれは、たしか、桜の見ごろも終えて、梅雨に入る前だった。みごとな躑躅《つつじ》がいっせいに開いていたように記憶している。

「花にあくがれ月に浮かぶ折々の心おかしきもまれにはあり」

殺風景な売店脇の自販機で買ってきた缶ジュースを開けて、ぼけっと座り込んでいたのだったが、喜和子さんは唐突に歌いだすように、なにごとかを暗唱してみせたのだった。

「思うこと言わざらんは腹ふくるるちょうたとえも侍れば、おのが心に嬉しとも悲しとも思いあまりたるをもらすになん。ええと続きはなんだっけ？」

「なんだっけって、知りませんよ。なんですか、それ」

「そうよね。ふつう知らないね」

喜和子さんは照れて頭を掻いた。

「樋口一葉《ひぐちいちよう》の日記の最初のとこ。『若葉かげ』っていうのの最初」

「ぜんぶ覚えてるんですか！」

「違う、違う。そんなんじゃないよ。読もうと思ったんだけど、なかなか進まなくて、最初のとこばっかり何度も見てたもんだからね、そこだけ覚えちゃったのよ」

「すごいな、そこまで好きだっていうのは」

「だけど、日記読んだのは、全集もらってからだから」

「あ、古尾野《ふるおや》先生のライバルの、ホームレス彼氏に？」

「そう。ホームレス彼氏に。最初は、頭からきちんと読もうと思ったんだけど、いまはね、読んで、なにするってわけでもないから、ときどき取り出して、適当なとこ開いて見てる。それでね、今朝、これを拾って」

喜和子さんは手の中の「青の竜舌蘭」の記事を広げて見せる。

「そういえば、一葉が植物園に行く話、あったなあと思い出して、行ってみようかなと思ったわけ」

「来たこと、なかったんですか」

「そうなの。ないの。一葉の住んでたとこも、たずねてないの」

「このあたりに、住んでたんでしたよね」

「うん、西片にね。その前は菊坂にもね。飯田橋近くの安藤坂あたりに、中島歌子《なかじまうたこ》の萩《はぎ》の舎《や》っていう歌塾があったのね。そこのことを、小石川、小石川って書いてるの。牛天神って、天神様のあるあたりよ」

「牛天神、知ってますよ。行ったことある」

「あるの？」

「ありますよ。近所だから」

「いいなあ」

「いいなあって」

「それでね。日記にはねえ、萩の舎のみんなといっしょに伝通院《でんづういん》の境内を抜けて、植物園に行ったたって書いてあるの。たしか、躑躅とか、牡丹がきれいだったたって」

「じゃあ、いまの季節ですね」

「そうね」

わたしたちは黙って躑躅を眺め、着物姿の樋口一葉と歌塾の仲間が、にぎやかなさざめきとともに植物園を散歩する姿を思い浮かべた。

「喜和子さん、いちばん好きな一葉の小説って、どれですか？」

「うーん。あんた、どれ、いちばん好き？」

「わたし？『大つごもり』かな」

「いいよねえ、あれ」

喜和子さんは目を細めた。

「喜和子さんは？」

「うーん。しいて言うなら、『十三夜』かな」

「いいですよねえ」

「いいよねえ」

「最初に出会った一葉作品は？」

「『たけくらべ』」

「いっしょだ」

「だけどね、自分で読んだんじゃなくてねえ、誰かに読んでもらったわけでもなくてね。お話を聞いたのよ。昔々、あるところに、みたいなさ」

「わたしもちょっと似たような」

言いかけてからわたしは、人生初の『たけくらべ』が、なんとアニメの『魔法使いサリー』だったことを唐突に思い出した。

名作を読んだがために本の世界から出られなくなってしまった愛娘サリーを呼び戻すため、魔界の王であるパパが大声で叫ぶ、「マハリクマハリタたけくらべ、マハリクマハリタたけくらべ」という安直な呪文と大仰な身振りも記憶の底から蘇らせてしまい、自分の最初の一葉体験がなんとなくみすぼらしく思えてきて口ごもった。

「誰に話してもらったの？」

無邪気に脚をぶらぶらさせながら、喜和子さんが聞いてくる。

「誰だったかな。よく覚えてません。喜和子さんは？」

「覚えてる」

「誰？」

「知り合いというかね、小さいころ、いっしょにいたお兄さんでね。この人がまあ、めちゃくちゃ話がうまかった」

喜和子さんはまた、懐かしそうな目をして笑った。

『魔法使いサリー』の洗礼を経て、自分が初めて『たけくらべ』を読んだのはいつのことだったか。廻れば大門《おおもん》の見返り柳いと長けれど、お歯ぐろ溝《どぶ》に燈火《ともしび》うつる三階の騒ぎも手に取る如く——という冒頭を思い出した。わたしがその冒頭を覚えている理由は、喜和子さんが日記の出だしを覚えているのとほぼ同じ理由で、一葉の名作を読もうと思ったものの、なにが「廻れば」なんだかさっぱりわからない。ただ、口調はいいので繰り返し読んでいるうちに覚えてしまった。舞台となる大音寺前から大門の見返り柳までが、ぐるっと「廻る」のでかなりな距離なのだという意味を知ったのはずいぶん後のことになる。

「いくつぐらいだったんですか、喜和子さん。だって、あの話、子どもにはわかんないこともけっこう出てきますよね。大門の見返り柳とか」

「いくつだったかな。小学校に上がる前かね。たしかに、いちばんきわどいところは抜かしてあったんだけど、後になって本を読んだらねえ、おもしろいくらいそっくりだったの」

「お兄さんのお話と、本の内容が?」

「そう。だって、熊手の話なんかも入ってたしね。そこが吉原の界隈だってことも話してくれたしね。それでまず龍華寺の信如が出てくるでしょ。それから田中屋の正太郎が出てきて、喧嘩で負けたくないって話をするでしょ。それがもう、おっかしくてね。祭りっていうのは、喧嘩する日だろ、そこで負けちゃアつまらないだろって、解説入れながら、正太になったり、長吉になったり、美登利になったりするんだよね」

思い出して、愉しくなってしまった喜和子さんは、できる限り忠実に「お兄さんの『たけくらべ』」を再現してくれた。子どもたちの喧嘩や会話が生き生きしたそのバージョンは、たしかに一葉の作品のみずみずしいエッセンスを伝えているように思われた。わたしの貧しい『たけくらべ』体験に比べて、喜和子さんのは、なんとも豊かなものだったらしい。

その日はなんとなく話の流れで、一葉の旧居跡を見に行こうということになった。筋金入りの一葉ファンで、東京に十七、八年も住んでいるのに、喜和子さんは菊坂の旧居跡も、竜泉の一葉記念館も、訪れたことがなかった。わたしは植物園界隈に引っ越してきたころに、菊坂の旧居跡には行ってみた覚えがあった。

小石川植物園から一葉の旧居跡までは、二、三十分歩いただろうか。途中、広い幹線道路沿いに一葉終焉の地の碑があって、そこでも喜和子さんは感慨深げにたたずんだ。一葉が最晩年に住み、『たけくらべ』や『にごりえ』を書く、奇跡の十四か月と呼ばれる日々を送った場所だ。彼女が暮らした鰻屋の離れは影も形もなかったが、それでも喜和子さんにとっては聖地だったのだろう。

西片の交差点を折れて、菊坂に入り、少し上ると一葉が通った伊勢屋質店の古い建物があった。おぼろげな記憶を頼りに、菊坂を右に折れて階段を下り、たしかこのへんだったとおもうとかなんとか言いながら、しばらくあたりをうろうろした。不確かなままに、人がすれ違うには互いに横向きにならなければ通れないような細い路地を入ると、木造の家屋が並んで、タイムスリップしたような場所に出た。喜和子さんの住む家が密集したようなところだった。急な階段を下り切った左に、ポンプ式の井戸が見える。

「あそこかも」

声をかけると喜和子さんは、路地の入口で放心したように立っていた。

「喜和子さん」

周辺の民家に遠慮して、小さな声で呼ぶと、にわかに目を覚ましたみたいな顔つきで、ひょこひょこといつものような足取りで近づいてきて、わたしの腕につかまりながら、急な階段をゆっくり下りた。

「ここんとこに住んでたんだねえ」

井戸を脇に見ながら少し広い通りに出てから、もう一度その路地を振り返って、感慨深げに喜和子さんは嘆息した。

ここんとこ、と言ったって、一葉が使ったと言われる井戸が残るだけで、彼女が暮らした家や庭が残っているわけではないのだが、それでも二十一世紀までよく残りましたという雰囲気の木造家屋が懐かしく、また、あのころはまだ、近くに古い銭湯もあった。

菊坂を上ってわたしたちは本郷三丁目に出て、それから湯島界隈までまた歩いた。喜和子さんは小柄ながら健脚で、それくらい歩くのはなんともないと思っているのだった。

「ねえ、帝国図書館の話、したことあったでしょう」

歩きながら、そう彼女が言った。帝国図書館の話なんて、なにかのときにすぐ口に出すのだから、改めてそんなことを言いだすのもおかしいくらいだったが、あのときのことはいまでもよく思い出す。もう記憶の中では風景がごちゃごちゃになっているから、あの日、あの路地の入口で喜和子さんが話し出したような気がすることもあるのだが、とても狭い路地で話し声を立てるのもはばかられた思い出もあるから、おそらくは道幅も広く交通量も多い、春日通りでの会話だったに違いない。

「あたし、小説書こうとしたとか言ったじゃない？」

「言いましたね」

「あれね、ほんとはね、書いてた人いるのよ」

「え？」

「書いてた人、いるの。『夢見る帝国図書館』のお話を」

「喜和子さん以外に？」

「そう。あのね、あたしにね、『たけくらべ』の話してくれた人」

「近所の、お兄さん？」

「うん、まあ、そう」

「その人、作家だったんだ」

「どうなんだろうねえ、有名な人ではなかったよ」

「じゃ、作家志望ですかね」

「そうだったのかもしれない。その人が教えてくれたの。樋口一葉は毎日のように上野の図書館に通ってたんだって。日記に書いてあるんだって」

喜和子さんの図書館愛と一葉愛は、このようにして繋がっていたのだと、そのとき知った。

「そのお兄さんも、一葉が好きだったんでしょうね」

「好きだった。それで、図書館のことも好きだったみたい。そんで、言ってたのはねえ、もし上野の図書館に心があったら、図書館は樋口一葉に恋しただろうって」

「反対じゃなくて？」

「反対って？」

「樋口一葉が図書館に恋してたって話じゃなくて？」

「違う。図書館は、樋口一葉に恋しただろうって。半井桃水《なからいとうすい》にものすごく嫉妬したに違いないって」

「図書館が？」

「そう。図書館が」

「国際子ども図書館になってる、あの荘厳な建物がねえ」

「あ、でもね、建物は違うみたいなの。一葉が通ってたのは、あの建物ができる前のことだから」

「じゃあ、湯島の大成殿？」

「それでもなくてね、その二つの間に、もう一つあったの、図書館の建物が」

夢見る帝国図書館・5　火事に追われて上野へ　図書館まさかの再度合併

文部省に所管の戻った東京図書館が、明治十八年に上野に引っ越した理由は、まず、なんといっても書庫が足りなかったことにある。

図書館は、食べ盛りの男の子が食い物を欲しがるごとく、常に書庫を欲しがる。

湯島大成殿はもともと仮の住まいであり、あの、荷風《かふう》の父の永井久一郎《ながいきゅういちろう》からしてすでに、

「ここ、あくまで仮ですからね。早く、欧米諸国みたいな図書館の体裁を整えてもらわんとね。新築の件、お願いしますよ。東京府下上野御用地内に、一万坪、図書館建築地って決めておいてくださいよ。大至急ですからね。さきごろ、上野御用地内に博物館の新築、許可なすったそうじゃあないですか。え？　ま、さ、か、博物館だけ特別扱いってこと、ないですよね？　ちゃんと境界区分を決めて、こっちのほうも作ってもらわんと。図面添付の上、さらにお伺いいたしますので、そのおつもりで」

という文書を文部省に送ったくらいなのであった。それは明治九年のことで、そのままとまともな返事もなく、ずるずる年月ばかりが経っていた。

しかし、増える本だけが理由ではなかった。図書館は火事が怖かったのである。

火事と喧嘩は江戸の華。

まだ江戸が東京と名前を変えて十数年というころ、華を競おうという意図はなかったろうが、ともかく近隣に火事が多かった。

文部省管轄になったことで、東京府管轄時代に比べると、めでたく予算も増えて、着実に増えていく蔵書。それに連れてさらに増えていく利用者。そこへ襲う近隣の火事。

図書館の事務職員たちは、紙でできた書物の命の儚《はかな》さを考えると、頭がどうにかなりそうであった。

「防火壁立てて」

「書庫増やして」

「書庫に防火壁作って」

「もっといい書庫にして」

毎年、毎年、対症療法的な要望を出すに飽き足らず、

「早く、もっといい図書館作ってほしい。だいたい、大成殿なんて、もともと図書館向きにできてないいんだよ。こんなあけっぴろげな施設。火事があったらどうすんの！」

という不満が、まさにガスのように膨れ上がっていた矢先、隣の東京師範学校校舎から、とうとう出火した。

師範学校の建物を焼いた火は、昌平館に飛び火してこちらも焼き尽くし、まさに大成殿に及ばんとする。図書館員たちは決死のバケツリレーでこれを防ぐとともに、大八車に積めるだけの本を積んで、煙の中を往復し、彼らのいとしい書物を守った。

「風が！　風向きが、かわったぞううう」

火が、大成殿と反対の方向になびいていき、もはや焼くものもないのに気づいておとなしくなったのを見て、図書館員たちは号泣せんばかりであった。

東京師範学校の大火の二年後、ようやく悲願を達成し、図書館は上野の地へ新築移転することとなった。館員たちは、喜び勇んでその準備にあたったのである。

嗚呼、それなのに、いかなることか。

翌十八年、六月二日、文部省は図書館をあろうことか東京教育博物館に合併し、既築の同館内に移転する旨を発表したのであった。理由はまたもや経費節減。

その上、前年に約束した金二万五千円の交付を中止し、一万二千円に減額した新築費を交付するのみであった。

それでも、図書館員たちは思ったのである。

「思ってたほどの規模じゃないけど、ともかく書庫ができるんだからさ」

「新しい閲覧室もね」

「そうだよね」

「そうだよね」

ところがどっこい、ここでもまた予想は裏切られるのである。新築を開始したものの、なぜだか金が足りなくなり、工事が中止になってしまうのだ。

しかも、工事費に使うはずだった金はいつのまにか博物館の陳列場兼講義室の新築費に流用されてしまう。

というわけで、東京図書館は上野に移ったが、建物は教育博物館に間借り、という状況が続くこととなった。

喜和子さんの家の二階に住んでいる谷永雄之助《たにながゆうのすけ》くんに「来たら」と言われて、喜和子さんといっしょに藝大の学園祭に出かけていったのは、その年のことだったか。藝祭に行くのも初めてなら、あの凝りに凝った御輿の競演を見るのも初めてだった。上野公園をパレードする巨大な御輿を追いかけるようにして、藝大の構内に入ったのも、ひょっとしたら、あのときが初めてだったかもしれない。

少なくとも喜和子さんは、そうだったらしい。

藝大の両キャンパスはごった返していて、野外ステージからはライブの大音響が鳴り響いていた。「来たら」と言ってくれた雄之助くんがどこにいるのかもさっぱりわからなかった。

喜和子さんは八岐大蛇《やまたのおろち》と美女の絡みみたいなモチーフの御輿に目を奪われ、もちろん、ほかのどれも迫力満点で見ごたえがあったのだが、なぜか喜和子さんは、その美女がお気に入りだった。

「おっきいねえ」

小柄な喜和子さんは大喜びで、その御輿の前でピースサインを作ってわたしに写真を撮らせ、人混みを掻き分けて果敢にキャンパスを回って、屋台のチョコバナナなども楽しそうに食べた。

美術学部のほうから道を渡って音楽学部側へ行くと、喜和子さんは立ち止まった。

「これ」

ん？　なになに？　と指さされた方角を見ると、赤いレンガ造りのかわいらしい建物が二棟ほど並んでいる。

「これが、あっちの立派な図書館が建つまでの間、上野の図書館の書庫だったんだって」

その、それほど大きくないレンガ造りの洋館は、なんとなく赤毛のアンやトム・ソーヤーが通う小学校のような印象で、ふんわりと腰のところで膨らんだ長いスカートを穿いた女の先生や、半ズボンにサスペンダーをした元気な男の子が出てきそうな建物だった。

「じゃあ、ここに樋口一葉が通ってたってこと？」

「そこがちょっとわかんないの。ここが書庫だったたってことは、いろんなところに書いてあるんだけど、閲覧室ってのは別に建ってたみたいなの。日記にはね、図書館は上野忍岡《しのぶがおか》の西の端にあるって書いてあんの」

「忍岡っていうのは？」

「昔の地名で、だいたい上野の森全体をそう言ったみたいなんだけども、忍岡の西の端で、向かいは音楽学校、その裏が美術学校だと書いてあるのよ。そうするとね」

喜和子さんはレンガの建物を少し離れ、斜め方向を指さした。

「あっちが北なのね」

「はあ」

「そうすると西の隅は、こっちなのね」

喜和子さんは体を四十五度動かし、両手を押し出すような身振りをした。

「そうなると、この建物があやしいわけよ」

西の隅、と言われた場所には、コンクリートの校舎が建っている。

「どういうこと？」

「だから、こっち側に、閲覧室の建物が昔はあったんじゃないかなって思ってんの。詳しい人に聞いたわけじゃないんだけどさ。あたしが調べてみた範囲では、そんな感じ。一葉が通った閲覧室は、残ってないんじゃないかな」

「よく調べましたね、そんなこと」

まあねえ、と言って、喜和子さんは鼻の頭を掻いた。

そのときふいに、わたしの頭にひょんなことが浮かんだ。

喜和子さんの図書館愛は、喜和子さんの一葉愛と密接に結びついているのだが、その二つを結びつけたのは、また別のファクターではないかと思ったのだ。

「喜和子さん」

あっちが北で、こっちが西でと、まだ体をくるくる回しながら悩んでいる彼女に声をかけると、森の中で人に見つかった小動物のようなキョトンとした表情で振り返った。

「喜和子さん、『たけくらべ』を話してくれたお兄さんって、どういう人だったんですか？」

「どういう人って」

「その人のこと、好きだったんでしょ」

「好きって、そりゃ、好きだったけど、ちっちゃかったからねえ」

小学生くらいだもの、ようやく。

そう、つぶやいておいてから、喜和子さんはまたくるりと姿勢を変えて、赤レンガの建物を眺めた。

地味な木綿の着物を着て、髪をぼんぼりのように結った明治時代の女性が、風呂敷包みかなにかを抱えてそこから出てくる姿を想像してみた。赤毛のアンほどではないが、似合わなくはない気がした。

「昔、その人といっしょに暮らしてたことがあるのよ」

喜和子さんがそう口に出したとき、なんの話かすぐにはわからなかった。なんだかひどくなまめかしい言葉に聞こえたから、「ちっちゃかったからねえ」の無邪気さと結びつかなかったのだ。

「その人って、お兄さん？」

「そう」

「近所だったってだけじゃなくて、同じ家に暮らしてたってこと？」

「戦後すぐのことだったからねえ。あのころは、みんな家がなくなったりしてたから、親戚でもない人といっしょに暮らすなんてことはよくあったのよ」

「じゃあ、小さいころに？」

「そうよ。なんだと思ったの」

「だって、なんだか、同棲でもしてたみたいな言い方するから。大人になってからの話かと思いましたよ」

「あらやだ、そんなふうに聞こえた？」

だって古尾野先生とか山本學《やまもとがく》似のホームレスさんとか、いろいろ華やかな過去があるからとからかうと、喜和子さんは顔をくしゃくしゃにして笑った。

それから話題を変えようと思ったのか、急にいたずらっぽい表情になって、なぞなぞみたいなことを言い始めた。

「樋口一葉が図書館とおんなじくらいしょっちゅう行ってたのがどこだか知ってる？」

「質屋？」

あてずっぽうで答えるわたしに、彼女は指を左右に振ってみせて、

「鍼灸。肩こりがすごかったから」

と、笑った。

喜和子さんと、図書館小説の書き手であるお兄さんについて、そのときに聞いたのはほんの少しだけだった。もっと詳しく聞いておけばよかったと、今になると思う。

この翌年くらいに、わたしの書いていた小説が本になった。

小説が出たことを、喜和子さんはとても喜んでくれたし、わたしも初めての著書に慣れないサインまで書いてプレゼントしたりした。

それからしばらくの間は、小説一本ではなかなか食っていけないからと、ライター稼業も続けていたが、幸い少しずつ注文が来るようになって、記者稼業からは撤退することになる。国際子ども図書館の紹介記事は、それが原因でやめたわけではなくて、もっと前に連載じたいが終了していたのだけれど、いずれにしても上野界隈に定期的に出かけていく仕事がなくなったせいで、喜和子さんと会う回数は格段に減った。

なにしろ彼女の家には電話がないので、会おうと思うといきなり訪ねるか、まるで樋口一葉の時代の人みたいに、葉書でも書いて送るしかない。そうかといって、わざわざ葉書を出すのも面倒で、ぶらっと行ってみて留守にぶつかったりした。同じ町に住んでいるのだから、会いたくなればいつでも会えるという気持ちもあるし、仕事が変わると付き合いもそれなりに変わって、周囲はなんだかバタバタしていた。そんな中で、さすがに年の初めには年賀状のやり取りなどしたけれど、なかなか家を訪ねるまではしなくなっていった。

あのまま、喜和子さんの家にしょっちゅう遊びに行く関係を続けていたら、もう少しできることもあっただろうかと思うと、自分の薄情さにうんざりしてくることもある。

しかし、ともかくいまは、にぎやかで楽しかった藝祭に話を戻そうと思う。

わたしたちが赤レンガの建物の前で立ち話をしていると、リオのカーニバルのような扮装をした一群が通りかかった。楽器を肩から提げている人や、踊り子風の人の中に、ひときわ派手な羽飾りを背中にしょって肌の露出した衣装をつけた、ひどく背が高くて目を引く人物がいて、ソフトクリームを食べながらこちらを見ている。

その中性的な雰囲気に目が離せなくなり、しばらく無言で見つめていたら、あちらは唐突にソフトクリームを握っていないほうの片手を上げた。

「あ、雄之助くんだ」

喜和子さんが横でぽつんとそう言った。

サンバの衣装を着ている背の高い踊り子は、ふだんの姿とは似ても似つかなかったが、たしかに谷永雄之助くんで、セパレーツの水着のようなものと羽飾りだけを身に着けた彼は、なんともいえずセクシーだった。

雄之助くんは、衣装に似合わず大股で近づいてきて、わたしたちに、楽しんでいるかとか、どのスペースでどんなイベントがあるから見てきたらいいとか、いろいろアドバイスしてくれた。雄之助くんの作品は見られないのかと聞いたら、展示してある教室も教えてくれた。

喜和子さんとわたしは、ともかくそれを見てから帰ろうということになり、比較的人の少ない、奥のほうの教室にあった雄之助くんの大きな絵を見た。

トランス／トレランス
そう名づけられた巨大な油絵がなにを意味するのかはまったくわからなかったが、パステルカラーが多く使われたその絵の前は意外に居心地がよかった。

あの絵を描いた、そして神々しいような踊り子姿でキャンパスを練り歩いていた、谷永雄之助くんにも、わたしはのちに意外なところで再会することになった。

夢見る帝国図書館・6　樋口一葉と恋する図書館　上野赤レンガ書庫の時代

もし、図書館に心があったなら、樋口夏子《なつこ》に恋をしただろう。

そのうら若き女性は、ある時期から頻繁に図書館を訪れるようになった。ひどい近眼のくせに、けっして眼鏡をかけようとしない頑固な一面を持つ彼女の目に、建物全体は、あるいはぼんやりとしか映らなかったかもしれないが、図書館のほうに目があったなら、その両眼はつねに彼女に釘づけになっていたに違いない。

上野の森に居を移した図書館は、最初のうちこそ教育博物館に間借りしていたけれども、とにもかくにも閲覧室の入った建物を新築して体裁を整えた。これが明治十九年十一月のことである。

若き樋口夏子が図書館にあらわれるのは、それから何年も経たないころだろう。安藤坂の萩の舎に通い始めるのは明治十九年、夏子、十五歳のときのことだが、萩の舎の友人と連れ立って、上野の図書館にはよく通った。少なくとも明治二十四年の日記には、頻繁に通う姿が登場する。

夏子、二十歳。

夏子はまた来る。

数日おいて、またやって来る。

日を空けずに来ることもある。来ると三、四冊の本を借り出して、近眼の目を駆使し、ページに顔を擦り付けるようにして、読む。だから、彼女が本に目を落としてしまうと、よほどのことがない限り、彼女の顔を眺めることはできない。結い上げた後ろ頭だけが、机に載っているように見える。

どれほどの書物を読んだことか。図書館は、わが懐で飲むように書籍を読了していくこの稀代の女流作家の卵が、かわいくてかわいくてならなかったに違いない。

そもそも図書館がこの東京の地に「書籍館《しょじゃくかん》」と名付けられて産声を上げた年と、樋口夏子がこの世に生を受けた年は、同じ明治五年であった。そのことも、図書館の夏子に対する偏愛の一つの理由になったかもしれない。

それればかりではない。図書館は、彼女を生涯悩ませ続けた金の苦労を、わがことのように知っていたのであった。図書館に心があるならば。

樋口夏子は短い生涯を、いつも金のことばかり考えて暮らした。金がない。今日も明日も金がない。金さえあればと、何度思ったことか。

図書館は、上野公園で開かれた第三回内国勧業博覧会で、夏子が売り子になろうとしたことも知っていた。結局、母や兄の反対で、売り子をすることはなかったが。

金と本。

彼女の人生の二大テーマだった。それは、図書館もまったく同じであった。上野の図書館の歴史は、常に資金源に泣かされた歴史であったから。

そして夏子の三つめのテーマは恋であった。図書館も夏子に恋をした。

あの夏、暑い日差しをよけて建物に入った夏子に、高い窓から気持ちのよい風をせいいっぱい入れて、ほてりを冷ましてやったのは、図書館であった。

細い字で、備えつけの閲覧証書に書名や分類番号を書き、図書館司書におそるおそる差し出す夏子に、男の司書が「間違っている」だの「書き直せ」だの、わざと意地悪しているとしか思えないことを言うので、図書館は、この司書の態度に腹を立て、つるりとした廊下ですっころばせて、したたかに腰を打ちつけさせてやったこともあったのである。この司書が必要な書類を紛失したり、なぜか建物の中で咳が止まらなくなって厳粛な館内でみんなから白い目で見られたりしたのは、すべて、夏子に優しくしなかったことへの、図書館の意趣返しであった。

試験が近いので法律の勉強をしにくる者も多かったが、夏子の顔をじろじろ見たり、ひそひそ陰口を叩いた者が、みな試験に落ちたのも、図書館の仕業であった。

女医の卵が、夏子の隣で医学書を開き、素っ裸の男の解剖図などを平気で見ていたときは、図書館はひどく気が揉めて、このような本をわが懐にするものではなかったと後悔したり、ひそかに赤面したりした。

しかし、図書館にとって最大のライバルは、夏子の師、半井桃水だった。

ここで本を読むのがいちばん勉強になるのに。

来てもいいころあいに彼女が来ないと、半井桃水の家に行っているのではないかと疑われてならなかった。

来ても、時折、本を読まずにぼーっとしている姿を見るにつけ、図書館は悔しかった。

なんだ、あんなやつ。

図書館は、桃水が夏子といっしょになったも同然とか、小説はオレが書いてやったんだとか、言いふらしている噂を聞きつけて悲しくなった。いい歳して、お人形で遊んでいるような男に、夏子は相応しくないと思った。

それで、夏子が桃水と会うのをやめたと知ったときは、ほっとしたのだったが、彼女の心までが断ち切れたわけではないことを、図書館は知っていた。

図書館は、夏子の書く小説が好きで好きでたまらなかった。小説の載った雑誌が送られてくると偏愛して、誰にも貸したくないとすら思った。

夏子があるだけの着物を質に入れてしまったために、とうとう着るものがなくなり、妹の邦子《くにこ》に生地をはぎ合わせてもらった着物もどきに羽織をひっかけて、その奇妙なパッチワークを隠して出かけていることを図書館は知っていた。

ありとあらゆる人に借金していることも知っていた。

夏子の小説が評判になって、文壇の寵児たちが彼女の家を頻繁に訪れるようになると、図書館は誇らしくもあったが、以前ほどには図書館に現れなくなったのを、仕方がないと思いながらも寂しかった。

夏子の生前に出た唯一の著書である、お手紙の書き方指南書『通俗書簡文』を、図書館は万感の思いで胸に抱いた。

彼女の葬儀の日、森鷗外《もりおうがい》は騎馬で葬列に加わりたいと願ってかなわなかったが、図書館も動けるものなら葬列に参加したかった。

夏子は明治二十九年の十一月二十三日に息を引き取った。図書館は、死後に出版された樋口一葉の本を次から次へと愛した。全部愛した。小説も歌も日記も手紙もすべて愛した。

図書館には鷗外も漱石《そうせき》も露伴《ろはん》も来た。徳冨蘆花《とくとみろか》も島崎藤村《しまざきとうそん》も通った。田山花袋《たやまかたい》も日参した。およそ明治の文学者で上野の図書館に行かないものはなかった。

けれども、誰がなんと言おうと、図書館がもっとも愛したのは、この、肩こりで近眼の、金の苦労の絶えなかった、薄命の女流作家であるに違いない。

一度だけ、喜和子さんといっしょに国際子ども図書館に行ったことがある。

彼女が新しくなったあの建物に足を踏み入れたのは、たった一回のことだ。もちろん、わたしの知らない間に行っていないともかぎらないけれども、行く前にあれだけ拒否していて、行ったあとも「また行く」とは言わなかったから、あれが最初で最後である可能性は非常に高い。

喜和子さんと会うのはそう頻繁ではなくなっていたけれど、たまたま上野の美術館の展覧会に行く予定があって、久しぶりに会ってみたくなり、わざわざ葉書を出したのだった。夏の暑い時期で、熱中症を起こしそうな天気が続いていたから、喜和子さんの家や炎天下の公園はやめて、建物の中で会いましょうと書いて送ったら、

「じゃ、上野の図書館の中で」

という返事が来た。

その夏、国立西洋美術館で開催されていたのは、コローの展覧会だった。ルーブル美術館から「モルトフォンテーヌの思い出」「青い服の婦人」「真珠の女」という名作が貸し出されていて、鳴り物入りで宣伝していた。たしか、いっしょに行かないかと最初の葉書で誘ったはずだけれど、喜和子さんのほうは興味が持てなかったのだろう。

展覧会場を出て藝大のキャンパスを横切り、図書館のほうへ曲がろうとすると、交差点の角のコンクリートの建物の前で、喜和子さんは腕を後ろに組み、じっと立って

いた。

「喜和子さん」

声をかけると一瞬びっくりして、あらやだとかなんとか言いながら彼女は振り向いた。「早く着いたなら、建物の中で待ってたほうが涼しいのに」

と、わたしが言うと、彼女はちょっと唇を尖らせて不満の意を表明した。

「だって、いまとなっては、こっちのほうが懐かしいんだもの」

「こっちって？」

「これこれ」

そこにあるのはなんだか国会議事堂を小型にしたような、頭のてっぺんに四角錐を載せた倉庫めいた建物で、そういえばいつも側を通るときに気になってはいるのだが、改めて何なのか考えてみたこともなかったものだった。

「なんですか、これ」

「あら、知らない？　駅よ、駅。博物館動物園駅って京成電鉄のね、上野と日暮里の間にあるの。ついこないだまで使ってたわよ。十年くらい前かな、やめちゃったのは」

調べてみるとその駅が最終的に廃止になったのは、コローの展覧会のあった年のほんの四年ほど前のことで、もちろんさらに遡《さかのぼ》ること七年くらい前から使われてはいなかったそうだが、駅自体は解体されずにいまもその地下に保存されている。日暮里から京成線に乗れば、駅構内を車窓から眺めることができるらしい。

「あのね、ホームが短いのよね。だから、間違って端っこの車両に乗ると、降りられなくなっちゃうの」

喜和子さんは嬉しそうに解説した。

壁には子どもたちを喜ばせようとしてか、ペンギンやゾウの壁画があるのだけれど、駅自体が古くて暗い所へもってきて、その壁画もなんだか煤《すす》けていて悲しげなので、だんだん気味悪がられるようなことになっていって、夜になるとペンギンやゾウが壁から抜け出て徘徊するという噂も流れ、本来の目的とはまったく違う形で、近隣の子どもたちには忘れがたい存在ともなっていたようだ。

「この駅、よく使ってたんですか？」

「広小路で働いてたころに、何度か乗ったことがあったかな。日暮里の反対側に住んでてね。もうかれこれ、二十年くらい前の話よ」

そんなことを話しながら、わたしたちは道を渡り、子ども図書館へ向かった。

上野公園の外れにあるルネッサンス様式の建物は、ベージュの化粧煉瓦をフランス積みにした三階建てで、スレート屋根には美しい草色の銅板棟飾りがあり、緩いアーチをてっぺんにつけた大きな窓がついている。その洋風建築の手前にガラスケースが置いてあるようなデザインなのだが、そのガラスの箱に見えるのが、新設された入り口になっている。

その前に立つと、喜和子さんは少し決意したような深呼吸をした。そして、わたしたちはいっしょに自動ドアを抜け、受付のお姉さんたちに会釈されて、古い、しかしきれいに補修されて磨き上げられ、真新しくさえ見える建物に入った。

入るなり、彼女は誰もいない階段のほうへ歩いていき、それから、やっぱりねと言いたげな表情をして、

「地下がなくなっちゃったわ」

と言った。

「地下?」

「どうなってんのかねえ、地下。少なくとも、一般の人が出入りできる地下はなさそうだわね。前は地下に食堂があったの。ミキヤさんて言ったかな。ライスカレーとか親子丼なんか、おいしかったのよ。それから床屋さんもあってさ」

「床屋さん? 図書館に?」

「図書館の人が行くみたいなのよ。で、行くと髪型がみんなおんなじになっちゃうの。だから、図書館勤務の男の人はすぐわかったわよ」

わたしは喜和子さんを促してエレベーターに乗り、三階まで上った。

三階の廊下には、明治時代に撮影された図書館内部の写真が展示されていて、この

建物の歴史がわかる。

外に面した部分が全面ガラス張りの開放的な廊下部分は、古い建物の外壁を守る意味合いもあって改装のときに付け足したものなので、廊下の展示を見て歩く利用者は、古い建物の三階の外壁のすぐ横という、かつては宙に浮く能力でもなければ近づくことのできなかった場所を歩いていることになるのだった。

「こっちに閲覧室があったんだけど。あらまあ、こんなにきれいになっちゃって、なんだか違うねえ。新聞なんか、読めたと思うけど、ほんとにきれいになっちゃって」

喜和子さんはそう繰り返した。

ひょっとして懐かしい想い出が壊されてしまいそうで不満なのだろうかと気になって、部屋から先に出てしまった彼女を追いかけると、大きなドアの前で立ち止まり、ドアにつけられた銅板のプレートをしきりにさすっている。

「これは変わらないね」

プレートには、

「おす登あく」

と、書いてあった。

「おすとあく？　押すと開く？　そのまんま？　なんですかね、これ」

「これはずっと前からこうよ。ほんとにずっと前からこうよ。建物が建ったときから、このまんまだそうよ。明治の人は、押して開けるドアに慣れてなかったから、引き戸と間違えないように、こう書いてあるんだって」

そう言うと、喜和子さんは満足げに目を閉じた。以前に、古尾野《ふるおや》先生といっしょに湯島聖堂の大成殿に行ったときに、黒い柱に耳をつけて目を閉じたときのように。

「ほんと言うと、ちっさかったときのことは、あんまり覚えてないんだよね」

喜和子さんはしばらくすると目を開けた。

「だから、思い出そうとするとやっぱり、上京してこっちに住むようになってから来た図書館のことになっちゃうわよね。だけど、ここ、古い図書館でさあ、しかも国会図書館の分室でしょ。来てる人もなんだか、役人くさい人が多かったのよ。男の人ばっかりでねえ。だから、地下の食堂へ行くとホッとしたわね」

「ミキヤさん？」

「ぽってりしたカップで出てくるコーヒーが、わりにおいしかったの。だから、地下がなくなってしまったのは残念だわねえ」

それから喜和子さんは、部屋の中を順繰りに見てまわり、古い外壁に触っては、また感慨深げにその化粧煉瓦を撫でさすり、

「こう言っちゃなんだけど、こわいような建物だったわよ、いつだって」

と、いたずらっぽい表情になった。

「だけどさ、新しかったときもあったのよね。明治三十九年に建ったころはさ、そりゃ立派だっただろうねえ、こんだけの建物」

あたしが知る限りじゃ古いんだけど、と彼女はつけ加えて、それからわたしたちはしばらく図書館の中をうろついた。子ども図書館を訪ねるのは、わたしにはいつだって楽しかったし、喜和子さんは喜和子さんで気持ちを切り替えたのか、昔はどうだった、こうだったと言い募るのをやめにして、新しい建物を楽しみ始めた。

夢見る帝国図書館・7　上野に帝国図書館出現　またもや戦費に泣かされる

樋口夏子《ひぐちなつこ》がその若い命を散らしたのは明治二十九年のことだったが、赤煉瓦の書庫を持つ図書館がとうとう化粧煉瓦の新しい建物に移って「帝国図書館」としてオープンするまでには、それからさらに十年かかった。

この間、図書館関係者が涙ぐましい努力を続けていたことは想像を絶するほどである。

じつのところ、帝国図書館設立運動の萌芽は明治十年代に遡る。その後、東京教育博物館長の手島精一《てじませいいち》が、ときの文部大臣・森有礼《もりありのり》に諮《はか》り、のちに初代帝国図書館長となる田中稲城《たなかいなぎ》を、米国と英国に留学に出したのだった。これが明治二十一年八月のことで、田中は翌々年に帰国する。

東京図書館が湯島から上野に引っ越したり、近眼の樋口夏子に赤煉瓦倉庫を持つ東京図書館が岡惚れしたりしている間、文部官僚は必死になって、帝国図書館建設のために動いていたのであった。

明治二十三年に図書館長を拝命した田中稲城は、あたかも永井荷風《ながいかふう》の父・久一郎《きゅういちろう》の魂が乗り移ったかのごとく、帝国図書館を作るべく必死の嘆願を繰り返した。

なぜといって、田中稲城の焦燥は、志においては「ビブリオテーキ」を作らねばならんの福沢諭吉、現実的課題においては、どんどん予算を削られて臍《ほぞ》を噬《か》んだ永井久一郎を、そのまま引き継いだかのようだったのである。

増築。

図書館を運営するものにとって、いつだってそれは悲願。

それなのに、政府は日清戦争をはじめてしまって、経費はどんどん減らされていき、増築など夢のまた夢という事態が出来《しゅったい》する。

日清両国の講和条約が下関で調印された日、田中館長は両こぶしを握り締めた。

「もう、戦費が必要とか言わせないから。こんどこそ、図書館建ててもらうから！」

そしてしゃかりきに各方面に働きかけ、ようやく世論を動かし、明治二十九年二月十日に、「帝国図書館ヲ設立スルノ建議案」が出されるに至ったのである。樋口夏子がこの世を去る日から遡ること十か月弱といったころであった。発議者であった貴族院議員、外山正一《とやままさかず》は、

「外国では、二十万、三十万、四十万位の経費であるのに、我が国の東京図書館の経費は、僅かに八千円程でありますよ。五十分の一だよ、二パーセントだよ」

と、彼我《ひが》の図書館にかけるお金の違いを嘆き、外国ではなにしろ図書館事業が盛んで、イギリスじゃあ公立図書館が二百四十もある、アメリカじゃあ六百七十もある、

そこへたいへんな公費もつぎ込まれれば、莫大な寄付をする篤志家《とくしか》もあることをまくしたて、

「外国で図書館の盛んなことといったら、あなた、あのちっぽけな東京図書館なんぞ見てる者には、夢にも思いつかないってくらいなんですから！」

とまだ吠えたてた。

聞いていた貴族院議員は、

「二パーセントかよ！」

とシュンとなり、いくらなんでも帝国図書館くらい持たないことには、まともな国とは言えんのではないかと心に刻んだのであった。

かくして「帝国図書館設立案」が、ぶじに貴族院衆議院両院を通過し、明治三十年四月、「帝国図書館官制」が公布された。そして田中稲城は初代帝国図書館長に任ぜられたのだった。

帝国図書館の敷地は上野と決まり、明治三十二年には、収蔵可能書籍百二十万冊、閲覧席七百三十席、延床面積二万平方メートルの、素晴らしい設計図が完成した。シカゴのニューベリー図書館を実地見学してきた文部省の技師真水英夫《まみずひでお》が設計したこの建物こそは、中庭を囲む枡形の平面を持った地下一階、地上三階の、威風堂々の古典主義様式西洋建築であった。

目指すは東洋一、いやいや、世界一の図書館建築！

明治三十三年三月、第一期工事が華々しくスタートし、東側ブロックを着工した。

東側ブロックは着工した。

東側ブロックの建設は進む。

東側ブロックは出来上がった。

東側ブロックはもう建っている。

東側ブロックしか建っていない。

東側ブロック。

しか、ない。

これが明治三十八年のことで、なぜだか東洋一、いや、世界一の図書館建設はストップする。

いや、なぜだかではない。理由ははっきりしていた。明治三十七年に、日露戦争が始まったのだ。

明治十年西南戦争に際して永井久一郎が陥った苦境とまったく同じ状況が、帝国図書館初代館長田中稲城を襲った。

「物価も高騰してるし、戦費はかさむし、どう考えても、これ以上の建設はムリ。これだけでも立派な建物じゃないですか。もういいってことにして。これで行って。これで始めて。世界一じゃなくてもいいじゃないの。東洋じゃ、そこそこいい線いってるんじゃないのかね。なにが不満なの。いい建物じゃないの」

このように説得されて、田中稲城は、翌明治三十九年に竣工式を挙行し、帝国図書館をオープンすることになったのであった。

それはたしかに、荘厳で優美な建物ではあったが、枡形に設計された建物の、わずか一辺の完成を見ただけであるわけだから、枡形ではなく、一文字形で、帝国図書館はスタートしたのである。

東洋一、世界一の図書館の建築は、こうして幻となったのだった。

あの日の夕食をよく覚えている。

喜和子さんが初めて国際子ども図書館に足を踏み入れた日、見学を終えて外へ出ると喜和子さんは、夕ご飯を食べていけと誘ってくれたのだった。

喜和子さんが冷や汁を作ってくれた。地元の料理だと教えてくれて、わたしはそのとき初めて彼女の出身地が宮崎だと知った。そんなことはもっと前に確かめておけることではないかと思うかもしれないけれど、ある時期までわたしは彼女が東京生まれ東京育ちだと思い込んでいたせいもあって、故郷についてたずねたことがなかったのだ。

喜和子さんの家は例の路地のどんづまりにあって、日中はたいへん暑いのだけれど、コンクリートに囲まれていないのが幸いして、夕方になると少し涼しくなる。路地の敷石に水を打ち、玄関の引き戸を開けっ放しにして蚊取り線香をたき、小さな扇風機を回せば、そこそこ暑さがしのげた。

喜和子さんは二つ口のコンロの一方に鍋を載せて麦を混ぜたごはんを炊き、もう一つに網を載せてかますの干物を焼いた。台所が狭いので、わたしは小ぶりのまな板と包丁を持たされて卓袱台に向かい、喜和子さんの指示のもと、胡瓜の小口切りと青紫《じ》蘇《そ》、茗荷《みょうが》の千切りを拵《こしら》えた。

皮に焼き目をつけて反り返ったかますは、丁寧に頭と骨を外されて身をほぐされ、年季の入った擂《す》り鉢でよく当たったごま、味噌といっしょに擂られて、鉢の内側に塗りつけられた。鉢はちょっと前まで魚焼きの網を載せていたコンロの上でひっくり返されて直火で炙《あぶ》られ、味噌が香ばしい匂いをさせると、卓袱台の上にやってきた。

「ちょっと待ってて」

喜和子さんは、おじゃまするわよぅと声をかけてから、片手を壁に、片手を膝に置いて、急な狭い階段を二階に上って行き、水を入れた薬缶《やかん》を持って、そろりそろりと降りてきた。長いこと大学に居座ってた二階の谷永雄之助《たにながゆうのすけ》くんは出かけていていなかったようだが、喜和子さんはその日、わたしを谷中の家に呼ぶつもりで、わざわざ魚の干物や野菜を買い、薬缶の水を二階の冷蔵庫で冷やしておいてくれたのだった。

「ちょっと待っててね。氷も作ってあるのよ」

そう言って、もう一度、階段を上りかけたので、取ってきますよと言ってわたしは立ち上がった。冷蔵庫は二階にしかなかったから、こんなふうに雄之助くんの居室に侵入することはよくあって、そのころにはそれも慣れっこになっていたので、わたしは喜和子さんに水色のプラスチックのボウルを借りて二階に上がり、ドアが二つしかない角丸の小さな冷蔵庫の製氷室を開けて製氷皿の氷をボウルに空けた。

「喜和子さん、新しい氷、作っといたほうがいいんですか?」

二階から声を張り上げると、喜和子さんも下から大きな声で、

「いい、いい。そのまま、氷だけ持って降りてきて」と、返事が戻った。

一階に降りると、喜和子さんが擂り鉢に薬缶から冷たい水を注いでいた。

「氷溶けると味が薄くなるから、このへんにしとこう。夏は冷や汁に限る。あたしの数少ないお国自慢だわ、これ。ほとんど唯一と言っていい」

やや濃い目に汁を仕上げて、喜和子さんは満足そうに笑った。

それから、刻んだ野菜と氷、水を切って崩した豆腐が汁の中に入った。わたしたちは炊きあがったばかりの麦飯に、たっぷりと冷や汁をかけた。胡瓜や青紫蘇、茗荷の色が、氷を浮かべた汁から覗き、たしかに夏の夕食にはぴったりの、涼やかな食卓が出来上がった。

すると、狙いすましたように、

「おぅ、来たよ」

という声がかかって、玄関の戸が引かれて古尾野先生の白髪頭が覗いた。

「あら、いらっしゃい」

そう、応答した喜和子さんは、早くも新しいお椀に麦飯をよそっていたのだから、この素敵な夕食は、わたしだけではなく古尾野先生を招待するために準備されたものだったのだろう。別れたとかなんとか言っても、この二人はそれなりに細く長く交際していた。「茶飲み友だち」と喜和子さんは言っていたけれど、もしかしたらそれ以上の関係だったのかもしれない。

喜和子さんが腕によりをかけて作ってくれた宮崎の郷土料理はとても美味しかった。

「ずいぶん久しぶりだったなあ、図書館の中に入ったのは」

満腹になって脚を投げ出した喜和子さんが言った。

「前は、住んでるみたいに通ってたんでしょ」

そう聞いてみると、喜和子さんは、少しきょとんとした顔をした。

「そんなこと、言ったことあったっけ」

「ありましたよ。言いました」

「あらやだ、そうお？　それはまあ、ちょっと大げさだわね」

「いや、あなたはそういう、大げさなことを昔からよく言うんだよ」

古尾野先生が口を挟んだ。

「ということは、地下の食堂に日参してたってことですか？」

「食堂？　わー、やだ、それ、違うわよ」

喜和子さんは、蚊取り線香の煙をかいくぐって果敢に飛んできた蚊をぱちんと両手で仕留め、ティッシュペーパーに包んで丸めて捨てながら否定した。

「住んでたわけじゃないんだけど、住んでたみたいに思ってたのは、もっとずっと前」

「前って？」

「ちっさいころ。まだ学校にも上がるか上がんないかのころ」

「そんなに小さいころに？　じゃ、そのころは宮崎じゃなくて東京にいたんだ」

「うん、そう」

お腹はすっかりくちくなり、古い扇風機の弱い風は心地よかった。どこかで花火の音が聞こえていたから、もう子どもたちは夏休みに入っているころだったかもしれない。

喜和子さんは、虫が来ないように部屋の電気を消して、丸い筒形の行燈《あんどん》の蠟燭に火を入れた。そうしてぼうっと照らされた四畳半は、まるで時代も場所もおぼつかないような空間になって、そんな中にいるのは、悪くなかった。

「あの建物の中、ひんやりしてたのよ」

と、喜和子さんは言った。

地下の食堂の話ではないのだろうな、と、わたしは思った。

夢見る帝国図書館・8　化粧煉瓦の帝国図書館、一高生たちを魅了する

姫路中学を卒業したばかりの和辻哲郎《わつじてつろう》は、その月の終わり、第一高等学校に入学するために東京にやってきた。

初めてきた東京で、哲郎を魅了したのは、故郷姫路ではそのころまだ見られなかった、大きな西洋建築だった。ニコライ堂の丸い屋根を見て、哲郎はため息をつき、こうした建築は、どのような風土を背景に建てられたのかなあと考えた。

そして、姫路にいたころに新聞で、その開館記事を目にしたことのある上野の帝国図書館に足を運んだとき、その建ったばかりの美しい建物に心を奪われた。そこではただ建物を拝見して終わりということではなくて、ゆっくりと落ち着いて、書物を眺めながら、そこを我が居場所として独占して過ごすことができるのに感激した。

哲郎がとりわけ好きだったのは、閲覧室の高い天井とシャンデリアだった。

自分がシャンデリアの下に座って本を読んでいる。

そう思うと、哲郎の胸はなんともいえない幸福に充たされるのだった。哲郎は、足しげく図書館に通うことになった。

「田舎じゃ通信販売で買える英語の本なんて、限られとったんやで。ここにはぎょう

さんある。夢のようや。それに通信販売の本は、安いペーパーバックで字も小さくて読みにくかったんや。ここのは、ちゃうで。豪華本で分厚いで。しかもあれや。なにがちゃうて、紙がちゃうで」

隣に座った一高の後輩に、声をひそめて話しかけると、哲郎は鼻をクンクンさせて、ワーズワースの詩集に押し当てた。

「なんやら、香水みたいな、ええ匂いや。英国の栄華の匂いなんやろか」

哲郎は静かに目をつむった。

隣の一高生も、そう言われて少し本の匂いを嗅いでみる。

「なあ、ジュンイチ。東京て、ええとこやなあ」

そう和辻哲郎は言い、日本橋蠣殻町《かきがらちょう》生まれの谷崎潤一郎《たにざきじゅんいちろう》は、まんざらでもない笑みを漏らした。

高松中学を卒業してすぐに東京に出てきた菊池《きくち》寛《かん》も、着京の翌日には、このルネッサンス様式の美しい図書館に行った。図書館が開館し、哲郎が英国詩集の紙のかぐわしさに目覚めて二年後のことだった。寛は歴史小説が好きだったので、高松時代に上巻しか手にすることのできなかった春《はるの》廼舎《やおぼろ》朧の『女武者』を見つけて大喜びで借りだして読んでみたが、さほど感心はしなかった。

それでも図書館は気に入って日参した。

いくつかの学校を転々とした末に、寛は一高に入学して和辻・谷崎の後輩となったが、とりわけ仲良くなったのは佐野文夫《さのふみお》で、結局、佐野が盗んだマントを質入れしようとした事件の罪をかぶって退学になってしまった。寛はときどき佐野には手を焼いていて、いっしょに図書館に行ったときにインキ壺を持ち込もうとしたのをとがめられたのに腹を立てた佐野が、図書館の玄関でその壺を床に投げつけて大騒ぎになったことがあった。

佐野がちょっとした困ったちゃんであったことは、こうして寛も知らないわけではなかったのに、マント事件でも身を挺してかばってしまったところをみると、寛にとって佐野はその困ったところも含めて魅力的な男だったに違いない。

ところで、一高時代の寛の友だちといえば、やはりよく知られているのは佐野文夫よりも、だんぜん芥川龍之介《あくたがわりゅうのすけ》である。

京橋生まれ、本所育ちの龍之介は、府立三中（いまの都立両国高校）時代から帝国図書館には通っていたが、浴びるように本を読み博覧強記を自慢する威勢のよさは、高松から出てきた四角い顔の友人に任せることにしていた。

肩をいからせて図書館から出てくる本の虫の寛を呼び止めて、龍之介は言った。

「なあ、寛。団子食ってかない？」

「団子？」

「すぐそこの東照宮の鳥居の前に鶯団子って団子屋があるんだよ。知らない？」

「知らない」

四角い顔をした菊池寛は、団子と図書館になんの関係があるのかと言わんばかりに答えた。

「言問《こととい》団子より、鶯団子のほうが旨いんだぜ」

寛は細い目を見開いた。

「おまえ、よく、そんなこと知ってるね」

少し開き気味の絣《かすり》の襟元に手をやってから、顎のあたりをつまむ、癖になった仕草をしながら、おもしろそうに芥川龍之介は言った。

「女の子と話してると、いろいろ教えてくれるからね」

「あの建物の中、ひんやりしてたのよ」

おいしい郷土料理の冷や汁でお腹いっぱいになった喜和子さんは目を閉じた。湯島の大成殿で目を閉じたように、あるいは上野の公園で目を閉じてわたしに上野戦争の前の寛永寺を思い浮かべさせたように。瞼《まぶた》の裏の光景をまさぐるようにして、喜和子さんは話し出した。

「いま考えると、あんなに役人みたいな人ばっかりいるとこ、どうやって入ったんだろうと思う。子どもなんか、追い出されそうじゃない。でもね、たしかに入ったの。こう、目をつぶるとね。廊下を歩いている感覚が蘇る。暗くてね、ちょっと怖いような感じ。静かでしょう、図書館だから。白い壁が外の温度を遮るから夏でもひんやりしていてね。廊下の右にも左にも、本だか書類だかなんだかが入った段ボールが積み上げられていて、狭くなっちゃってるのよね。天井がものすごく高くて、扉が分厚くて、ちょっと、この世とは別の世界みたいだった。まさに、別世界への扉が開いたみたいだったの」

うっとりするような表情で、喜和子さんは言うのだった。

喜和子さんが初めて上野の図書館の建物に入ったのは、戦後のことだそうだ。

「戦後って、ほんとに終戦直後？」

「うーん、そうね、終戦から少し経ったころかな」

「そんなときに、図書館は開いてたんですか？」

うん、うん、と、二回ほど喜和子さんはうなずいた。

「あたし、そのころ、一人だけ家族と離れてね、こっちの人にこう、預けられるというか、なんというか」

「珍しいんじゃないですか、それって。東京の人が子どもを地方に疎開させたって話は、よく聞きますけど」

「ちょっとまあ、事情があったのよね。でも、そんなにない話でもなかったわよ。あのころは、まあ、みんな肩寄せ合って、助け合って生きてくしかなかったからね」

持参した芋焼酎を勝手に開けて、薬缶の水で割って飲んでいた古尾野先生がうなずく。

「僕の一家は大陸からの引き揚げ組だが、博多港についても親戚のいる大阪までの旅費がないんだ。それで親父とお袋と三つ年上の姉さんと四人で、旅費を靴磨きで稼いでね」

「古尾野先生が？」

「そうですよ。僕と姉ちゃんが客を引いてきて、親父とお袋が靴磨きを」

「先生も苦労したわね」

「喜和子ちゃんの苦労とはまた違うけれどもね」

「どこに泊ってたんですか？」

「木賃宿みたいなとこだよ。だけども、腹も減るから、物も食わなきゃなんないし、運賃も貯めなきゃならんし、どうしたかな。駅でも寝たと思うね」

古尾野先生が話を持っていってしまうのを引き戻して、わたしは質問を重ねた。

「だけど、喜和子さん、すごいちっちゃい子どもだったわけでしょう。一人で入れるものなんですか」

「涼しかったのよね、建物の中は」

「まあ、そうかもしれませんけども」

「涼しいから行くかって、連れて行かれちゃったの。親代わりみたいな人がいてさ。背嚢《はいのう》の中に入れてもらって、それで行ったんじゃないかと思うんだけど」

「そこまでちいさかったんですか」

「置いて出るわけにもいかなかったんじゃないの？　きっとそれで図書館も見逃してくれたんじゃないのかしらね」

まだ小学校にも上がらないころのことだから、よく覚えていないのだと前置きして、喜和子さんはこんなことを話してくれた。

喜和子さんが当時住んでいたのは、長屋と呼ぶのもおこがましい路地のバラックのようなところで（だってほら、そのころは家やなんかがみんな焼けちゃって、住むところがなかったわけだから、と喜和子さんは解説し、古尾野先生が横で大きくうなずいた）、図書館通いをしていたのは、復員兵だった。もう一人、その男性の友人がそこには暮らしていて、そちらの男性の仕事は水商売で、夜はいなくて帰って来るのが朝方だったので、昼間はたいていい寝ていた。ともかく、その人たちの暮らす家に預けられていた喜和子さんは、日中は復員兵のお兄さんといっしょに、毎日のように図書館に行っていたというのだ。

「そのお兄さんというのは、樋口一葉《ひぐちいちよう》が好きだった、お兄さん？」

「うん、そう。あら、どうして知ってるの？」

「知ってるっていうか、前に話してくれたことがあったじゃないですか」

「そうだったっけ」

「じゃあ、その人が、『夢見る帝国図書館』を書いてた人？」

「そうそう。そうなの。図書館で構想を練ってたんじゃないかな。まあ、なにをしてたんだか、あたしはちっさかったから、よくわかんなかったんだけどね。でも、時々話してくれるの。図書館が樋口一葉を好きになる話を書こうと思うとか、図書館が金で苦労した話を書きたいんだとか。図書館の歴史をただ書くんじゃつまらないんだ、だから、もっとアタマを働かせなくちゃいけないんだって、しょっちゅうそんなことを言ってた」

小さかった喜和子さんが、そのお兄さんたちと暮らしたのは三年か四年くらいのことで、その後、両親のいる宮崎に戻ったのだと彼女は言った。

「じつはね、あたし、迷子になったのよ」

「迷子？」

「たぶん、親の用事で東京に出てきたのよね。ところが、それこそ引き揚げ者やら浮浪児やらで、ごった返した上野で、迷子になっちゃったの」

「うわぁ、それはたいへんだ」

「そうなの。親も探したんだろうけど、すぐに見つからなくて、諦めて宮崎に帰ってしまった。考えるとずいぶん運がよかったと思うのよ。あたしは、そのお兄さんたちに拾われて、怖い思いもせずに暮らしたんだから」

「じゃ、何年かして、探してた親御さんのもとに戻されたってことですか？」

「うん、そう」

「すごい話ですね、それ」

「うん」

喜和子さんは、うなずくと、神妙な顔つきで黙ってしまった。そして、しばらくなにも言わずにいて、おもむろに口を開いた。

「ねえ、あんた、自分のちっさいときのことって、どれだけ覚えてる？」

「どれだけって」

「小学校に入る前のことやなんか、覚えてる？」

「覚えてるものもありますけど、そう鮮明には。親や兄弟に聞いて、後付けした記憶やなにかもあるでしょうし」

「そうよね。あたしは、東京で暮らした後、ずっと宮崎にいたし、お兄さんたちと連絡も途絶えてしまったから、あのころのことはすごく不思議な感じなの」

「不思議な感じ？」

「ほんとだか、嘘だか、よくわかんなくなってるの」

それから喜和子さんはつと立ち上がって、薬缶を取り上げて水を入れ、ガス台にかけた。気がつくとけっこうな時間になっていて、千葉の遠くのほうから来ている古尾野先生に、あまり飲ませるのも問題だと思ったのだろう。

「あたしねえ、あの人たちは恋人同士だったんじゃないかと思うのよ」

喜和子さんは、さらりと言った。

「うん、まあ、あなたがそう言うんなら、そうなんだろう」

それまで比較的おとなしく聞き役に回っていた古尾野先生が言った。その話を聞くのが初めてではないようだった。

「喜和子さん、迷子になって両親とはぐれたときに、ゲイカップルに保護されて何年か過ごしてたってこと?」

わたしは初めて聞いた話なので、かなりびっくりしてしまって、少し大仰なリアクションになっていたのだと思う。喜和子さんは、ちょっと顔をしかめた。話すんじゃなかったと、思ったのかもしれない。

「でもね、ほんとにちっさいときのことだからさ。いまから考えるとそうだったんじゃないかと思うってだけのことで、そうじゃなかったのかもしれないのよ」

「うん、どちらとも言えないな。好きだろうと好きでなかろうとおかまいなしに、ごちゃごちゃ暮らしてた時代だからね」

古尾野先生は、今度はそんな曖昧なことを言いだした。

お茶が入ったわと喜和子さんが言い、卓袱台の揺り鉢やお椀が片付けられて急須と湯呑が載った。

そのときに聞いた、喜和子さんの幼少時の話は、それだけだったような気がする。というのも、いつのまにか先生が話を変えていて、元大学教授らしく話題を独占していて、そちらの話のほうが記憶に鮮明に残ったからだ。

ただ、そのときに先生が話してくれたのが、図書館と二人の男の話だったのは、喜和子さんの話題とどこかで繋がっていたのに違いない。

「『銀河鉄道の夜』は読んだことあるでしょう」

古尾野先生が、芋焼酎をお茶に代えて、そう言った。

「どこまでもいっしょに行こうと思ったのに、ジョバンニはカムパネルラと別れてしまうでしょう。あの話にはね、実際にあったことが反映されているという説がある。カムパネルラは死んだ妹だという説ではなくてね、つまり、宮沢賢治《みやざわけんじ》はジョバンニで、カムパネルラに当たる友人がいたんだと」

「死んじゃったの？」

喜和子さんがたずねた。古尾野先生は頭を左右に振った。

「死んだんじゃないんだ。別れたんだ。賢治は、その友人とどこまでもいっしょに行きたかったのだけど、友人のほうがそれを拒否してね」

「どこまでもって、どこ？」

「うん。そのとき賢治は日蓮宗にのめりこんでてね。信仰の道を、二人で手を携えて歩むことを願っていたんだ。友人はそれが正しい道なのかどうか迷った末に、自分は別の道を行くと言って、故郷に帰り、土と共に生きることを選択するんだよ、農業をね」

「宮沢賢治も農業をやってたんじゃなかった？」

「うん、そうなんだけど。二人が別れたのは賢治が羅須地人《らすちじん》協会を始めるのなんかよりも、ずっと前の話だ。出会ったのは盛岡高等農林学校時代で、いっしょに同人誌を作ってさ。以来、親友だったんだけど、賢治が国柱会に傾倒して友人にも入信を迫って、そこで決裂するんだよ。妹が亡くなるよりも前の話だ」

「コクチュウカイって？」

「日蓮宗から派生した、右派の在家仏教団体」

「でも、『銀河鉄道の夜』は、晩年の作品では」

「だからさ。二十代で、その心の友を失った傷を、賢治は生涯引きずったわけだ。そしてね、ここが喜和ちゃんの関心と重なるところなんだけどさ」

「なになに？」

「その二人の決定的な別れがあったのは、あの、上野の帝国図書館だったわけさ」

「ほんと？」

「まあ、説得力のある推論だと思うね」

「いつの話？」

「大正十年」

「その二人はつまり、恋人同士だったの？」

「そういう説を立てる人もいるが、精神的な繋がりだろう。知ってるだろうけども、賢治といえば日本近代文学史上名高い童貞詩人だからね。ただ、その思いの強さは相当なもので、賢治自身ですら『恋愛』と意識するほどだった」

「ジョバンニが」

「カムパネルラに」

夢見る帝国図書館・9　図書館幻想　宮沢賢治の恋

われはダルケを名乗れるものと
つめたく最后のわかれを交はし
閲覧室の三階より
白き砂をはるかにたどるこゝちにて
その地下室に下り来り
かたみに湯と水とを呑めり
そのとき瓦斯のマントルはやぶれ
焔は葱の華なせば
網膜半ば奪はれて
その洞黒く錯乱せりし

かくてぞわれはその文《ふみ》に
ダルケと名乗る哲人と
永久《とは》のわかれをなせるなり

――宮沢賢治「東京ノート」より

図書館に心があったなら、この若い詩人のことは、どう思っていただろうか。

彼は大正十年の年の初めに、故郷を飛び出して夜汽車に乗って、東京にやってきたのである。

その足で彼は鶯谷の国柱会を訪ね、自分は法華経とともに生涯生きていく決意をしている、下足番でもいいから使ってほしい、ここに置いてほしいと訴えるのだが、家出同然に突然やってきた青年をいきなり受け入れてくれるわけもなく、よく考えてから出直せと言われてしまう。

少し前に、東京帝国大学病院の小石川分院に入院した妹のトシの看病のために上京したときも、詩人は上野の図書館にしばしば足を運んだものだったが、今回も、ともかく赤門近くの印刷所で小さな仕事を見つけて菊坂に下宿を決めてのち、鶯谷の国柱会に通う傍ら、ひどく熱心に帝国図書館にやってきた。

詩人はまるであの近眼の樋口夏子のように、熱心に本を借り出して読むのではあったが、それと同時にやはり半井桃水《なからいとうすい》に恋をしていたころの夏子のような目をして、三階の閲覧室の大きな窓から外に目をやり、物思いに耽る姿も見せた。

ダルケ、あるいは我が友カムパネルラ。

どこまでもどこまでも一緒に行こう。

詩人はその生涯の友と、高等農林学校の寮で同室だったのだが、友人がある事件のために退学処分になって山梨に帰ってしまってからは、もう三年もの歳月、会うことが叶わなかったのだった。二人の間に交わされた手紙は膨大になった。

友人は少し前から、志願兵として入営して東京の駒場にいた。任期は一年で、暮れに満期除隊になったのだが、二人はまたもやすれ違いで、いまは詩人が東京に、その友人のほうはまた山梨だった。

会いたい。

若い詩人が一段とそわそわしだしたのは、その年の夏のことだった。

とうとう友人が東京に出てくるのだ。それはまた友人が甲種勤務演習でひと月の間、見習士官として駒場の連隊に入営することを意味した。

どうです。又ご都合のいいとき日比谷あたりか、植物園ででも、又は博物館ででもお待ち受けしましょうか——。

会える。

詩人の心は躍る。しかし乱れもする。

（こんなしずかないいとこで僕はどうしてもっと愉快になれないだろう。どうしてこんなにひとりさびしいのだろう。ああほんとうにどこまでもどこまでも僕といっしょに行くひとはないだろうか）

詩人は友人に会ったのである。休暇を取った見習士官は軍服を脱いで、図書館にやってきた。

詩人は友人より少し遅れて図書館の暗い玄関をくぐり、階段を一足一足踏みしめて上って、三階の床を踏んで汗を拭った。

そこの天井は途方もなく高かった。その天井や壁が灰色の陰影だけで出来ているように感じられて、それが漆喰《しっくい》でつめたく固めあげられていることさえ、そのときの詩人には朦朧《もうろう》とわからなくなってきた。

(そうだ。この巨《おお》きな室《へや》に彼がいるんだ。今度こそは会えるんだ)

そう考えて、胸のどこかが熱くなったか溶けたかのような気がした。

高さ二丈ばかりの大きな扉が半分開いていた。詩人はするりと入っていった。

何度も手紙を交わして、お互いに話すべきことはわかっていた。面と向かって話さなければならないと思って、詩人も友人も東京という場所を選んだのだ。

室の中はガランとしてつめたく、せいの低い友人が手を額にかざしてそこの巨きな窓から西のそらをじっと眺めていた。

邂逅《かいこう》は幻のような時間だった。

三年の月日と、その間に交わされた手紙の量に比べれば、圧倒的に短い時間と言葉の中で、二人は、道が分かれたことを知った。

「では、いずれまた」

と、友人は言った。

「ぼくは一人で、少し本を読んでいこう」

そう、詩人は言った。

緩い半円をつけた大きな窓の木枠に身を預けて、詩人は盛岡で友人と過ごしたころを思いながら、窓の外を眺めた。遠ざかっていく友人が見えた。

次第に日は落ちて、外は暗くなった。

するとどこかで、ふしぎな声が、銀河ステーション、銀河ステーションという声がしたと思うといきなり眼の前が、ぱっと明るくなって、まるで億万の蛍烏賊《ほたるいか》の火を一ぺんに化石させてそら中に沈めたという具合。

「ぼくはおっかさんが、ほんとうに幸になるなら、どんなことでもする。けれども、いったいどんなことが、おっかさんのいちばんの幸なんだろう」

カムパネルラは、なんだか、泣きだしたいのを、一生けん命こらえているようだった。

「これをどこまでも進もう」

ジョバンニは、そうカムパネルラに言った。

「よろしゅうございます。南十字に着きますのは、次の第三時ごろになります」

車掌は紙をジョバンニに渡して向こうへ行った。

ジョバンニはああと深く嘆息した。

「カムパネルラ、また僕たち二人きりになったねえ、どこまでもどこまでも一緒に行こう。僕はもう、あのさそりのようにほんとうにみんなの幸のためならば僕のからだなんか百ぺん灼いてもかまわない」

「うん。僕だってそうだ」

カムパネルラの眼にはきれいな涙がうかんでいた。

「けれどもほんとうのさいわいは一体何だろう」

ジョバンニが言った。

「僕の切符は鼠色《ねずみ》なんだ」

と、カムパネルラは言い、このように続けた。

「君の切符は緑色だね。不完全な幻想第四次の銀河鉄道なんか、どこまででも行ける筈だね」

「僕わからない」

ジョバンニがぼんやり言った。

「うん。僕だってそうだ」

カムパネルラの眼にはきれいな涙がうかんでいた。

「カムパネルラ、僕たち一緒に行こうねえ」

ジョバンニがこう言いながらふりかえって見たら、そのいままでカムパネルラの座っていた席にもうカムパネルラの姿は見えずただ黒いびろうどばかりひかっていた。


おれはやっとのことで十階の床をふんで汗を拭った。

そこの天井は途方もなく高かった。全体その天井や壁が灰色の陰影だけで出来てゐるのか、つめたい漆喰で固めあげられてゐるのかわからなかった。

（さうだ。この巨きな室にダルゲが居るんだ。今度こそは会へるんだ。）とおれは考へて一寸胸のどこかが熱くなったか熔けたかのやうな気がした。

――宮沢賢治「図書館幻想」より

喜和子さんとの交流が疎遠になってしまったのは、ひとえにわたしの不義理によるものだった。喜和子さんは毎年必ず年賀状をくれたし、夏にはかわいらしい暑中見舞いの葉書も送ってくれた。わたしはいつも元日を過ぎてから年賀状の返事を書くずぼらさで、年によってはそれさえサボっていた。暑中見舞いはもらったきりのことも多かった。

彼女に会うために葉書を出すのは、案外億劫《おっくう》だったから、本来ならふらりと訪ねて行って、いれば会う、いなければ会わない、そんなつきあい方が最も好ましかった。けれどもいつのまにか、たいして忙しくもないのに忙しがる癖がついてしまって、たとえば上野の美術館やコンサートホールへ行く用事があっても、その用事を済ませるとすぐに帰らなければならないような気になったり、別の用事をほかの人と作ってしまったりするようになった。喜和子さんと知り合ったころは独身で深くつきあっている相手もいなかったが、安定したパートナーができて一緒に暮らし始めたのも、疎遠になった一因だったかもしれない。この頃、数か月だが外国暮らしをしたこともあったし、その時期に書いていた小説が比較的大きな賞を受賞し、それを機に引っ越しもした。転居通知は出したはずだが、生活環境が変わって新しい友人ができたのも、もちろん大きな原因だった。

喜和子さんは一種特別な人だったから、時間を気にせずゆっくり会いたいという気持ちは、いつもどこかにあった。

じつは、疎遠になる前に一、二度、次の用件の合間にほんの小一時間ほど会うようなことをしてしまって、時計をちらちら見ながら落ち着かないわたしの態度を、喜和子さんが少し寂し気に見ていたような気がして、責められたみたいな被害妄想を勝手に膨らませたのだった。

おそらく、喜和子さんは責めてなんかいなかった。

わたしのほうが、自分自身に嫌気がさしたのだ。

それで、会うならやはり以前のように葉書を出してからとか、たまにはどこかへ食事に誘ってもいいし、それなら値段の張らないおいしい店でも予約してとか、変に鯱張《しゃちこば》ったことばかり考えるようになった。そして、日々は「忙しい」という、感じの悪い呪文を唱えれば、瞬く間にあわただしく過ぎて行ってしまう。

喜和子さんとちっとも会わない二年かそこらがあって、次に思い立って谷中の家を訪ねたのは、東日本大震災の後だった。

しかも正直に告白すると、喜和子さんに会うのが直接の目的で訪ねたのではなくて、あの日は、上野動物園のパンダを見に行った帰りだった。

もう六年も前のことになると、あの日あのころがどんなだったかも曖昧になる。それでもいまもあの津波の映像を見せられたりすると、ほとんどの人が何かに過敏になっていた、最初のひと月ほどの感覚が、肌身に蘇ってくる。

三月十一日が過ぎて、余震の続くころに原発事故の推移を見守ることになり、スーパーマーケットではペットボトルの水が売り切れていて、豊洲あたりは液状化が激しいとか、誰それの家では本棚がすべて倒れて困っているとか、高層ビルのエレベーターが動かないらしいとか、そんな話が人づてに入ってきた。とはいえ、東北の沿岸部の被害に比べたらなんでもないような東京の震災被害は、どこか深刻さを欠いていて、崩壊した発電所で作られていた電気は地元ではなく東京で消費されていたという事実のせいで、後ろめたい感覚がつきまとった。

乳がん検診を訴えるものと、アニメーションの動物が出てきて、「ポポポポーン」と手だか足だかを合わせて踊る公共CMばかりが、不必要に何度も何度もテレビで流れた。

地方や海外に住んでいる友人から見舞いの言葉を聞くと、だいじょうぶ、こちらはだいじょうぶと繰り返してはいたけれど、まだ揺れが続いているような妙な感覚が去らなくて、しばらくは、仕事のために物を書くのも難儀したのを思い出す。

そんな中で、上野動物園のパンダが公開されたというのは、ずいぶん久しぶりに聞いた明るいニュースだった。シンシンとリーリーという二頭のパンダは、その年の二月に四川省からやってきたのだそうだが、気の毒なことに二〇〇八年の四川大地震を経験しているという話だった。長旅を終えて上野で暮らし始めてまもなく次の震災に遭遇したわけで、人生観（というのだろうか）が変わるほどの大震災を二度も体験したジャイアントパンダは、やはりしばらく不安定になっていたのだろう。

ともかく公開の運びになったのは、四月一日のことで、わたしが出かけて行ったのは、四月の初めだったように記憶している。春らしい晴天の暖かい日だった。上野公園には、桜がみごとな枝を広げていた。

親子連れでにぎわう動物園は、パンダ目当ての客が列を作っていたが、それほど順番待ちをした記憶がないのは、平日の昼間だったからだろうか。

シンシンだかリーリーだかは、そのとき、そのような状況で、国民的な人気を誇る動物園のスターがなすべきことを完璧に理解して、広範囲の客からよく見える位置にどっしりと腰を下ろし、悠然と竹を食《は》んでいた。あの、歩き回るよりも座るのに適しているように見える体形の、ぽってりと丸い背中、無防備に投げ出した後ろ脚、頭がすっぽり嵌《はま》ったようななだらかな肩、次から次へと無心に竹をまさぐっては口に運ぶ前脚、そのすべてが、さあ、もう何も考えず、何も心配せずに、のんびりと動物園の休日を楽しんでお行き、と言ってくれているかのようだった。

どれくらいの時間、ぼーっとパンダ舎の前にいたんだろうか。

たしか、それでもやはり人の波というのがあって、しばらくパンダの正面を独占したら、後ろから来る別の客に場所を譲るような暗黙の了解があったはずだ。だから、そんなに長い間、あの白黒の大きな動物を眺めていたはずはない。

それでも、春のうららかな日、久しぶりに仕事以外の用事でわざわざ外出して、のんびりと竹を食べている熊猫の姿を拝見したときの、ふわふわと気持ちが浮き立つ感覚は格別で、ああ、こんなにいいお天気の日は、誰かに会いに行きたいものだなと、自然に喜和子さんの笑顔が頭に浮かんだ。

そういえばわたしたちが初めて出会ったのもこの上野公園のベンチだったなあなどと思い出し、二年ぶりくらいで、例の「ふらっと訪ねる」をやってみたくなった。震災をどう切り抜けたのかも聞いてみたい気がした。第一、ほんとうにその日はなんの約束もなくて、昔と同じように、時間がたっぷりあったのだった。

それでわたしは動物園を出て公園を抜け、子ども図書館を右手に見ながらさらに進んで藝大の前を通り、細い道を抜けて上野桜木に出て、喜和子さんの家へ向かった。何回か、通りをうろうろして、入るべき道を間違えたのかと思い、わざわざ三崎《さんさき》坂のほうへ出てから、知っている建物を確認するようにして、喜和子さんの家のある狭い路地を探す。妙なマンションが、何年か前に住民の反対を押し切って建てられたのは知っているけれど、それ以外の場所もなぜだか記憶よりも白っぽく変色したような感じで、落ち着かなかった。よく似ているのに、どこかが間違った、間違い探しクイズの立体版を歩いているような、ぞわぞわした感覚が続いた。カフカの小説の中のよう、とでも言ったらいいのだろうか。歩いても、歩いても、行きつかない。

しばらく往生して、ようやく気づいた。

喜和子さんの家がない。

あの狭い路地に面した家々が軒並み無くなり、更地になっていた。

わたしはしばらくそこに呆然と立っていたが、表の通りを犬が鼻先をクンクンさせながら散歩するのを見て、そこまで引き返し、犬の首に結わえ付けた紐を引いている自由業めいた半分白髪の中年男性に話しかけた。

「ここ、前、家、ありましたよね」

「じゃないかなあ」

中年男性は、犬の紐をちょっと引っ張って立ち止まり、しばらく首を傾げたあとで、

と、言った。

「ありましたよね」

「ねえ、あったよねえ」

「震災で、倒れたかなにか、したんですか？」

「は、ないと思う」

「ないってことは？」

「震災のころも、ここは、こうだったね」

「じゃあ、震災前に更地になったんですか」

「じゃないかなあ」

ここらあたりに住んでいるなら、もう少しはっきり記憶していたっていいじゃないかと、八つ当たりめいた気持ちがこみ上げたが、中年男性にそれを理解してもらうのは無理な話で、話が終わったと思ったのか彼は、軽く会釈して犬といっしょにいなくなった。

何度もうろうろして気づかなかったのは、更地になった土地が、思ったよりずっと狭かったせいかもしれない。

その小さな土地に、天人唐草の青い花が咲いていた。

夢見る帝国図書館・10 『出世』『魔術』『ハッサン・カンの妖術』

大正年間に帝国図書館に出入りした人物として、特筆すべきはインド人のマティラム・ミスラ氏である。

ミスラ氏が実在の人物であることの根拠は、谷崎潤一郎《たにざきじゆんいちろう》と芥川龍之介《あくたがわりゆうのすけ》という二人の名だたる文豪が、ともに自作の中で、「実際に出会った人物」と書いたことだ。一人だけでなく、二人も書いているのだから、そうして二人とも、文学史の教科書に太字で載るような大作家なのだから、そういう権威というものは、いつだって大事だと言わねばならないのだから、彼らが「実際に出会った」ところの、大森に住んでいたミスラ氏を、帝国図書館重要人物名簿に記載することに、問題があるとは思えない。

ミスラ氏が谷崎潤一郎と、帝国図書館で出会ったのは、大正四年ごろのことと思われる。

そのころ谷崎は『玄奘三蔵』という三蔵法師を主人公にした短編を執筆中で、インドの伝説の類を参考にするために、上野の帝国図書館を訪ねた。

鼻の横に深い皺を刻んだインド人とは、「I」の項を検索しようとしていたことがきっかけで会話を交わすようになり、二人で上野の鰻屋「伊豆榮」で会食するまでの仲になる。

谷崎は、なにしろインドを舞台にした小説を書いているわけだから、なんとかしてミスラ氏と懇意になって、インドの魔術の話が聞きたい。しかし、ミスラ氏ときたら、どことなく躁鬱を思わせる気分屋で、急にむっつりと水臭い態度になって、図書館で出会っても避けるようなそぶりすらするかと思えば、はたまたやたらと饒舌になって鰻屋に引っ張り込んだ挙句に、色街に繰り出そうと誘ったりするのだ。

谷崎は、ここで自らのインド近代史や仏教の知識をたっぷりと披露した上で、ミスラ氏が師事して体得した「ハッサン・カンの妖術」を、自分にも使って見せてもらうクライマックスへと読者を引っ張っていくのであった。

後輩の芥川龍之介がミスラ氏に出会ったのも、帝国図書館だったのではないだろうか。谷崎が『ハッサン・カンの妖術』を発表するのが大正六年のことで、その三年後に芥川は『魔術』という短編に、マティラム・ミスラ氏との交友を書くのだけれども、「一月ばかり以前」にミスラ氏に芥川を紹介した「ある友人」というのも谷崎であろう。

ここで芥川龍之介による、ミスラ氏の紹介を引いておくならば、

「ミスラ君は永年印度の独立を計っているカルカッタ生れの愛国者で、同時にまたハッサン・カンという名高い婆羅門《ばらもん》の秘法を学んだ、年の若い魔術の大家なのです」

ということになる。

谷崎は、ハッサン・カンの妖術を学んだミスラ氏の神通力によって、古代インドの世界観の中で中心にそびえる聖山、須弥山《しゅみせん》に導かれ、亡き母が一羽の美しい鳩になっている姿に出会う。一方、芥川がミスラ氏に見せられるのは、須弥山だの輪廻の世界だのではなくて、若干、手品じみた魔術ではあった。しかし、芥川はすっかりその魔術の虜《とりこ》になってしまい、ミスラ氏に懇願して、その魔術を教えてもらうことになる。

文豪とミスラ氏の交友に関心のある方には、ぜひ二つの短編を読み比べていただくとして、帝国図書館が無視しえないのは、ミスラ氏が毎日午前中に通っていたころ、やはり図書館に日参していた、いま一人の著名作家、菊池寛《きくちかん》のことである。

そのとき、彼は大学を出たばかりで職がなく、ひたすら貧乏であった。

大学を出さえすれば金を稼げると思っている田舎の両親が、金を送れ、金を送れとせっつくのにいらいらしながら、ともかくなんでもいいから金を稼ごうと思って、『西洋美術叢書』の中の一巻を翻訳させてもらうことにする。ガアデナアという人の書いた、『希臘《ギリシャ》彫刻手記』であった。その、本当に細い金づるであるところの翻訳の原書を、あろうことか、彼は電車の中に忘れてしまうのである。

電車にものを置き忘れた人間があまねく経験するところの焦燥を彼は経験し、三田の車庫、春日町の車庫、巣鴨の車庫、そして電気局と、ぐるぐるたらいまわしにされた挙句に、警視庁の拾得係でも見つからず、丸善にもなし、神田の古本屋にも、本郷の古本屋にもなしときて、とうとう最後の最後に、帝国図書館にたどり着く。

さすがは帝国図書館。Gardener の“The Manuscript of Greek Sculpture”を、ようやく彼は発見し、安堵する。

その日から、日参である。上野の図書館なしには、仕事にならないのである。帝国図書館は、彼にしてみれば学生時代からよく通った場所ではあったが、よく通ったがゆえに、不愉快な思い出もある場所だった。なんといっても、下足番とのやりとりに自尊心を挫《くじ》かれた高等学校時代の体験は、忘れようもなく刻まれていた。

貧乏学生だった彼の草履が、はき潰されてぼろぼろだったため、下足番がそれを下駄箱に入れるのを拒んだのだ。図書館備え付けの、どの上草履よりもくたびれたその草履に、帝国図書館の下駄箱は相応しくないとばかりに下足札を寄こさないそのかたくなな態度に、彼は立腹し、みじめな思いを味わう。そのため、大学を出たにもかかわらず、図書館に通いつめねばならなくなったわが身は、必要以上に落ちぶれて感じられ、彼の四角い顔も、いつにもまして角々を突っ張らしていくのであった。

日がな一日、地下室で他人の履いた靴を触って糊口をしのぐ下足番にひそかな軽蔑を抱きつつも、自分の人生は堕ちたといえども下足番ほどではあるまいと安堵したり、生涯日の目を見ずに生きる下足番は気の毒だと同情したりする、やや、めんどくさい感情と、彼と下足番のその後を描いた短編『出世』の主人公譲吉《じょうきち》は、作家・菊池寛の分身であることは疑いようもない。ちなみにこの作品が世に出るのも『魔術』と同じ、大正九年のことであり、電車に原書を置き忘れた体験は二年前とあることから、朝から晩まで図書館に通い詰めて『希臘彫刻手記』を翻訳したのは、大正七年のことになる。

となると、菊池寛は、いつもきまって午前中に帝国図書館で政治経済から哲学までさまざまな本を渉猟していたマティラム・ミスラ氏と、顔を合わせているのではないだろうか。

菊池寛の膨大な著作の中に、ミスラ氏との邂逅を描いたものがないのは、日本文学史上のミステリーであるし、まだ発掘されない著作があるのかもしれないとの期待も抱かせる。

しかし、何を擱《お》いても、図書館だけが知っている事実がここにある。

ミスラ氏は、下足番と会っている！

ミスラ氏が図書館の常連である以上、地下室で働く眉の太い大男と禿げ頭の小男の二人組、地下の下足番に靴を預けずには、閲覧室に入室できないのである。そして、草履が履き古されているというだけで利用者の顔を覚えていた下足番が、外国人であるミスラ氏の顔を識別できないわけもないのだった。

そして、じつのところ、魔術の大家であるマティラム・ミスラ氏自身が、下足番の大男のほうに、たいへんな興味を抱いていたことは、まだあまり知られていない。ミスラ氏は、ハッサン・カンから学んだ魔術をどこか持て余し気味ではあったものの、せっかくの秘儀であるからには、遠い日本に来て、誰かにそれを伝えたいという気持ちを抑えきれないところがあった。だから、芥川龍之介の求めに応じて、いったんはこの文壇の貴公子に秘術を授けようかとも思ったのである。しかし、ハッサン・カンから学んだ魔術は、けっして欲を持たない人間にしか授けてはいけないという厳しい掟がある。芥川の『魔術』は、この厳しいルールの前に、凡人芥川が敗北する一夜を描いているのである。

ミスラ氏は、これぞと目をつけた日本人を盛んに「伊豆榮」に誘って、好物の蒲焼をごちそうし、欲のある人物か、そうでないかを検分した。しかし、ミスラ氏のおめがねにかなう日本人は、いっこうに現れないのであった。

あるときから、ミスラ氏は帝国図書館の下足番に目をつけた。地下の下足室で黙々と働き、そこから抜け出そうとも、それ以上の地位や財産を得ようとも、まったく考えない人物。この世の欲というものから、一切超越している人物。菊池寛が作品中に書きつけた歌を引用するならば、

図書館の下足の爺《おやぢ》何時迄か
　下駄をいぢりて世を終るらん

というほどの、欲のない人物。

禿げ頭の小男がいつの間にか職場を去っても、一人、黙々と他人の履物をいじっている、この男こそ、ハッサン・カンの魔術を伝授するにふさわしい男ではなかろうか。

図書館の下足の爺ひょっとして
　ハッサン・カンの弟子たる器

ミスラ氏は「ちょいと」という口癖と同じくらい、日本の五七五のリズムを愛していたので、菊池寛の真似をして、下足番の歌を詠みすらした。

そして、ある日の夜、谷崎潤一郎を口説いて「伊豆榮」に誘ったときと同じか、それ以上の熱心さで、下足番の大男の仕事終わりを待って食事に連れ出そうとした。

「下足番さん、下足番さん」

ミスラ氏が声をかけると、大男はゆっくり振り向いて、氏の足元を凝視した。

「や、あんたは、いつもピカピカの革靴を履いていなさる。するてぇと、印度の旦那！」

なんと下足番は、ミスラ氏のいかにも外国人という風貌ではなく、紺の背広に合わせている黒い革靴をもって、氏を認識していたのだった。この、俗世を捨て去った、職業へののめりこみぶりも、ミスラ氏には好ましく思えた。

「なに、わたしは、ハッサン・カンという印度の妖術師から学んだ魔術を、ちょいと、あなたにお伝えしようと思っているのです。そんなことを突然言われても驚かれるでしょうから、ちょいと、そこらで鰻でもごいっしょしませんか」

流暢《りゅうちょう》な日本語でミスラ氏は話しかけたが、下足番はじっと氏の口元を見つめているばかりで動こうともしない。

「いえ、なに、ちょいと、そこで鰻でもごちそうしましょうというんです。いかがですか」

下足番の大男は目をぱちくりさせた。

「ですからね、わたしも来日して長いのですが、あなたほど欲のない人物には、ちょいとお目にかかったことがありません。あなたがどのようにして、その徳を身に着けなさったか、そこのところを、ちょいと伺いたく思いましてね」

下足番は、しばらく黙って立っていたが、意を決して口を開き、こう言った。

「すまねえ、旦那。あっしゃ、印度語てぇのが、一つもわからねえんでさ。なにをおっしゃってるのか、さっぱりわからねえ。司書の先生にでも、お聞きになってくだせぇよ。あっしゃ、これで、失礼しまさぁ」

そして深々と頭を下げると、上野の森に悠然と分け入って行った。

遠くきらきらと瞬いている動物園のアーク灯の光を見つめていると、鬱蒼とした園内の樹木の陰から、丹頂の鋭い啼《な》き声が聞こえて、さながら空谷に谺《こだま》するように、反響を全山に伝えていく。

ミスラ氏は下足番の後姿を見送りながら、この、我欲を超越し切った下足番に惹きつけられる思いを断ちがたかった。鰻の一串、二串すらも、おごられようという欲のない、一生を地下の下足番として終えてもなんら不満のない、そうした男の潔さに打たれた。この男にハッサン・カンの秘術を伝えたいという思いはかなわぬまでも、少なくとも、自分の小さな好意と敬愛の気持ちを、形にして彼に贈りたいものだ、とミスラ氏は思った。

そして、ひそかに呪文を唱え、ある魔法をかけた。

菊池寛が『出世』で描くことになる、帝国図書館下足番の未来の姿は、マティラム・ミスラ氏がこのときに使った、小さな魔術の結果なのである。

喜和子さんの家がない。そのことがわたしを打ちのめした。谷中の墓地をとぼとぼ歩いてJR日暮里駅に出て、山手線に乗ってぼんやりと窓の外を見つめることになった。

胸のうちがざわついてどうにもならない。ふと、帰り道としては遠まわりな経路を選択してしまったことに気づいて、そのことも悔やまれた。急いで家に帰ればなにかの取り返しがつくわけでもないのに。

家に戻って年賀状を入れてある箱をひっくり返し、喜和子さんの丸っこい字を探した。

「明けましておめでとうございます。本年もよろしくお願いいたします。

ご活躍のご様子、ときどきなんかで見るわよ。おうえんしています。

こちらも、ちょっと刺激を受けて、書いてみたりしています。

ま、ものにはならないでしょうけどネ。ハハハ　喜和子」

その年の年賀状にはそんなことが書いてあって、ハハハと照れくさそうに笑う喜和子さんが目に見えるような気がした。慌てて葉書をひっくり返すが、住所が書かれていない。ただ、名前だけ、丸っこい字で「喜和子」と書いてある。

せめてこの年賀状にきちんと返事を出していれば、住所が違うと葉書が戻ってきて、もっと早く引っ越しに気づいたろうか。元気でいれば、喜和子さんのことだから、夏に暑中見舞いをくれるだろうか。そうしたら、そこには新住所が書いてあるだろうか。あるいは、近日中に「引っ越しました」の葉書くらい、届かないだろうか。しかし、これは引っ越しなのだろうか。

いろいろと気になったけれども、喜和子さんの消息を確かめる手段もまったく思いつかず、中途半端な思いを抱いて、それからしばらくは過ごすことになった。

気にはなりつつも、日々というものは、あわただしく過ぎて行ってしまうものだ。区役所の外の掲示板に貼られた「市民講座『聊斎志異《りょうさいしい》』を読む——××大学名誉教授・古尾野《ふるおや》放哉《ほうさい》」というポスターに目を止め、ひょっとして喜和子さんのことが何か聞けるかもしれないと思って出かけて行ったのは、秋になってからだった。

会場は区役所のある市民センタービルのレクチャールームだった。古尾野先生の話は、手慣れていて聴衆をよく笑わせてはいたが、三月の震災にかこつけて、「大地震」というあまりおもしろくない一編を取り上げて話している時間がやたらと長かった。大地震の際に、誰もが服も着ないで裸のまま逃げ出したというだけの話で、数ある魅力的な奇譚に比べると、あきらかにどうでもいい、古尾野先生が下ネタを話したいがためだけに入れることにした一編だということが丸わかりで鼻白むところもあった。

それはいいとして、講義が終わって話しかけに行くと、やはり年のせいかかなり老化も進んだらしい先生は、初めのうちは、わたしが誰だかよく思い出せない様子だったが、喜和子さんの名を出すと、にわかに表情を変えて反応した。

「ああ、そうか。ああ、あんたか。喜和ちゃんちで会ったじゃないか！　なんだよ、それならそうと、早く言ってくれよ」

「ええ、ご無沙汰しています」

「あんた、それで、喜和ちゃんとこへ、見舞いには行ったのかね」

「いえ、まだ。というか、じつは、このあいだ谷中を訪ねたら、家のあったところが更地になっていて」

「あ、そう。そうだわな。地上げにあったんでしょう」

「喜和子さん、入院されてるんですか」

「退院はしたんだよ、たしか。しかし、あそこには戻らずに、施設に入ったらしい」

「施設」

「老人ホームだよ」

「でも、喜和子さんは、まだ老人というほどの年では」

「いやあ、まあ、老人でしょう。本人が決断したんだろう。一人だしな。あんた、じゃあ、連絡先は知らないのかね」

「先生、ご存知でしたら」

「うん、じゃあ、知らせるよ」

わたしはごそごそとバッグを探り、財布の中から名刺を一枚引っ張り出して古尾野先生に手渡した。

「うむ」

古尾野先生はチラッと目を落とすと、活字の小ささにさっさと諦めて内ポケットに仕舞い、それから少し考えるような口調で、

「ちょっと、悪いらしい」

と、言った。

なにが、と訊こうとして顔を上げると、古尾野先生のしわしわした口元が歪んだ。

「僕も行こうと思ってはいるんだが、じつは女房がまた手術で病院でね。こっちも、ちょっと悪いもんだから」

そう言うと、講義ノートと数冊の本を革のビジネスバッグにしまい、困ったように下を向いてしまった。

喜和子さんが入居したのは、日暮里から電車で二十分くらい、東京都と埼玉県の境にある、住宅型有料老人ホームだった。

わたしは古尾野先生から「悪い」と聞いて、寝たきりのような状態を漠然と想像し

ていたのだが、そんなことはまったくなくて、比較的きれいな部屋に、喜和子さんはしっかり一人で暮らしていた。

訪ねたのは、その年の暮れのことで、驚かせるといけないので、今度こそちゃんと葉書を出して、古尾野先生に住所を聞いたこと、一度遊びに行きたいと思っていること、喜和子さんの好きなたい焼きでも買って行くつもりであることなどを綴り、いつ来てほしいという返事ももらった。たい焼きは冷めるとおいしくないから、イナムラショウゾウの洋菓子がいいなどと、わがままなことが書いてあって、少し安心した。

駅のロータリーを抜け、ガソリンスタンドや大型のファストフードチェーンが並ぶ、少し殺風景な幹線道路沿いを行くと、新興住宅地なのか、そっくりのデュープレックスがいくつも並ぶエリアがあり、その先に、喜和子さんの暮らす施設はあった。施設じたいは新しそうだったが、あまり頑丈な造りには見えず、簡素な建物という印象だった。

きれいとは言っても、たいへん狭い個室で、ベッドを置くとほとんどスペースらしいスペースはない。それでも無理やり設置した本棚に、懐かしい『樋口一葉全集』があった。

「ほかの本は払っちゃったの」

喜和子さんは拗《す》ねたように言った。

「でもね、いいのよ。あたし、図書館に行くわ。老い先考えたら、ものなんて持ったってしょうがないもの」

ここは狭苦しくってしょうがないから外に出る、と喜和子さんは言う。

そこでわたしたちは施設の人に断って散歩に出た。

荒川が近くて、子供たちがサッカーでもするのか広い空き地のある公園もあり、わたしたちはいつかのように、ベンチに二人で座り、施設の入口で買ったペットボトルのお茶を片手に、お土産に持ってきたイナムラショウゾウの洋菓子を頬張った。

病気はいいのかと訊いたら、喜和子さんは口を少し尖らせた。

「なんだかさっぱりわかんないの。足が急にむくんで腫れちゃってね。歩けなくなったのよ、去年の春ごろかな。もっと前かな。とうとうほんとに家の中でも立てないみたいになって、大騒ぎして近所の人に救急車呼んでもらったら、即、入院て言われたの」

「結局、なんの病気だったんですか？」

「蜂窩《ほうか》織炎《しきえん》だって言われて、抗生物質点滴してね。だけど、治ったと思っても、また、なっちゃって、また入院でしょ。そこへもってきて、谷中の土地を持ってる人が、売るから出て行けとか、入院するなら出て行けとか、まあ、いろんなこと言ってきてね。

もういいやと思って、昔の友だちに、家財道具一切合切持ってってもらって、ここに入っちゃったの」

「昔の友だちというのはもしかして」

「話したことあった？」

「上野公園でホームレスをしていた彼氏でしょうか」

「そう。いまは多摩川に引っ越してるんだけど」

「どうやって連絡取ってるんですか？」

「彼がよく本を流してた古本屋さんが、まだ上野に残ってて。ぼろっちいんだけど、かわいい名前の古本屋なのよ。何ていったかな。そこに行って相談したら、なんか知らないけど、連絡がついちゃったの」

「知らせてくれたら、手伝ったのに。年賀状に住所も書いてくれないし。まあ、わたしより、元カレのほうがいいでしょうけど」

「あらやだ、なんだか、焼きもち焼かれてるみたいで、ちょっと嬉しいわね」

そう笑う喜和子さんは、散歩ができるほど持ち直してはいたが、やはりしばらく会わなかったためか、病気の影響か、老け込んで見えるのは否めなかった。

「震災のときはどうしてたか？」

なんて、あのころは誰でもやった会話を、わたしたちは交わした。

「ここにいたわよ。安普請だから揺れて揺れて、ものすごく怖かったけど、物がないから危ないこともなくってね。よかったわよ、入院中じゃなくってさ。ぼろぼろの病院で、だいじょうぶかなあっていうような点滴、腕にくっつけて、四人部屋で寝てたときに、あの地震が来たら、大パニックだったわね」

喜和子さんの屈託のなさは、久しぶりに会っても変わらなかった。

けれどもその後、彼女は妙なことを言いだした。

「あのね、上野の図書館のことなんだけど、もう、書いてる?」

「え?」

「書いてくれるって、言ってたじゃない」

わたしは面食らったが、喜和子さんが言うには、自分の本を出して作家になったら、必ず上野の図書館のことを書くと、わたしが約束したのだそうだ。

そんなはずは、と否定したくなったが、喜和子さんはいつになく真剣だったし、

「プロに、なったんでしょ」

と、病み上がりの老女に上目遣いで睨まれると、そんな約束はしていないと否定するのも野暮なような気がして、愛想笑いで誤魔化すに留めた。

「図書館が主人公の小説はお任せして、あたしは、自分の子供のときのことを書こうかなと思ってるの」

「子供のときのこと？」

「うん。上野駅の近くの、トタン屋根のバラックに住んでたときのことね」

「お兄さんたちと住んでた頃の話？」

「そう。少しずつ思い出して、いま書いてるの」

「見せてくださいよ」

「まだ、できてないから」

「じゃ、できたら見せて」

うーん、とはにかんで、喜和子さんは下を向いた。それからしばらく押し黙って、また変なことを言った。

「ね、あたしが死んだら、灰はね、海にでも撒いてくれる？」

「ちょっと、唐突になんですか。死ぬとか言わないでください、びっくりするから」

「だって、嫌なのよ。あたし。ねえ、このままいくとなんだか、こう。だからさ、いまのうちに、頼んどきたいの。もし、死んだら、灰をね」

「なに言ってるんですか、もう。突然すぎますって」

「でもさ」

気味が悪いくらい一所懸命なので、どうしたらいいかわからず戸惑ったが、次に起こったことは、すべての不可解なことを吹き飛ばすほどの破壊力だった。

遠くのほうから、

「こんなところにっ」

という、女のヒステリックな大声がした。

隣で喜和子さんがぐしゃぐしゃっと顔を歪めたと思ったら、

「だから、嫌だったんだってば」

と、つぶやいた。

「なんでこんなところにいるんですか！　今日来るって、施設の方にお伝えしといたんですけど。どういうつもりなんですか！」

公園の向こう側から、わしわしと大股で近づいてくる女の傍若無人さに、さすがにむっとして対抗しようと立ち上がった耳に飛び込んできた言葉は、完全にわたしの頭を真っ白に変えた。女はこう言ったのだ。

「いい加減にしてくださいよ、お母さん！」

夢見る帝国図書館・11　関東大震災と図書館と小説の鬼

予算不足に泣かされ続けた帝国図書館初代館長・田中稲城《たなかいなぎ》は、大正十年十一月、本人の願い出により退官した。じつに、二十四年、東京図書館詰を兼務した時期を入れれば、三十一年の長きにわたる奉職であった。

後任は、東京高等師範学校教授の松本喜一《まつもときいち》で、まず、帝国図書館司書官を兼任し、帝国図書館長事務取扱を命ぜられたのちに、大正十二年一月、正式に館長を拝命した。

かの大災害が帝都を襲ったのは、その年の秋のことである。

揺れが来たのは、九月一日午前十一時五十八分だった。昼飯を準備する時分時《じぶんどき》が災いしてか、震災は、多くの出火をも引き起こした。

書籍の運命と言うなら、このとき特筆すべき史実として、日本橋丸善の全焼が挙げられる。このほかに、東京帝国大学図書館も焼失して五十万の書籍を失った。松廼舎《まつのや》文庫も類焼、神田神保町の古書店街も火に包まれ、天文学的な数字の頁が灰燼《かいじん》に帰した。

この火災にたいへん心を痛めたのが、本を宿としていた紙魚《しみ》たちだそうで、内田魯《うちだろ》庵《あん》の『蠹魚之自伝《とぎよのじでん》』の語り手である紙魚は、「去年の地震ぢやァ大学図書館を初め松廼屋文庫や黒川文庫や天筠居《てんいんきょ》や、そこら中の俺たちの眷族《けんぞく》の植民地が焼き払はれる。仲間の奴らは惨死する。目もあてられねェ」と、震災による仲間の死を悼んでいる。

　この地震の後は、様々な流言が跋扈《ばっこ》し、上野公園内の帝室博物館も帝国図書館も皆焼けた、動物園の猛獣類は逃走すると危険だからことごとく射殺してしまったという噂も流れた。

　いつものように図書館業務を行っていた帝国図書館にも、当然ながら、揺れは来た。しかし、コンクリートで補強した鉄骨煉瓦造の重厚な建物はこの激震に耐え、屋根や壁に少しの損傷と、書架の倒壊を起こしただけで無事だった。焼失図書は和漢洋合わせて九百二十二冊、破損図書が八千五百冊のみで、帝都の図書館としては奇跡的に少ない被害を記録したのであった。同じ上野公園内にあった、コンドル設計の帝室博物館が大破したのと比べても、帝国図書館の健在ぶりは見事と言ってよいほどだった。

　しかし、このとき、図書館周辺でなにが起こっていたかといえば、とんでもない事態が発生していたのである。

　日活、帝国博品館、松坂屋は一夜にして焼け落ちた。帝都壊滅とまで言われた地震とその後の火災の中を、少しの家財道具を積んだリヤカーとともに、あるいは着の身着のままで、人々は逃げまどい、上野駅前広場に殺到した。群衆は、そのまま、火の手のない上野公園に上って来る。五十万人にのぼる人々が、上野の山に押し寄せた。

上野公園の西郷さんがその体と言わず、台座と言わず、人探しの紙を貼りつけた伝言板と化したのは有名な逸話である。

帝国図書館は、この緊急事態を受けて、ただちに館を開放して被災者を収容し、仮の避難所の役割を担って、救助に努めたのだった。

しかし、帝国図書館といえども、五十万の被災者すべてを受け入れられるはずもなく、館内に入りきれない人々は上野公園の森の中に野宿を強いられた。一日の夜がやってくる。不安におののく人々の眼下には、火に覆われてへんに明るい東京の夜が広がる。

二日目には、雨が降った。そのころから、あの流言飛語が、図書館の建つ上野の山にも谺するようになる。

朝鮮人が井戸に毒を入れた。

朝鮮人が爆弾を抱えて火をつけて回っている。

上野松坂屋が全焼したのは、朝鮮人の仕業だ。

朝鮮人が三千人、爆弾を抱えて帝都に向かっている。

朝鮮人がいたらつかまえろ。

つかまえて、アイウエオと言わせろ。

アイウエオじゃなくて、ザジズゼゾと言わせろ。

ザジズゼゾじゃなくて、じゅうごえんごじっせんと言わせろ。

言えないやつは、朝鮮人なので殺してしまえ。

朝鮮人を見つけたら、殺してください。

小説家の宇野浩二《うのこうじ》は、上野桜木町で被災した。九月二日には、宇野も例にもれず、自警団として駆り出されることになった。自宅の近所で警戒していたが、そのあたりは警備の人も多いので、人の少ない上野の森の奥にも行ってやらないといけないと誰かが言い出す。

あまり人のいない上野の森の奥など、誰も行きたくはない。

しかし、そういうところにこそ、何が入り込むかわからないと説得されて、町内の六、七人とともに、小説の鬼こと宇野浩二が及び腰で出かけて行ったのは、上野の美術学校と帝国図書館の角の入口のあたりであった。

図書館前の木立と、美術学校の石垣との角を合わせた向こうには、トタン板やテントで緊急の雨除けを作った被災者たちが野宿しているのが見える。

突然、在郷軍人の格好をした男が暗闇の中を走ってきて、

「三名の黒い着物を着た××がお霊屋《たまや》の中に入った！」

と叫んだ。

続いて一人の巡査が駆けてきて、

「郵便配達の姿をした者に注意！」

と言う。

黒い着物なのか、郵便配達なのか。

小説の鬼を含めた自警団の面々はすっかり怖くなり、提灯の火を消してその場にしゃがみ込むことにした。朝鮮人が現れたら、あとをこっそりつけてから警官や兵隊に報告するという腰の引けた方向に、作戦を変更したのである。

小説の鬼は帝国図書館入口の角の草原にしゃがみ込み、こんなおそろしい警戒は一刻も早くやめにしたいとだけ考えながら、空の星をひたすら睨んで小一時間を過ごす。

「誰だ！」

耳元で破《わ》れ鐘のような声がした。

それと共に、剣つき鉄砲の切っ先が、小説の鬼の鼻先に突き出された。

このとき、宇野の舌が恐怖にもつれて思うように動かなかったならば、そうして兵隊に言えと強要されたなにがしかの言葉がうまく出てこなかったならば、あるいは、上野桜木町の町会の仲間が止めに入らなかったならば、小説の鬼はその銃剣の先で喉か心臓を突かれて殺されていただろう、朝鮮人として。

この数日間、帝国図書館を擁する上野の森にも、根も葉もない流言飛語を信じた者たちによって打ち殺された人々の死体が、投げ出されることになったのだった。

その女性は小柄できめ細かい肌をしていて、プリント地のワンピースに衿《えり》のないシャネル風のツイードジャケットを羽織っていた。のしのしと歩いてくる足元は五センチほどのヒール高のパンプスだった。こうした服装は、およそ喜和子さんの知り合い、もしくは義理であろうと実子であろうと娘らしくはなかった。

しかも、肩まで垂らした髪はきちんと栗色に染めていて、丁寧にカールを描いていた。パーマヘアではなく、毎日自分でヘアアイロンをきれいに当てなければ作れないように思われるものだった。「名古屋マダム風」という形容が思い浮かんだが、実際に名古屋のマダムがそういう髪型をしているのかどうかは、定かではない。

「今日、来るって、施設の方にはお伝えしておいたんですけど。どうしてこんなところにいるんですか」

のっけから好戦的で、目つきも悪かった。

わたし自身はむっとして、喜和子さんがぴしゃりと言い返すのを待ったが、彼女が困ったような怯えたような表情を崩さずに下を向いてしまったのも意外な気がした。

「施設の方といっしょにお話しすることになってたじゃありませんか。時間ですから戻ってください」

女性の口調じたいは丁寧だったが、態度がまったく丁寧ではなかったし、傍らにいたわたしには目もくれないでまくしたてるのも不愉快だった。そこで、少し抵抗の意を示しておくべきだと考え、わたしは小さな声で主張した。

「あのう」

「何ですか？ どちらの方か存じ上げませんけど、ちょっとハハと施設の方と話があるんで失礼します」

そう言うと、シャネル風ジャケットの女性は喜和子さんを追い立てるようにして、施設の建物のほうに去って行った。喜和子さんは捕まった小動物のような表情でこちらを振り返ったが、声を出さずに口だけを動かして、

「ごめん。またね」

と言うに留まり、わたしはなんの説明も受けなかった。しばし呆然と、わたしはその場に残された。

そのまま帰ってしまうことはできなかった。なにしろ、久しぶりの再会なのだし、そこへ、あきらかに喜和子さんと敵対するように見える女性が現れたのだから、放っておくわけにはいかないと思えてきた。

そもそも、喜和子さんに子供がいるなどという話は聞いたことがなかった。だから、あの女性が親族であるかどうかだってわからないではないかという想像が、むくむくと胸に広がってきた。しばらく会わないうちに、施設にまで入ってしまったのだ。ひょっとして認知症めいたものが進行して、あの女性に騙されているのではないだろう

か。

「おぼえてないの、わたしですよ、お母さん」

とかなんとか言われて、なけなしの年金を騙し取られている可能性だってあるのではないだろうか。お母さん、お母さんと、言い立てるあの口調に、愛情がみじんも感じられない。ビジネスくさい、他人行儀な響きがある。いままで見たことのないような、頼りない表情を浮かべて、喜和子さんは引きずられて行ってしまった。なぜ喜和子さんは抵抗しないのか。魔法にかかったようにおとなしくなってしまった喜和子さんは、むしろ病気にでもかかっていると考えた方がいいのではないだろうか。

つらつら考えていたら、ほんとうに心配になってきて、わたしは早足で施設に向かった。

案の定、といっていいのかどうかわからないが、施設からは、あの女性のキンキンした声が響いてきた。

「そういう問題じゃないでしょう。こっちは勝手に名前を使われたんですよ」

「まあ、そう、感情的におっしゃられても」

なだめているのは施設の人のようだった。

「そちらだって、いわば、この人に騙されたわけでしょう。ほんとにこわい人」

「うちとしては、改めて、お嬢様に書類作成にご協力いただく形で対処できれば、この件に関しては……」

「そんな、事後承諾みたいなこと、わたしはできません。夫にも相談しなきゃならないし。主人には何も言わないで来てるんです。知られたらたいへんですから」

「しかし、そうなると、ご本人様が……」

「いままでまるで娘なんかいないみたいに生きてきて、ここに来て急に。どこまで勝手な人なんだか」

　黙ってその場をやり過ごそうと思ってか、下を向いて静かにしていた喜和子さんがふと顔を上げ、わたしの方を見た。わたしは笑顔を作って手を振った。喜和子さんの頬にも、少しの笑みが戻った。

「何を笑ってるんですか？　笑うとこですか？」

　女性はカッとなって喜和子さんに食ってかかり、その視線をたどってわたしの方をすごい形相で振り向いた。

　わたしはちょうど、施設の入口の自動ドアを抜けて、建物の中に入ったところだった。

　喜和子さんはわずかな笑顔をさっと消して、それからとても静かな表情になった。これから起こることを知って、あらかじめ諦めておこうというような顔つきだった。

　ずっと奇妙に感じていたのは、そうした彼女のいわば受け身の態度で、初めて上野公園で会ったときからこっち、喜和子さんには清々しいような自由がいつもまとわりついていたのだったが、その気持ちのよさ、風通しのよさのようなものが、すっかり影をひそめてしまっていることだった。喜和子さんにこんなふうにずけずけ物を言う人を見たことがなかったと同時に、そんなふうに言われっぱなしで反論もしない、窮屈そうな喜和子さんを見たことがなかった。なんとも、彼女らしくなかったのだ。

「あのう」

と、わたしはもう一度意を決して声をかけた。

施設の人と、シャネル風ジャケットの女性、そして喜和子さんが一斉にこちらを見た。少なくとも施設の人と喜和子さんの目には、どうにかしてこの場を打開してほしいと言いたげな光があったような気がした。

しかし、わたしが何かに貢献できたとはまるで思えない。

結局のところ、その怒っていた女性は解決を曖昧にしたまま帰って行ってしまった。わたしは喜和子さんのために少し長く施設にいた。

見たことがないほど沈み込んだ喜和子さんは、一段と小さく見えた。わたしに、これまで見せていなかった一面をはからずも見せてしまったことも落ち込みの要因かもしれないと思って、一度はその場を辞そうと思ったのだけれど、喜和子さんは力のな

い声で、

「居て」

と言ったのだった。

「あの子が来ると知ってたから、この日を指定したの」

と。だから、わたしはあらかじめ、あの場面を目撃すべく呼ばれていたようなのだった。あるいは、わたしという他者が闖入《ちんにゅう》することで、収まりのつかなくなったなにかを棚上げにしておく効果を、期待されていたのだとも言える。

喜和子さんがあの女性に騙されているのではないかというわたしの想像はとてつもなく的外れだった。騙すというか、言わば利用したほうが喜和子さんで、あの女性は迷惑を被った側だった。しかしそれは、迷惑というようなものなんだろうか。

「息子さんのお嫁さん？」

少し落ち着いてから尋ねると、喜和子さんは不思議そうな顔をした。

「ううん。娘。あたしの実の娘」

「そうなんですか！　なんかこう、似てませんね」

「そうよね」

「それに、話し方が、なんというか」

「他人行儀？」

「まあ、そう。すごく」

「嫌いなんでしょ、あたしのこと」

淡々と、事実を告げるように喜和子さんは言った。

実の娘！　あまりに多くの情報がいっぺんにやってきて、わたしは混乱した。

「変なところを見せちゃって、悪かったわねえ」

そう言う喜和子さんは、まだ少しこわばっていたが、ゆっくりと本来の表情を取り戻しつつあるようにも見えた。わたしたちは、彼女の小さな部屋に戻り、空調をつけた。喜和子さんはベッドにもぐりこみ、わたしはその脇に置かれた、子供用のような小さいサイズの応接セットの椅子に腰かけた。応接セットにはかろうじて二脚の椅子があったけれど、そこに二人座るとなんだか近すぎて話がしづらく、一人はベッドにいたほうがいいくらいの距離だった。

その狭い部屋を手に入れるために、喜和子さんは思い余って娘の名前を借りたのだった。

谷中の木造家屋を引き払うには、別の住まいを見つける必要があり、体調と、この先の人生を考えて彼女は、その老人ホームにたどり着いた。入居費用や月々の利用料は、年金その他の彼女の持ち金で賄える計算だった。だから、入居に際して問題になったのは、身元引受人を誰にするかだった。

「よくわからなかったのよ。施設の人には、ご親族の方でないと身元引受人にはなれませんと言われる。身元引受人がないと入居できないって。死んだ後のことを娘に見てもらう気持ちがないんだと言っても、それはそれで遺言でも書いておけばいいじゃないですか、入居のための、書類だけのことですよと言われて、切羽詰まっちゃってね。しょうがないから、あの子の名前を勝手に使ったの。迷惑かける気はないわよ。お金は自分のがあるんだもの。とにかく入れればいいんだからって。ああ、でも、やっぱり、もちろん、間違ってたわよ」

そう言うと、喜和子さんはベッドの上でくしゃくしゃに顔を歪めた。

どうしてうまく行ったのかは不明だが、適当に三文判を押して提出した捏造書類は審査を通ってしまったらしい。ちょうどよく部屋に空きが出て、入居費用が早い段階できっちり振り込まれたために、身元引受人の印鑑証明は後送でいいとかなんとかいうことになったのではないかと思われる。事務手続きしたいが得意でない本人は、いったん入居してしまったら後に何をやり残していたかなどということは忘れてしまったし、施設のほうでも、うっかりしていたのか、催促らしい催促もせず、時は流れた。

何かの折に、書類を精査した担当者がいて、これこれの提出書類が出ていませんよという連絡が、どうしてだか喜和子さんをすっ飛ばして、娘のところへ行ってしまった。電話番号は知らないのでいい加減に書いておいたが、住所はかつて住んでいたこともある本物と数字が一つ違うだけのものを書き込んだのが敗因と言う。

「でたらめ書けばよかった」

と、喜和子さんは言った。そういう問題ではないようにも思ったが、少なくとも先方に連絡が行かなければ、ほかの対処の仕方もあったのかもしれない。

「あのときは、お金のことだけでいっぱいいっぱいだったんだもの。とにかく金がなきゃどうしようもないってことで、持ってるもの全部叩《はた》いてかき集めて。ようやっとだいじょうぶだってことになって。身元ナントカ人なんて、二の次だったの。施設の人だって、お金がいちばんだいじだって言ってたのよ」

喜和子さんとは、会えば図書館の話か古い本の話、古尾野《ふるおや》先生やホームレス彼氏の話しかしたことがなかった。知り合って、十年近くは経っていたはずなのに。断片的に聞いていた履歴を時系列に沿って遡るようにつなぎ合わせると、谷中の前は湯島で古尾野先生の愛人をしており、その時代にホームレス彼氏と出会ったりもしていて、その前は日暮里に暮らして上野広小路の飲み屋さんで働いていた。

東京に出てきたのが八〇年代の半ばくらいで、その前に存在したのが、喜和子さんの宮崎での結婚生活ということになりそうだった。

考えてみれば、喜和子さんの人生の中で東京にいたのはたかだか二十数年ほどなのであって、その前の時間のほうが長いのだった。けれど、その前の時間の話を聞いたことがなかったのは、彼女があまり積極的に話そうとしなかったからに違いない。結婚して、娘がいて、離婚をしたくて離婚届を渡したが、先方はそれに判を押さなかった。夫と娘を置いて彼女は家を出たのだ。わたしが知っているのは、かろうじて聞き知っているのは、彼女が家族を残して東京に出てからの話だったわけだ。それから、間を全部抜かして、少し曖昧な記憶の中の、少女時代の上野の話だ。

「お金はいちばんだいじ」

喜和子さんの言葉を受けて、わたしは図書館のことを思い出した。

「お金がない。お金がもらえない。書棚が買えない。蔵書が置けない」

そう、わたしがつぶやくと、喜和子さんはわたしを不思議そうに見上げた。

「なに？　なんの話？」

「お金はだいじ。お金がないと、書棚が買えない。蔵書が置けない。図書館の歴史は、金欠の歴史」

そこまで続けると、喜和子さんはようやく笑顔を取り戻した。

わたしのよく知っている、あの笑顔だった。

夢見る帝国図書館・12　悲願の増築――そしてまた戦争・昭和編

関東大震災は、帝都の読書子に衝撃的な影響を与えた。

読むべき本の多くが、被災して焼失したからである。

罹災した書店や各地の図書館の復旧は、時間がかかると思われた。

そんな中、堅牢な鉄骨煉瓦造の帝国図書館は幸いにして被害が少なかったため、読書子はここに殺到し、震災前の数倍の利用者が薄暗い上野の森に列をなすことになった。


入館できない人々は、鬱蒼《うつそう》とした樹々にお猿さんのようにぶら下がったり、ごろりと置かれた石の上に亀のように腹ばいになったりなどして、ただもう、待つだけの一日を送っても、中に入れず失望して帰るなどということになり、明治以来の悲願であった増築は、もう一刻の猶予もない、という話になった。


昭和に入ってようやく第二期拡張工事が始まることになったが、図書館員たちは、これが中途半端な増築に終わるのではないかと、心の底から懐疑的だったらしい。

「ビブリオテーキを作るって言って、図書館事業を起こしてはや五十四年。帝国図書館設立案が制定された明治三十年から数えても、四半世紀以上が過ぎました。ところが結局のところ、欧米諸国みたいなりっぱな図書館は、できてない。もうあきらめて現状に甘んじようという腰の引けた気持ちになりがちですが、そんなことではいけません。本館建築、完成させましょう。別館を作るわけじゃないんですからね。本館が、まだ四分の一しかできてないって、思い出しましょう。第二期拡張工事にとどまらず、引き続き増築、増築を切望いたします！」

というような意味の文章が図書館の年報に載り、ともかく昭和二年に拡張工事は始められた。それから二年間かかってようやく竣工した新館（もちろん、本館の一部であることは言うまでもない）は、鉄筋コンクリート造で、ルネッサンス様式を踏襲した、三階建てに地階を持つ建物であった。地階に食堂及び機械室、一階に館長室、応接室、事務室及び昇降機室があり、二、三階は待ちに待った閲覧室、婦人室、貴重書室、特別室もあった。

これだけあれば、文句ないだろう。

と、文部省が思ったかどうだか知らないけれども、じつはこれで明治期に構想した帝国図書館の建物の、ようやく三分の一にも満たない部分が完成したに過ぎない。

「こんなことではごまかされんぞ！」

有識者たちはたいへん不満に思い、昭和十年、帝国議会に建議を提出した。

「なんですか、これ。単に閲覧室と事務室の一部をちょっと増やしただけじゃないですか。閲覧者は日増しに増加しており、このままにしておくわけにはいかないのであります。特に書庫を改良増設して時代の要求に応ずることは、社会教育振興上、最必要であると認めますので、本案を提出いたします！」

この建議は可決されて、図書館の更なる増築の必要性は認められた。

にもかかわらず、その後、帝国図書館が増築されることはなかったのである。

東洋一の図書館の夢は、ここに潰える。

昭和十二年七月、盧溝橋《ろこうきょう》事件の勃発により、日本は再び戦時体制に入る。そして同十六年十二月には米英両国と戦端を開く。

図書館には永井荷風《ながいかふう》の父、久一郎《きゆういちろう》の亡霊が現れて嘆いたに違いないのだった。

またもや戦費が図書館の金を食ってしまうのかと。

例の事件があってから、わたしは何度か喜和子さんの施設を訪ねた。

喜和子さんのことが心配だったし、何年も会わずにいたことが悔やまれたからだ。最終的には、あの感じの悪い娘さんも、身元引受人になることに同意した。喜和子さんは、引受人代行をする法人の存在もあると施設の誰かから聞かされて、そこに頼むと言い出したのだが、そうなると今度はなぜだか娘のほうが、そんな勝手なことは許さないとかなんとか言うのだそうだ。

親族の仲は難しい。

喜和子さんの娘とわたしは、ほぼ同世代だということがわかった。喜和子さんは、娘が十八歳になって、福岡の大学に入学したのを機に家を出たのだそうで、それが八〇年代半ばのことだと聞かされたのは、施設を訪ねて何回目かのときだった。

結婚したのは、前の東京オリンピックの二年後、つまり昭和四十一年で、娘の祐子《ゆうこ》さんが生まれたのはその翌年だった。結婚相手は塗装関係の会社を一代で起こしたという人物で、地元では名のある人のようだった。

「でも、いい結婚じゃなかったの」

と、喜和子さんは言った。

「わかるでしょ。いい結婚じゃないなら、別れた方がいいの」

なにがどういい結婚じゃなかったのか、あまり話してくれなかったけれど、彼女の言葉の端々から、夫だった人は喜和子さんの自由な精神を抑圧したのだろうと思われた。

「びっくりするほど不自由だったわよ。いまの人には、想像を絶する不自由さだと思うな。江戸時代とあんまり変わらないっていうか。あのね、ずーっとそうだったの。あたしの人生。ずーっとそうだったの。六〇年代とか七〇年代とか、そりゃ、東京にいれば、いろいろあったかもしれないけど、田舎ではね、江戸時代から変わらないような文化が、ずーっと続いてたわけ。少なくともあたしの育った家はそうだったし、結婚した相手の家もそうだった。本を読んだりするのは怠け者のすることだったし」

喜和子さんは、ふーっと息を吐いた。

「嫁いだ家に、あたしの蒲団、なかったの。夫婦のことが終わるでしょ。そうすると、ゆっくり寝たいから出ろって言うの。夫の蒲団から出ると、寝るとこがないわけ。で、その家の人は誰もなんとも思ってないの。しょうがないから古い座布団かなんかをほどいて縫った」

「蒲団を」

「父親や亭主が家に帰って来ると、床に頭を擦りつけて待つの。そういうことを、みんなしてたの」

「喜和子さんが？」

「そう、この、あたしが」

「できるとは思えない」

そう言うと、喜和子さんはほんとうに嬉しそうにして、ケラケラ笑った。

「もう何十年も前にやめちゃったから。いまじゃ、できないね、そんなことは」

「でも、昔、変わったコートを縫ってましたね」

「ああ、ああいう、でたらめなことならできる。いまでもできるわ。そういうことをして、生きていきたいと思ったわけよ。家を出たからにはね」

喜和子さんはちょっと顎を突き出すようにして、虚勢を張るような、おどけたような表情をした。

「とにかく、東京に出てきて、それで、あたし、名前も変えたの。喜和子ってね、貴族の貴が戸籍上の名前なんだけど、なんかさ。喜ぶに平和の和のほうが、自分らしいと思ったの。それにねえ、喜ぶに平和の和っていうのはね、子供だったとき、ある人がね、つけてくれたの。そのころは、まだ自分の名前が漢字では書けなくてね。名前はなんていうのって聞かれたから、きわこって答えたら、いい名前だね、平和を喜ぶって書くんだろう、そりゃあ、いい名前だって、そう言われて嬉しくってね」

「子供のとき?」

「そう。子供時代に、あの上野のバラックで暮らしていたとき」

平和を喜ぶ子、という名前は、いかにも終戦後らしい発想ではあった。

あれから一度だけ、喜和子さんの娘の祐子さんにあの老人ホームで会った。会ったというより、出くわしたと言った方がいいかもしれない。そしておそらく、わたしは、やはりまた母娘二人だけになるのを避けるために、緩衝材として呼ばれていたと考えるのが正解なのだろう。

施設の食堂の冷たい椅子に二人はにらみ合うように腰かけていた。

「やってくれないなら、あなたには頼まない」

喜和子さんが、きっぱりした口調で祐子さんに宣言していた。落ち着いていて、冷静で、しかし断固とした言い方だった。それに対して、娘の祐子さんは取り乱し、感情的になっていた。

「そんなことできない。いままでさんざん好きなようにやってきたんだから、死んだ後のことなんか、どうだっていいでしょう。わかってないみたいだけど、お母さんはまだ吉田《よしだ》の家の人間なんですよ」

「結婚相手が死ねば婚姻関係は解消されるでしょ」

「死ねばって、そういう言い方、娘の前でよくできますね」

「じゃあ、あなたのお父さんが亡くなったので、と言い換えます」

「とにかく、これ以上のわがままは通らないと思ってください。もう帰ります。さようなら」

最後のさようならは、食堂の入口で足が竦《すく》んだように棒立ちしているわたしにも向けられたものだったらしい。相変わらずきれいにセットしたセミロングの髪をゆらしながら、猛然と祐子さんは早足で出て行った。

「あたし、娘に酷《ひど》い？」

喜和子さんは、困った顔をわたしに向けた。

わたしは食堂にあったサーバーで紙コップにお茶を淹れ、谷中土産の福丸饅頭を取り出してテーブルに置いた。

「何を話してたんですか？」

「たいした話じゃないの。死んだら、散骨してくれないかって頼んでるんだけど、絶対にやらないと言い張るのよ。あの子には頼みたくないんだけど、いまのところ、頼む相手があの子しかいないから。ねえ、あたし、娘に酷いと思う？」

喜和子さんはもう一度同じ質問をした。

「散骨してくれって言うことじたいは、酷いとか酷くないとかいう話じゃないけど」

「けど？」

「娘さんは、お母さんが出て行ってしまったことを、怒ってるんでしょう」

「あたしはね」

「うん？」

「悪かったと思うべきなんだろうけど、そこまで酷いことしたと思ってないところがあるの。それが、あの子をムカつかせるんだね。母親に、泣いて謝ってもらいたいのに、あたしがそうしないから」

そうして喜和子さんは唐突に、吉屋信子《よしやのぶこ》の話を始めたのだった。

「ねえ、あのね、吉屋信子って、読んだことある？」

わたしは、あると答えた。戦前、戦中を舞台にした小説の中で、物語の鍵になる逸話として吉屋信子の作品を使ったこともあったのだった。のめり込んで読んだような世代ではないので、熱く語るほど読み込んでいるわけではなかったが、いくつかの作品には衝撃を受けた記憶があった。

「あの作家は、レズビアンだったのよね」

唐突に、喜和子さんはそんなことを言った。

「恋人だった女性を自分の養女にして、事実上の同性婚をしたんでしたね」

「そう。あたし、どっかで読んだのよね。なんで吉屋信子がレズビアンになったかっていう話。生い立ちとか、そういうのから解説するみたいな本。それでね、そこに出てくる吉屋信子の母親っていうのがね、あたしの親にそっくりだった」

「吉屋信子の、お母さん？」

「そう。それが兄さんたちばかりだいじにして、女の子は兄さんの下女みたいに扱って育てるの。本人は、作家の才能があるわけでしょう、小さい時から。でも、それを認めないの。裁縫だとか家事ばっかりやらせるんだけど、信子さんがまた、そういうのに才能が一切なかったらしいの。それでまあ、母親は余計、娘を憎たらしく感じるのね。ほんとうにそっくり。でもね、その母親がどうしてそんな人になったかというと、やっぱり本人がね、酷い目に遭ってるわけよ。夫とか、姑とかから」

「じゃあ、抑圧の捌《は》け口が、娘に行ってしまったと」

「姑なんかも酷くてね。嫁が何か失敗すると、口で謝らせても身に沁みないからって言って、いちいち詫び状を書かせて、血判まで押させたそうよ。で、きっと、何かあると、それを持ってきて、ねちねちやるのね」

「想像するだけで恐ろしいですね」

「そういう文化の中で育ってて、あり得ないような男尊女卑を押しつけられてるうちに、男ってものが心底嫌いになって、レズビアンになったというのは理解できるわね。もちろん、先天的に、同性愛者だったのかもしれないけど、当時の女が置かれた状況を見ると、こんなのやだと思って、男女の関係に絶望するっていうのは、ものすごく理解できることだと思う」

珍しく、喜和子さんがそんな話をした。

彼女はいつものほほんとした人で、強い意見とか、何かに対する強い反発といったようなことを感じさせる人ではなかった。しかも、古尾野先生やホームレス彼氏の存在でもわかるとおり、恋愛には鷹揚だったけれど、完全に異性愛の人だったたし、彼女から何か主義主張のようなものを聞くとは思わなかったのだった。

でも、考えてみれば、喜和子さんの生きた時代、とくに青春期を過ごした時代は、学生運動やウーマンリブの時代でもあったわけで、しかも自分自身も抑圧的な空気の中で窮屈な思いをして育っていれば、「男女の関係に絶望するのを理解できる」のは、当然のことのようにも思えた。

「喜和子さんは、世代的にはウーマンリブとかなんかの時代ですか?」

無邪気にたずねてみると喜和子さんは目を大きく開けてくるくる回し、

「世代的にはそうかもしれないけど、田舎にはそんなものはなかった」

と、言った。

喜和子さんは我慢して、ともかく娘の祐子さんが家を離れるまでがんばって、そして夫と二人の暮らしになるのに耐えられずに家出した形になるらしい。

「あたし、娘に酷いと思う?」

喜和子さんは、同じ質問を繰り返した。酷くないと言ってほしいという気持ちもわかったし、しかし、中途半端に慰めてもらおうとは思わないのだという感覚も伝わった。

「自分が十八歳だったら、どうかなと考えると、どうかな。理解できると思う。そういう年齢だと思う。ただ、話してほしいとは思うんじゃないかな。黙って、いなくなられたら、きついなと、思う」

喜和子さんは、福丸饅頭をぽいと口の中に放り込み、しばし黙っていた。それから、その小さな甘いお菓子をごくんとのみ込んで、すっかり冷めてしまったお茶をすすった。淹れかえましょうと、わたしは言って、紙コップを二つ持って食堂のサーバーに行き、熱いがちっとも美味しくない、黄ばんだお茶を淹れて戻った。

「言い訳してもしょうがないけど、何度も話そうとはしたのよ。でも、あっちが拒否したの」

「それは喜和子さんが家を出てから?」

「そうね。怒らせてからってことになるね。だけど、あの子はわたしより父親に似てる。うまいこと気持ちが伝わらないの。何か言うと喧嘩になる。お互いに神経を逆なでし合う。だから、話さないことにしてて、いつのまにかすっかり気持ちを離しちゃった。それも、あの子には腹立たしいんだろうけど、どうやったらうまく行くのか、わからない。会わない、話もしないというのが、いちばん、なんていうか」

喜和子さんはそのまま何も言わなくなった。

食堂の蛍光灯は、切れかかってちかちかしていた。暖房はもちろん入っているけれども、リノリウムの床の広い部屋では足元が冷えてくる。少し寒くないかな、部屋に帰りましょうかと声をかけると、喜和子さんは、うん、とうなずいて、立ち上がり、歩き出した。

もともと小さな喜和子さんだったが、施設に入ってからはさらに小さく見えた。喜和子さんの白い髪は、かつてはコシとツヤがあって、意志的なスタイルを感じさせたものだけれど、そのころには痩せた小さな体に似合った力のないものに見えた。おそらく量も質も変化してきていたのだろう。

部屋で少し休むというので、わたしはその日、そこを後にすることになるのだが、改めて、喜和子さんの暮らす小さな部屋が部屋というより病室のようなのに胸を衝かれた。

昔、彼女が住んでいた谷中のぼろっちい家は、あそこもたしかに狭かったけれど、何十年と人が暮らした生活の跡がそこここにあり、建付けの悪い玄関の引き戸や、後でつけたせいで驚くほど狭いお手洗いや、ひどく急な階段の下のちょっとしたスペースや、冬はちょっと寒い台所があって、何かあったらがらがらと崩れ落ちてきそうな古い本がたくさん置かれていて、そこらじゅうに喜和子さんの印みたいなものがあった。

喜和子さんの新しい小さな部屋は、なにもかもが新しかった。新しくて、白っぽかった。白すぎるような気がした。

また来ますと言って帰ろうとすると、喜和子さんは、駄々っ子が物をねだるような口調でたずねた。

「書いてるー？」

一瞬、日々の仕事がうまく行っているかどうかをたずねられたのかと思って、

「ああ、まあ、書いてますよ」

と答えると、彼女の顔がぱっと明るくなった。

「じゃ、進んでるんだね」

そう畳みかけるように聞かれて、ようやくなんの話だかわかった。

「帝国図書館」

確認のために、固有名詞のみ口に出してみると、喜和子さんは満足そうにうなずいた。

「早く、読ませろ」

ベッドの上に胡坐をかいて座った喜和子さんは、男みたいな口調でそう言って、両手を胸の前で握り合わせ、ふっはっは、と笑った。背がすっかり縮んではいたが、そ

のおかしな喜和子さんは、間違いなく、あの、上野公園で話しかけてきた元気な喜和子さんだった。

「まだ、あんまり進んでないけど、書いてます。ってか、書きますよ」

そのとき、わたしは初めて喜和子さんに断言したのだった。

わたしが帝国図書館の小説を書きますよ。

夢見る帝国図書館・13　モダンガールの帝国図書館

いつのことだか、はっきりとはわかりません。

でも、「図書館のこと」という文章の載った本、『処女読本』が出版されたのが、昭和十一年のことですから、それよりも前だったのは、たしかなことです。吉屋信子が日光小学校の代用教員をやめて、文学を志して上京したのは大正四年のことですし、その翌年にもう、『花物語』の連載が始まるのですから、もしかしたら、そのころのことだったのではないかしら。なにしろそのころの信子さんは、セルの単衣《ひとえ》に肩上げをした若い娘だったのです。

いちばん初めに行ったのは日比谷の図書館だったそうです。婦人の室《しつ》が静かでいい気持ちで、そこでずいぶん綺麗な美しい二十二、三の人に出逢ったのだそうです。なるべく一人ぼっちでいられるような場所をとり、そこからその美しい人の姿をずっと眺めていたのでしょう。

その人が室にいないとき、ほんとにがっかりしてしまう……。

綺麗な人ったら、本を読むときだけ、海老茶びろうどのサックから、ふちなしの眼鏡を出してかけるのです。細い金の蔓《つる》が仄白い品のいい横顔のこめかみを掠めて根下りに無造作に束ねた髪の後毛《おくれげ》が少しまつわったりして、……まあ、信子さんどんなに好きになっちゃったでしょう。ぼうとしてその美しい若奥さんのような人を見つめていたのです。

がっかりだったのは、上野の図書館です。

上野へはひと夏、紅葉《こうよう》全集を読み通す計画で通うつもりで、お弁当持参で甲斐甲斐しく行ったはよいものの、一日か二日で、すっかりいやになって通うのを止《よ》してしまったそうです。

なぜかって、まあ行くといきなり、こう重苦しい地下室みたいな出入り口でうす暗くって小使みたいな人まで官僚的でいばっているようで、本の目録を見るのも大変だし本を受け取るところがまるで裁判所の判事や検事でも控えているような高いところでこちらはおさばきを受ける人民みたいで……それに婦人の室は古くてがたがたしていて、がらんとだだっ広くて落付きがなく、卓子《テーブル》なんかお化屋敷から持って来たようなもので……なんだかとてもすべての感触がラフで陰惨でした。それでも我慢して紅葉全集をひもといていると、向こう側にいる年齢《とし》とった女のひとが、ひろげた本の上につッ伏して、いつの間にか、ぐうぐう疲れたように寝ているのです。

まあ、なんという、日比谷図書館との違いでしょうか。

日比谷＝美しい若奥さんVS上野＝年齢とった女のひと、ぐうぐう。

その人がぴちゃんこに顔を押しつけて眠っている其の本を見るともなしに眼をやると、何かお産婆の試験を受ける為のご本なのでしょうか、赤ちゃんがねずみの子みたいに小さく丸まっておなかにかじかんでいる絵が出ている頁が開いてあるのですもの——信子さん、もうすっかり我が世が寂しくなって……しょんぼり館を出たそうです。ほこりッぽい夏の夕方、力なく竹の台を歩いて泣き顔していたそうです。

＊

吉屋信子より三歳年下なのに、一足先に文壇デビューした天才少女がいた。中條百合子《ちゆうじようゆりこ》、のちの宮本《みやもと》百合子である。

百合子は図書館デビューも、じつは信子より早かった。彼女が上野の帝国図書館に初めて行ったのは、東京女子師範学校附属高等女学校（現お茶の水女子大学附属中学・高等学校）二年生のころ、大正二年ごろと思われる。

元禄袖の着物に紫紺の袴、靴をはいた少女が、教室の退屈からのがれてこの高机の前に立ち、手を高くのばして借出用紙をさし出した。

「あなたまだ十六になっていないんでしょう？」

黒い毛ジュスの事務服を着た図書館司書が、高いところからたずねた。

百合子は早生まれの二年生だったから、十五にもなっていなかった。返事に困って

黙っていると、

「ここは十六からなんですよ」

と、黒い上っぱりのその男性は言った。どことい って目立つところのない、おとなしい小ぢんまりした色艶のよくないその顔は、顎の骨がいくらか張っていた。

ともあれ、その朝暮本ばかりを対手《あいて》にしている人間の、表情の固定した、おとなしい強情さの感じられる男性司書は、十四歳の百合子に、本を貸し出したのだった。

その日から百合子はせっせと上野の図書館に通う。

信子のお気に入りは、日比谷図書館だったが、優等生の百合子は「婦人の室」がどうのこうの言わないで、一心不乱に書物に向かう。上野の図書館は「役人風」だなと思っても、本を読むところなのだから、まあ、仕方がないと受け入れている。

＊

林芙美子《はやしふみこ》が上野の図書館に通い詰めたのは、
地球よパンパンとまっぷたつに割れてしまえ！
と、怒鳴っていたのとほぼ同じころである。
長谷川時雨《はせがわしぐれ》の主宰する『女人芸術』に「放浪記」を一年連載してやめたころ、芙美子は図書館を放浪し始めた。昭和四年ごろと思われる。ひょっとして新館が建っていたか、あるいはまだ旧館のみのころだったか、両方にまたがった時期だったか。いずれにしても、そんなころのことだ。

わたしは男にとても甘い女です。

とかなんとか言いながら、芙美子は毎日熱心に上野の図書館に通い、乱読暴読を究め、それは芙美子にとってとてつもなく愉しい日々だった。

悲しくなると、足の裏がかゆくなる。

という不思議な性癖を持っていた芙美子は、金の無さ、男運の悪さゆえに、しばしば足の裏がかゆくなったけれども、読書への情熱は本物で、帝国図書館通いは一年ほど続いた。

貧乏した芙美子は、そのころ若い女性が就くことのできるあらゆる職業に就き、それでも生活は困難で、しばしば自分の蔵書を売らねばならなかった。

一ツ二ツの童話位では、満足に食ってゆけないし、といってカフェーなんかで働くと、たわしのように荒んで来るし、男に食わせてもらう事は切ないし。

というわけで、本を売るたび、「瞬間瞬間の私」になったような気がする芙美子であった。

淋しく候。

くだらなく候。

金が欲しく候。

と、常に心は乱れたものの、チェホフは心の古里だ。チェホフの吐息は、姿は、みな生きて、たそがれの私の心に、何かブツブツ物を言いかけて来る。

といったような文学への傾倒は常に芙美子と共にあり続けた。

西洋文学の翻訳のみならず、岡倉天心《おかくらてんしん》の茶の本とか唐詩選、安倍能成《あべよししげ》のカントの宗教哲学といったぜいたくな書物まで乱読した。

＊

大正から昭和の初め頃、モダンガールと呼ばれる女たちが出現した。長い髪を切り、短髪にして、洋服を着て都市を闊歩《かっぽ》した。

そんな時代を生きた三人の著名女性作家が、上野の図書館の思い出をそれぞれに書き残している。一葉《いちよう》の時代から二世代も下の女の子たちが、樋口夏子《ひぐちなつこ》と同じ向学心を抱えて通ってくるのを、帝国図書館は、まばゆいものを見る思いで見守っただろうか。

それから先のことを書くのは少しつらい。

施設の人から連絡があって、喜和子さんが肺炎で入院したと聞いた。震災の年から数えると、二年ほどが過ぎていた。あまり具合がよくないというので、とにかく行っておかなければと見舞いに駆けつけた。

かなり重症のはずと覚悟して行ったのだが、ICUにいるわけでもなく四人部屋で寝ている喜和子さんは、点滴を受けて眠っていた。腎《じん》盂《う》炎と心筋梗塞があるので、と医師が言った。わたしは喜和子さんの細い手と足をさすって帰ってきた。

何かあったら知らせてほしいと施設に頼んでおいたら、二週間ほど経って連絡が来た。

喜和子さんが亡くなったという知らせだった。

「ご遺族の意向で」

と、施設の人が言った。

「お葬式はご家族だけで密葬で済まされたそうです」

密葬、済まされた、といった言葉が、少し時間を置いて、わたしの中に入ってきた。

「密葬?」

「密葬を済まされて、本葬などのご予定はないそうです」

電話の向こうの人が、電話の向こうで長い溜息をつき、

「だけど、なんだかね」

と言った。

なんだかね、の後には、言葉は続かなかったが、この人も喜和子さんの入居の経緯やその後のなにやかやを、側で見ていて思うところがあったのかもしれない。本来なら、施設の人がわたしなどに連絡してくれる義理もないような気がするけれど、わざわざ電話をくれたのは頼みごとに律義に対応したというだけではなくて、そのため息と、なんだかね、という気持ちを誰かと共有したかったからなのかもしれない。

「なんだか、あれですね」

わたしの方も、なに、とか、あれ、とかいった、茫漠とした言葉しか出てこなかった。

「ちょっと、こう」

と、電話口のその人は言って、それからもうこんな話をしているべきではないと思ったのか、いくらか職業的な口調を取り戻して、

「ともかく、お伝えいたしました」

と、言った。

それからしばらくの間、わたしは喜和子さんの不在を受け止めきれないままに過ごした。

日常的にいっしょにいたわけでも、毎日電話して話していたわけでもなかったから、いなくなってしまったことが、よくのみこめなかった。通夜や葬式のような儀式は、遺された者たちに、不在の確かさをわからせるためにもあるのだろう。古尾野先生にだけは仔細を知らせたものの、心のどこかではまだ、喜和子さんが逝ってしまったという事実を受け入れることができていなかった。

秋も深くなったころ、宮崎の祐子さんから喪中葉書が届いた。「年末年始のご挨拶をご遠慮申し上げます」と書いてあった。祐子さんから年末年始のご挨拶などもらったことはなかったので、なぜだか強烈に腹が立った。おそらく喜和子さんの遺した親書の類いから住所と名前を探し出し、交友関係に逝去を知らせるつもりで出しているのだろうと思うと、それなりに丁寧なような律義なような気もしたけれど、わたしは祐子さんの友人ではないのだから、祐子さんから葉書をもらうのは筋が違う気がした。知らせてくれるのなら、亡くなった直後になんらかの形で通知してくれてもいいだろう。喪中葉書だなんて、なんだかきちんとしているように見えて事務的で横柄な気がして、いっそ気に障った。第一、海に散骨してくれという、喜和子さんの願いはその後どうなったのか。腹が立ったと返事を書こうかと一瞬思ったが、大人げないのでやめた。

そういう、むしゃくしゃした、やり場のない気持ちは、胸の奥にくすぶり続けた。

喜和子さんが亡くなって、一周忌を迎えるか迎えないかというころに、何かの用事があってわたしは御徒町《おかちまち》界隈を歩いていた。そしてたまたまその路地に、小さな古本屋があるのを見つけた。「どんぐり書房」とガラス戸に貼ってあった。職業柄、古本屋を見つけるとつい入ってしまう。

二枚張られたガラス戸の一方には古本が山と積まれて開けられないほどになっており、もう一方を引くときぃきぃとひっかかるような音がした。店内は整理されているというにはほど遠く、ともかく雑然と本が置かれていて、歴史小説や史実の解説本が比較的多かった。本棚は壁面にへばりつくように置かれているのが二つと、その間にやはり二つあったが、店の中心にあるその二つの本棚には、紐でくったり、新聞で包んだりした本が、未整理のまま放り出してあるように見えた。

入口から遠い壁面の棚の下のほうに、『樋口一葉全集』を見つけた。

もちろん、世界に一部しかない全集というわけではなし、古本屋に古本があるのはとうぜんなのだけれども、「ぼろっちいんだけど、かわいい名前の古本屋」という言葉が唐突によみがえり、そしてわたしは確信した。

「どんぐり書房」。ここは、喜和子さんの「上野の古本屋」で、これは、喜和子さんの『樋口一葉全集』だ。

店の奥に、古本で四方を固めてその中に仏様のように座っている店主がいた。この人が、喜和子さんの「上野の古本屋」だ。そう思って、彼を見つめると、眼鏡の奥からじろりと見返してきた。

わたしは深く胸を衝かれた。あの、喜和子さんの小さな部屋、彼女が愛した空間、彼女が愛した物語、わたしたちがいっしょに過ごした時間と瞬間が、その古いワンセットの全集から一気に立ち上がってきて、眩暈《めまい》を起こさせるようですらあった。

店の奥にちんまりと座っているその店主に向かって、

「わたしはあの全集の持ち主を知っています」

と、話しかけた。こみ上げてくるものを抑えるのに苦労するような思いで。

店主は鼻先に乗せた眼鏡の縁越しにわたしを凝視し、

「はい？」

と、尻上がりの返事をした。

「あれは、あれは、直接、こちらに持ち込まれたものでしょうか？　それとも本人の遺言かなにかがあって」

「欲しいの？」

「いえ、それは」

わたしは口ごもった。欲しいかどうかまで、考えずに口にしていたからだ。

「買うの、買わないの？　買う？」

「え？」

「どうするの、あなた。買う？」

「買うって、だって」

「だって、所縁《ゆかり》の人物の所持品だったんだろう？」

「ええ、まあ」

「すると、買うんだね」

「ええと、うん、そう、買います！」

「買ったね！」

「買いました！」

「全四巻、六冊、昭和四十九年から平成六年発行、筑摩書房刊、大負けに負けて二万五千円だ。よそではちょっと出ない値段ですよ」

なんだかわけのわからない勢いに気圧《けお》されて、わたしはその六冊の一葉全集を買い、自宅への配送を頼んだ。すべての手続きを終えると、店主は恵比須顔でこんなふうに話しかけてきた。

「それで、あなた、麹町の先生とは、どういうご関係？」

「麹町の、先生？」

「全集の前の持ち主」

「麴町の、先生?」

「初版で買って、きれいに読んでたみたいね。あの家からはけっこう、いい本出たな。急に亡くなられたんでしたかねえ」

わたしは、狭い机の上の古めかしいレジスターの脇に置かれ、きっちりと送付状を貼り付けられた荷物を、深い落胆とともに見つめることになった。

まあ、家に一揃いの一葉全集があること自体は、物書きを生業としている人間として、ありうべきことのようにも思えたし、店主が言うように、このきれいに読まれてきた六冊が二万五千円で手に入るのもありがたいことである。だから、悪くない買い物だと思うことにしても、全集が喜和子さんのものであるという思い込みは、このようにして、早くも大外れと露見したのだった。

「どうかした?」

店主は恵比須顔を崩さずに上機嫌で言う。

仕方がないので、わたしは麴町の先生なる人物をまったく知らないこと、谷中に住んでいた友だちが亡くなったこと、彼女が最後までだいじにしていた一葉全集が同じものであったことなどを話す羽目になった。

途中、店主は飴玉を取り出して舐めはじめ、わたしにも勧めてくれた。それはなんとなくわたしの心を和ませ、いきなり金太郎飴をくれた、喜和子さんとの出会いのシーンを連想してみたりした。店主がくれたのは金太郎飴ではなく、ミント味ののど飴かなにかだったけれども。店主は、煙草は好きなんだがだいじな商品を焼いちゃまずいので店内は禁煙でとかなんとかいう話をし、それでそのばあさんがどうしたんだって？　と、意外に熱心に話を聞き、相槌を打ってくれた。そして、わたしがあらかた話し終えると、レジスターの載る机の後ろの壁に打った釘にひっかけてある孫の手をひょいとつかみ、孫の手はこのようにして使うという見本のように首からシャツの中に差し入れて、ぱりぱりと背中を掻いた。

「じゃあ、あれかねえ、あの人、結局、探し物を見つけないうちに、死んじゃったねえ」

孫の手を背中から引き抜いて、また釘にかけると、店主は感慨深げにそう言った。

わたしはまた混乱して、店主の顔を見上げた。

「探し物？」

「うん。あの人、ここに来たとき、ある絵本を探してるって言っててねえ。こっちもプロだから、探せるもんなら探してやりたかったが、なんともざっくりした、いい加減な話なんで、あんまり本気出さずにほっといたんだよ」

「あの人？」

「喜和ちゃんだろ」

「喜和子さん？」

「その話をあんた、してるんじゃないの？」

「喜和子さんのこと、知ってるんですか？」

「知ってるよ」

「じゃあ、ここ、やっぱり、喜和子さんの古本屋じゃないですか！」

「いや、古本屋はあたしのだけどさ」

「それなら、最初から、そう言ってくださいよ」

「最初からって？」

「だから、その全集は喜和子さんのじゃないって」

「だって、あんたが知り合いのだって言うから、あたしはてっきり」

店主とわたしの間にどういう行き違いがあったかは、この際、あまり重要ではないので割愛することにして、「どんぐり書房」が喜和子さんの「上野の古本屋」であることが判明し、わたしはまた一転して、自分の勘の良さに満足することになったのだが、それ以上に気になったのは、喜和子さんの「探し物」だった。

彼女が見つけられなかった「探し物」とは、なんだったのか。

「そのことよ。あたし、少し前に、これじゃねえかなあってのを、発見してね。知らせてやろうと思ったんだけど、あの人、引っ越しちゃって居所がわからねえだろう。

そのまんまになっちゃってたんだよね」

「ここに、あるんですか？」

「いや、ないの」

「ない？」

「ない。同業者にもずいぶん当たったけど、現物はないね。市場に出てるのは、ない。お国が持ってるのっきり、見当たらないね」

そう言うと、店主は本に囲まれたコックピットのような机の、下の方に手を突っ込んだ。そして、平成を飛び越して昭和めいた店舗にはかなり不似合いな真新しいマックブックをごそごそ引っ張り出すと、あっという間に国立国会図書館の検索サイトを立ち上げた。

「これじゃあねえかなあって、思ってんの」

店主の指先をたどってモニター上に表示された文字を読むと、そこには、

「としょかんのこじ」

と、書いてあった。

「としょかん！」

わたしは思わず声を上げた。

なぜ彼女がそれを探していたのか、それがどんな本なのか、店主にはどういう情報

が喜和子さんからもたらされたのか、その時点ではまったくわからなかったが、「図書館」という言葉はわたしの中でまっすぐ喜和子さんにつながるキーワードだった。

「これ、どういう話なんですか？」

「だから、読んでねえから、わからねえのよ」

「喜和子さんは、どんな理由で探してたんですか」

「うーん、それもなんだか、よーくはわからねえ話なんだが」

店主はもう一つ飴玉を口に放り込むと語り始めた。

どんぐり書房の店主と喜和子さんは、店に出入りしていたホームレス彼氏の紹介で知り合った。それはまだ、わたしと喜和子さんが出会う前のことだったらしいのだが、喜和子さんから探し物の話を聞かされたのは、そう昔のことでもないようだ。谷中を引っ越すので本の整理をしようと店にやってきた彼女が、あれこれたわいもない無駄話のついでに、子どものころに読んだ一冊の本の話をした。

小さいころから本好きだった彼女は、学校図書館に新しい本が入ると、誰より先に借り出して読んだものだった。ある日、いつものように、司書の先生がラベルを貼ったばかりの新しい本を手当たり次第に眺めていると、その中に薄い小冊子のような桃色の表紙のものが何冊かあって、ページをめくるとざらざらした手触りの紙に青いインクで絵と文章が印刷されていた。同じ体裁で違うタイトルの数冊の本ということは、叢書《そうしょ》のような造りのものだったのだろう、と店主は解説した。その中の一冊が、とりわけ彼女の心に響いた。それは「おいちゃん」と呼ばれる背の高い男が、「あたし」と名乗る女の子を背中に負ぶい、「としょかん」に通っている話なのだという。

「それがさ。喜和ちゃんの話だと、その『としょかん』には、動物がいたりなんかして、それもしゃべっちゃったりなんかして、かなりめちゃくちゃなんだ。おいちゃんとあたしは夜になるとそこに泊ったりね。なんだかこう、奇想天外で、まあ、あれだろう。いわゆる、子ども用の、童話みたいなんだろうと思うんだけどもね」

喜和子さんはすっかりその本の虜《とりこ》になり、さっそく借りて帰った。

「ところが、それが母親に見つかるとね、母親がなんだかものすごく怒って、その本を捨てちゃったんだって。学校の本を捨てちゃまずいだろ。しかも真新しいのにさ。だけど、母親はなにを言いつくろったんだか、学校にねじ込んで先生をやっつけちゃって、その後は、喜和ちゃんが何度頼んでも、学校図書館にその本が入ることはなかったんだそうだよ」

あれ、どっかでまた読めないかな、とつぶやくので、探すか、と店主が尋ねると、喜和子さんは不思議そうな顔をしたという。

「あの人、重要なことが頭から抜けてたよね。古本屋に来ておきながら。こっちはプロだよ、古本の。それなのに、そんなことができるのか、あの本はほんとにどっかにまだあるのかって驚くんだから、こっちがびっくりするよ」

店主は職業人として、タイトルや版元、作者の名前、いつごろ出版されたものかなどを聞きただしたが、なにしろ何十年も前に一日側に置いておいただけの本なので、まるで覚えていなかったという。叢書なら、別のタイトルで覚えているものがないかと聞いても、思い出せないと彼女は言った。

「そこまで曖昧だとねえ、本の探偵をやるのもたいへんなのさ。だからけっこう手間取ったんだけどね。あの人が子どものころというと、四〇年代か、行って五〇年代初めあたりだろう。それで叢書というか、シリーズもの。そのあたりからだんだんにね」

わたしはもう一度、マックブックの画面を確認した。

黄色くマーキングされた「としょかんのこじ」というタイトルの下に、「きうちりょうへい作　すみやじろう絵　小粒書房　1953（長ぐつ文庫：第3集　12）」と書いてあった。

「こっちの、角谷治郎というのはね、絵本画家として長く仕事をした人なんだ。もう亡くなったけどね」

店主は、同じ画面のすぐ下を指さした。そこには「城内亮平　1914-1959，角谷治郎　1923-1989」と書いてある。

「城内という方は、これ以外に名前が見つからない。四十代で亡くなってるから、あんまり仕事を残してないのかもしれないね」

この城内亮平という人物は、喜和子さんを図書館に連れて行ってくれたお兄さんなのだろうか。そうだとして、喜和子さんは名前も覚えていなかったのだろうか。

「小粒書房というのは、本郷にあった小さな出版社だったらしい。あのころは出版ブームだったし、戦前は子どもの本がほんとに贅沢に作られてたんだから、戦争が終わって一段落した時期に、新しく子どもの本のシリーズを出そうというのは、必然的な流れだったんだろうね。ざら紙でねえ。時代を感じさせるね」

店主は、マックブックをぱたんと閉じた。そして大きくため息を一つつき、

「そう。亡くなったの。あいつ、知ってるかなあ」

と、独り言のように言った。

「あいつって？」

「喜和子ちゃんの友だちの、多摩川に引っ越した、例の」

「ああ、ホームレス彼氏？」

「そういう綽名《あだな》で呼んでたのか？」

「いや、わたしがつけたのです」

「知らせてやるかね」

わたしは、喜和子さんの娘やら密葬の話やらをし、持って行き場のない不満のようなものを古本屋の店主に訴えた。

「九州じゃあ、線香上げようにもなかなか行かれないわなあ」

店主は同情した。

「それに、あの娘さんのところへは、なんだか行く気がしなくて」

わたしが愚痴ると、ふうんと引っ張った相槌を打ち、

「偲ぶ会でもするか」

と、店主は言った。

夢見る帝国図書館・14　上野図書館、全館ストライキに入ります！

永井荷風《ながいかふう》の父の亡霊がとりついたかのように、ひたすら蔵書を増やすことに専心し、蔵書を収めるための増築を訴え続け、資金難に悩まされ続けた帝国図書館初代館長・田中稲城《たなかいなぎ》がその職を辞したのは、大正十年のことだった。しかしこのとき、ちょっとした騒ぎがあったことはあまり知られていない。帝国図書館の、あの生真面目な職員たちが追い詰められ、「上野図書館の紛擾《ふんじょう》」とか、「罷業（ストライキ）を決心して文部省に抗議」などの、新聞記事にもなったのである。

「田中館長のあとに、マツモトキイチの就任が決まったそうだ」

「誰？」

「マツモトキイチ」

「知らん」

「わたしも知らん」

「どっかの師範学校の教授らしい」

「おかしいではないか。明治三十三年の勅令第３３８号に、帝国図書館長になるには、帝国図書館司書長か司書官を一年以上経ていなければならぬとあるよ」

「しかも、我が国図書館事業を担う錚々《そうそう》たる人々の推薦もなく、文部省が頭ごなしに人事を決めるなど、不愉快ですわな～」

「前例がない」

「おかしい」

「だいいち、田中館長、やめる必要があるのか」

「あれは、あんた、やめさせられたようなもんですよ」

「なんですと？」

「文部省が、帝国図書館内に図書館員教習所を作るというので」

「帝国図書館内に？　館内のどこに？　本が溢れて廊下をふさいでるのに？」

「だからよ」

「だから？」

「田中館長は、本を置く場所がなくなると、抵抗したわけだ」

「だから？」

「事実上、田中館長は更迭《こうてつ》ですよ。文部省の言うことをきかないから」

「おかしいではないか。これまで帝国図書館を維持発展させるために尽瘁《じんすい》されたわれらの館長が、蔵書の置き場もないのに教習所など作れませんと、じつにまっとうなことを言って更迭され、図書館のトの字も知らぬ門外漢が、いきなり落下傘のように、われらの頭上に降って来るというのか。そのマツモトたらいう、どっかの師範学校の教師ごときが」

「ゆるせん」

「ゆるせん」

「断固ゆるせんから、ストライキ！」

「そうじゃなきゃ、われら全職員三十名、みんな辞表提出！」

「マツモトキイチ、断固阻止！」

前代未聞の紛糾が、上野の静かな図書館を舞台に繰り広げられた。

松本喜一が帝国図書館長に就任するのは、二年後の大正十二年である。

なぜそうなったかというと、図書館全職員が勅令第338号を盾に大反対したからで、文部省はストを回避させるとともに、辻褄を合わせるために、まず松本に帝国図書館司書官兼帝国図書館長事務取扱を命じ、勅令に違反しない形を作った上で、大正十二年に館長に就任させたのだった。

前述したように、松本喜一は関東大震災時、館を開放して被災者を受け入れる指示を出した館長だったし、松本の最初の仕事は言うまでもなく、田中の悲願だった「増築」であった。優秀な図書館職員を育てるための教習所の設立も、それ自体は必要なことでもあった。客観的に見て、松本喜一は無能な図書館長ではなかったようだ。そして、松本をよく知る人物の回想によれば、たいへん温厚な人柄でもあったという。

けれども、松本の不穏な就任劇は、永井久一郎《きゅういちろう》が東京書籍《しょせき》館の蔵書票に「ペンは剣よりも強し」と高らかに印刷させて以来、文明開化を担い、広く万民の知識欲を充たし、国威発揚的な国策からは距離を置いて、リベラルアーツを支えてきた五十年の歴史を持つ図書館が、変質していく始まりだった。

田中稲城初代館長の辞任に際して、和田万吉《わだまんきち》東京帝国大学図書館長は、今沢慈海《いまざわじかい》日比谷図書館長に、このような内容の書簡を書き送った。

「文部省の乗杉《のりすぎ》（嘉寿《よしひさ》。当時の文部省普通学務局第四課課長）って野郎の言ってることをよくよく考えてみたんだが、帝国図書館長を、てめえの手下の官吏だと思ってやがるから、今回みてえなとんでもねえことをしやがるんだぜ。その傍若無人ぶりと来た日にゃ、帝国図書館ですらもうあんなことになっちまってんだから、うちの帝大図書館なんてなおさらにちがいねえ、こりゃもう、てぇへんなことになったぜ。俺ぁ、文部省から頼まれてる図書館員教習所の講師の話も、やってられねえ、辞めてやろうと思って、解職願書を出すことにしたから、そこんところを、承知しておいてもらいてえ」（和田万吉は美濃国大垣出身のため、このようにはしゃべりません。べらんめえ調は雰囲気を重視して採用しました）。

松本喜一は大正十二年から昭和二十年まで、つまり関東大震災から終戦までという、日本近代史の中でも突出して言論が統制された時代、本そのものが被害にあった時代の、帝国図書館長となった。

震災の後に、日中戦争が始まり、アジア・太平洋戦争へと続く。

戦費はとうぜんのことながら、図書館に回ったかもしれない金を食っていく。

けれど、帝国図書館はそれに異を唱えることはなかった。

それどころか、積極的に国策に参加していく方針をとることになる。

喜和子さんが探していたという『としょかんのこじ』のことは、あれ以来ずっと頭にあった。

それでも、その本だけのために国会図書館に行くほどの、時間的余裕はなかったから、行ってそれを見つけたのは、古本屋の店主と話をしてからしばらくしてのことだった。仕事柄、ときたまどうしても必要な資料が書店や近くの図書館では見つからないということがあり、どこかの大学図書館か国会図書館に行くことになる。その日も、古い雑誌の記事を大急ぎで探さなければならない事情があって、ふだんは行かない永田町まで地下鉄で出かけて行った。

この、国権の最高機関たる立法府直属の図書館は、分館である国際子ども図書館とは、ものすごく違うたたずまいをしている。周りにあるのは省庁の建物と国会議事堂だから、歩いている人たちも、地味で真面目そうな印象だ。子どもがいる姿も見たことがない。学生風の人たちは見かけるけれど、仕事で資料を探しに来ているらしい人の姿以外に、少しリラックスした様子で館内にいるのは、おそらく定年退職後の、かなり年齢層の高い男性たちである。

建物自体もさっぱりと装飾のない四角いもので、上野のルネッサンス様式の建築の兄弟とはとても思えない飾り気のなさだ。昭和三十六年に、前川國男《まえかわくにお》建築設計事務所の設計で建てられたという。中に入るとなるほど年季が入っているものの、入り口には駅の改札口を抜けるときのような新しい機器があって、青い登録利用者カードを読み取らせなければ館内には入れない。中央には貸出受付カウンターがあり、その周りを囲むようにして、パソコンの液晶画面の並ぶ検索コーナーや、利用者用のデスクが並んでいる。

ひととおり、仕事で必要な資料の閲覧請求を終えてから、わたしは資料が出されるまでの間の抜けた時間を、三階の喫茶店でソフトクリームを食べながら待つことにした。

国立国会図書館のソフトクリームは、知る人ぞ知るオススメ甘味なのだ。濃厚な北海道ミルクのソフトクリームを匙ですくって舐めながら、わたしは甘いものが好きだった喜和子さんのことを思ったりした。

「としょかんのこじ」とは、なんのことなのか。

図書館の故事、というのもありだと思ったが、それよりも、図書館之居士、という漢字が頭に浮かんだ。こちらのほうが、子ども向けらしい気がした。

毎日、毎日、図書館に通っている、着物姿のひげ面の男が、図書館之居士だ。拝一《おがみいっ》刀《とう》と大五郎とか、鞍馬天狗と杉作とか、ブラックジャックとピノコみたいに、図書館之居士は小さい子どもと常にいっしょにいる。なぜ図書館之居士が図書館で動物と話をするのかは、まったくわからなかった。しかし、それはそれで子ども向けのファンタジーとして、成立しなくもないように思った。

ソフトクリームをコーンの先まで食べ終えて、わたしは二階の検索コーナーに戻り、パソコン画面を確認したが、請求した資料はまだ閲覧できる状態ではなかった。そこでわたしは検索画面を開き、ひらがなを打ち込んだ。

「としょかんのこじ」

数秒の後、パソコンは、古本屋の店主が見せてくれたのとそっくり同じ画面になる。

◆としょかんのこじ◆きうちりょうへい作　すみやじろう絵　小粒書房　１９５３（長ぐつ文庫：第3集　12）　城内亮平　1914-1959，角谷治郎　1923-1989

もうすでに、現物は存在しないのか、閲覧可能な状態ではないのか、その本はデジタル化されていて、ワンクリックで開くことができた。

表紙はなるほどかつては桃色だったのかもしれないが変色して灰色っぽくなっていた。タイトルと作者、画家の名前がひらがなで書いてあり、「長ぐつ文庫」の文字もあった。

図書館之居士だと、わたしが勝手に決めていた人物は「おいちゃん」としか書かれず、女の子の一人称は「あたし」ではなく「あたち」だった。

「あたちは　こじです。」

と、その本は始まっていて、おかっぱ頭の小さな女の子が木の下にぺたりと腰を下ろしていた。わたしの予想は、のっけから外れだった。

「としょかんのこじ」は、「孤児」だったのである。

「あたちは　こじです。
それでも　なんで　さみしいことのあるでしょう。
あたちには　おいちゃんがいるのです。
おいちゃんは　せいたかのっぽで
とくべつのおしごとを　しています。
うえのにある　おおきな　としょかんに　かよって
としょかんのことを　ほんに　かいているのです。」

「あたちは　おいちゃんの
りゅっくさっくのなかへ　はいって
いっしょに　としょかんに
かよいます。

よるになると　としょかんのひとは
みんな　いえに　かえってしまいます。
でも　あたちと　おいちゃんは　ちがいます。
よるの　としょかんに　ねとまりをするのです。」

「よるの　としょかんには　いろいろな
どうぶつが　やってきます。
くまも　います。
くろい　ひょうも　います。
きりんも　しまうまも　おさるさんも　います。
みんな　となりの　どうぶつえんから
ほんを　よみに　やってくるのです。」

「いちばん　おもしろいのは
ほんから　でてくる　ひとたちです。
まじょも　います。
おうさまも　います。

おさむらいも　おじぞうさんも　います。
みんな　あたちと　いっしょに
ほんを　よんで　わっはっはと　わらいます。」

「そうしているうちに
あたちは　ねむくなって
おさるさんや　おさむらいや　まじょといっしょに　ねむります。
こんどは　ゆめのなかに
おじぞうさんや　きりんや　おうさまが　でてくるのです。
おいちゃんと　いっしょに
あさを　むかえます。
ふろへも　はいりたいから
あくびをして　おもてへ　でます。」

「としょかんのこじ」は、これだけの短いものだったが、その本というか小冊子には、他にも何篇かの童話が収録されていた。すべて、城内亮平が書き、角谷治郎が絵をつけたものだった。「としょかんのこじ」の最後のページには、女の子が楽しそうにお風呂に入っている絵がついていた。広々としていてほかにも人が数人いるので、おそらくは銭湯なのだろう。

わたしは機械から目を離して、少し肩を回した。

それから「としょかんのこじ」のコピーを作成する手続きをして、国立国会図書館のソファに腰を下ろし、しばらく考え込んだ。

いったい、これは、なんなんだろう。

お兄さんの背負った背嚢に入って図書館に行ったと、たしか喜和子さんが話していたことがあった。あのときも、いくらなんでも背嚢に子どもを入れて背負っていくなんてことがあるだろうかと疑問に思ったのだったが、あの話は本当のことだったのか。この城内亮平という人が、喜和子さんの「お兄さん」なのか。しかし、くまやきりんの話は作り物なのだから、おいちゃんと背嚢だって作り物でないとは言い切れない。

もしかして、背嚢の話は、喜和子さんが読んだ絵本に影響されて思い込んだことなのか。そうだとすれば、この絵本の作者と「お兄さん」には、直接の関係はないのかもしれない。だいいち、喜和子さんは「孤児」ではなかったはずで、童話と喜和子さん本人を結びつけて考えるのも、おかしな話なのかもしれない。

ただ、学校の図書館でこれを見つけた喜和子さんが、自分のことのように感じただろうという想像はついた。七十歳かそこらになっても覚えていて、自分自身の体験と一体化しているような内容なのだろうから。小学生の喜和子さんが学校から借りてきたときに、彼女の母親がなぜ怒って捨ててしまったのかは、よくわからない。娘が「自分は孤児だ」と妄想することに、腹を立てたのだろうか。

仕事の資料と「としょかんのこじ」のコピーを受け取って国会図書館を出ようとしたところで、スマートフォンにLINEメッセージが届いた。

「喜和ちゃんを偲ぶ会」

というグループからだ。

古本屋の店主は、その職業に似合わず新しもの好きで、どうしてだかLINEで連絡を取ると言ってきかなかった。そこで、わたしもほとんど使っていないアカウントを伝えることにしたのだが、二人しかいないのにグループを作ってメッセージをやりとりするというのも変な感じだった。しかし、彼がそうしたいと言うので、抵抗するまでの理由がないから従っていたのだった。

お互いに喜和子さんを知る人に連絡を取って、上野近辺のどこかで偲ぶ会をしようというのだ。わたしが連絡できる相手は古尾野《ふるおや》先生くらいで、しかも古本屋と仲のいいはずのホームレス彼氏とは殴り合いをしそうになった関係だとも伝えたのだが、

「来るか、来ないかは、本人が決めればいいことだもの。呼んじゃおうよ。おもしろいじゃないの」

というわけで、「偲ぶ会」計画はひっそり始動してはいた。ただ、八十代の古尾野先生は、とうぜんLINEなど使っていないし、ホームレス彼氏もスマートフォンは持っていないのではないかと思われた。

久々に、古本屋の店主から連絡が入った。国立国会図書館の出口で揺れたスマートフォンの画面に、

「雄之助《ゆうのすけ》くんが、グループに入ってくれました」

というメッセージが浮かび、それからしばらくして、

「よろしく！」

という吹き出しのついた、なんだかとても凝ったスタンプが届いた。

アカウント名は、

「YOU」

とあった。

雄之助くん。谷中の喜和子さんのぼろ屋の二階にいた、あの雄之助くん。

「谷永《たになが》雄之助くん？」

たどたどしくメッセージを打つと、

「おひさしぶり！」

というスタンプが来た。

夢見る帝国図書館・15　昭和八年のウングリュックリッヒ(不幸)・『女の一生』山本有三《やまもとゆうぞう》

『女の一生』として知られている文学作品はいくつもあり、いちばん有名なのはおそらくギー・ド・モーパッサンの小説で、日本で次に有名なのは森本薫《もりもとかおる》が書いて文学座の杉村春子《すぎむらはるこ》が生涯をかけて演じ続けた舞台ではないだろうか。『路傍の石』で有名な山本有三のベストセラー『女の一生』はこんにち、それらに隠れて三番手に甘んじているように見受けられるが、かつてはよく読まれた小説だった。

この小説は昭和七年から八年にかけて、東京・大阪朝日新聞に連載され、昭和八年に中央公論社から刊行された。

幼馴染の昌二郎《しょうじろう》に淡い恋心を抱いていた允子《まさこ》だったが、昌二郎を同級生の弓子《ゆみこ》に奪われて頭に血が上った挙句、結婚なんてイヤ、夫に養われるだけの人生なんてカスとばかりに、見合い相手も蹴り飛ばすようにして医学校へ進み、女医を目指す。そこで出会ったのが、ドイツ語の代理教師、公荘《くじょう》だった。ドイツ語習得に余念のない允子と医学校の同級生は日常会話もドイツ語まじりで、「たしかリーベ（愛）のことで」「ウングリュックリッヒ（不幸）なことがあった」「公荘先生」は、まことに魅力的であると噂し合うのであった。リーベ（愛）のことでウングリュックリッヒ（不幸）。なんと知的で浪漫的。もう、これだけで、女学生心をわしづかみだ。

公荘のことを考えるだけでグリュックリッヒ（ハッピー）になる允子は、まさに上野の帝国図書館で、公荘が口にしたハイネの詩集を捜す。そしてドイツ語のHの部のカタログをめくっていると、あらまあぐうぜん、公荘がひょいと肩を叩くのだ。

「まあ、先生。」

図書館で公荘に会えるなぞとは、夢にも思っていなかったことだけに、允子は少しぼうっとして、あとの言葉が出なかった。

「いつかは失礼。」

公荘が軽くあたまをさげた。

「いいえ、あたくしのほうこそ……あの時はほんとうに……」

「何を捜しているの。」

「ハイネのものを見たいと思いまして。」

「君にも似あわないものを読むんだね。」

「ええ、でも学校の本ばかり読んでいると、退屈しちまうんですもの。いつか先生は、ひまがあったらブーフ・デア・リーデルを読んでごらんって、教室でおっしゃったことがございましたでしょう。あれを思い出したもんですから、読んでみる気になりましたの。」

「そんなことを言ったかね。」

「ええ、おっしゃいましたわ。——先生、単行本のほうは出ていて借りられないんですが、全集で読むんなら、どれがいいでしょう。いくつも全集があるようですけれど……」

「そうだね。ここにはどんな全集があるの。」

公荘は親切にカタログを調べてマイエル版を指定し、「歌の本」の載っている巻を教えてくれた。

ああ、こうして深みにはまっていく二人のリーベ（愛）は、やがて、どうしたって、ウングリュックリッヒ（不幸）に！

いまでもこのまま昼の帯ドラマになりそうな允子の『女の一生』は、この後、公荘との恋、公荘との逢引き、公荘との一夜、妊娠、公荘が既婚者だと発覚、公荘に堕胎を迫られる、允子シングルマザーになる——と、怒濤の展開を見せる。

後半は、母になってからの允子の物語なのだが、ここからもすごい。允子が私生児を産んだとなると、世間は冷たく、医師免許を持っていても雇ってくれるところがない。そこで半分もぐりみたいな爺さんに雇われるのだが、なんとそれが違法の堕胎をやる医者だった。しかもそこに、かつて自分から昌二郎を奪った弓子が隠れるようにしてやってくる。聞けば昌二郎の目を盗んで浮気してできた子ども。もぐりの爺さんが施術途中で大パニックになったため、允子は弓子の堕胎手術を自ら行うのであった。私生児を産んだ上に、違法の堕胎手術までしてしまった允子。留置場で数日過ごすという、ヒロインには過酷すぎる設定だ。しかしここに、地獄で仏。改心してすっかり子ども好きになった公荘が、留置場に允子をもらい下げにあらわれて、二人は和解、公荘は病弱の妻を失って独り身となり、ようやく結婚と相成るのであった。

これで物語が終わるかと思いきや、「一生」と題した小説の先は長い。子育ての苦労、夫婦のすれ違いなどなどを乗り越える。そして、『女の一生』の最後は、允子と公荘の息子、允男《まさお》に焦点があたる。成長した允男が、允子を振り回す。

允子の最後のウングリュックリッヒ（不幸）は、リーベ（愛）の物語であるとともにロート（赤）の物語だ。

允男は共産主義（アカ）に染まって、活動家として地下に潜り、母の允子と連絡を絶つ。夫の公荘を病で失った允子が、気持ちを切り替えて、小さな診療所を開くところで、この『女の一生』は幕を閉じる。

小説が書かれたのが昭和七、八年とすると、この允子の老いた姿が昭和八年ごろと考えられ、となれば、允子と公荘が帝国図書館でリーベ（愛）を語ったのは、それから少なくとも二十年ほど前の話と考えられる。おそらく、大正初めごろか。モダンガールの宮本百合子《みやもとゆりこ》や吉屋信子《よしやのぶこ》が帝国図書館を訪れたころと考えると、時代の空気も伝わろうというもの。
この昼の帯ドラマを思わせる物語には、関東大震災も満州事変もほとんど書き込まれていないけれども、ある時代からある時代への決定的な変化が書かれている。
允男がアカに傾倒していくエピソードに使われるのが、やはりハインリッヒ・ハイネの「アッタ・トロル」という詩である。これは、熊を主人公にした長編詩で、恋愛詩人のイメージとはほど遠い。パリで若き日のカール・マルクスと親交を結んだハイネならではの風刺詩と言われている。

「熊という熊が俺のように考え
どんな動物も俺みたいに考えれば、
みんなで力を合わせて
あの暴君を打負かしてやれるんだ。」

「どんな毛色の熊も狼も、
山羊や猿や兎までも、
みんながしばらく力を合わせて働けば、
勝利を得られぬわけはない。」

「団結、団結こそ現代もっとも必要だ。
俺たちが、ちりちりばらばらだから
奴隷にされてしまうんだが、団結すれば、
あの暴君どもを打ち倒せるんだ。」

（岩波文庫版／井上正蔵訳）

允男は青島《あおしま》という左翼学生と親しくしていたため、自身も左翼学生だという嫌疑で逮捕され、その後ほんとうに運動に身を投じて允子のもとから姿を消してしまう。「アカにだけはならないで」という母親の切なる願いが、『女の一生』最後の山場であった。

昭和八年のウングリュックリッヒ（不幸）、少なくとも帝国図書館と関係のある不幸は、思想弾圧と言論統制ということになるだろう。プロレタリア作家の小林多喜二《こばやしたきじ》が築地警察署で拷問を受けて死んだのは、この年の二月のことだった。

もし、允男のほうのハイネの詩集も、帝国図書館の棚で見つけられたものだったとすれば、それはこのようなシーンとして書かれたのかもしれない。

「おお、青島。」

図書館で青島に会えるなぞとは、夢にも思っていなかったことだけに、允男は少しぼうっとして、あとの言葉が出なかった。

「いつかは失礼。」

青島が軽くあたまをさげた。

「いいや、俺のほうこそ……あの時はほんとうに……」

「何を捜しているの。」

「ハイネのものを見たいと思って。」

「君にも似あわないものを読むんだね。」

「ああ、でも学校の本ばかり読んでいると、退屈しちまうんだもの。いつかきみは、ひまがあったらアッタ・トロルを読んでごらんって、教室で耳打ちしてくれたことがあっただろう。あれを思い出したもんだから、読んでみる気になったんだ。」

「そんなことを言ったかね。」

「ああ、言ったよ。──青島、単行本のほうは出ていて借りられないんだが、全集で読むんなら、どれがいいだろう。いくつも全集があるようだけれど……」

「そうだね。ここにはどんな全集があるの。」

青島は親切にカタログを調べてマイエル版を指定し、「アッタ・トロル」の載っている巻を教えてくれた。

閉館のベルを背なかで聞きながら、ふたりはいっしょに図書館を出た。図書館の高い建物の向こうに、人影があった。

「青島。──そのまま、まっすぐ歩いて。特高刑事がつけてきている。」

「ああ、そうか。」

ふたりは暗い動物園の前を抜けて、公園の出ぐちのところに来た。

「君はどっち？」

青島は立ち止まって言った。

「──そうか。それじゃ方角違いだな。じゃ、ここで別れよう。」

気をつけて。

彼は簡単に別れのことばを述べると、すたすたと上野の停車場のほうへ歩き出した。

その日、集まったのは、妙なメンバーだった。

どんぐり書房の店主とその妻、わたし、古尾野《ふるおや》先生、ホームレス彼氏。谷永雄之助《たにながゆうのすけ》くんは少し遅れてくるということだった。店主の妻は厨房を担当していて、わたしはテーブルセッティングや給仕を手伝ったりした。会場は建物の屋上で、どんぐり書房は十坪ほどの建坪の、その三階建てのビルを所有し、かつ店主夫妻はそこに居住しているのだった。

御徒町に近いそのビルは、たいして眺めもいいとはいえないし、おそらく空気もあまりよくなかったが、専有されたビルの屋上という空間がなんだか心地よくもあり、しばしば人を招いて宴会をしているという店主とその妻の仕切りは堂に入ったもので、前日から水で割っておいた芋焼酎とか、少し茹ですぎの枝豆などが、やけにおいしく感じられたりしたのだった。近所にあるお菓子の卸問屋で賞味期限切れをもらってきたという乾きものや、「残り物」の煮物やカレー、炒めたソーセージ、フライドポテト、焼きそばという、色合いの地味なメニューではあったがボリュームがあった。わたしはシーフードサラダと、喜和子さんの供養と思って根津のたいやきを持参した。「偲ぶ会」とかいっておきながら、誰かが司会に立つわけでも、スピーチがあるわけでもないらしく、ただ人が集まって飲んでいるだけなのだが、それはそれで喜和子さんを追悼するにはふさわしい場所でもあった。大袈裟なことは、きっと喜和子さん自身が嫌がっただろうから。

最初のうちは、ホームレス彼氏（このあだ名はやはり少し失礼なので、名前を知ってからは五十森さんと呼ぶべきだろう。イソモリさんと読むらしい）は店主の脇に、古尾野先生はわたしの隣にぴたりと張りついて、けっしてお互いに会話しようとはしなかった。

奥さんの体の具合がよくないと言っていた古尾野先生だったが、退院させて施設に預け、小康状態を保っているので出てきたという。バッグの中から大事そうに取り出したのは、文庫サイズの額に入った喜和子さんの写真だった。わたしが知り合ったころよりも、少し若いくらいの年齢と思われ、あの短髪も、白髪にまだいくらか黒が交じっていて、ちょっと上を向いてにこやかに笑っていた。

「いいなあ。いつ撮ったんですか」

たずねると、先生は、いつだったかなあと目を細めて、

「あれだ。みんな使い捨てのカメラ使ってたころだよ」

と、言った。二人が恋人同士だった時期を考えると、九〇年代の話になるのだろう。

そういえば、フラッシュのついたものまで発売されて、観光地にカメラを持って行かなくなり、小学生から大人まで、誰もがあれを持っていたころがあった。デジタルカメラやカメラつき携帯電話に切り替わる少し前のことだ。

「あの人とはどこかへ行ったりしなかったんだ。いつだって、上野界隈でしか会わなかったよ。旅行に誘ったこともあったんだが、とくに行きたくはないと言ってたな。こっちは学会で地方へ行くときなんかなら、喜和ちゃんのぶんのアゴアシだけへそくりで出してさ、悪くない温泉旅館にでも泊れないかなと思ったりするわけだ。あのころはまだ、そう、こっちも現役だったからね」

学会出張にかこつけてなら、奥さんにもバレずに浮気旅行ができたはずなのにという話を、古尾野先生はちっとも悪びれないどころか、何かとても大切な思い出めいた口調で話し、いとおしそうに小さな額の中の喜和子さんを人差し指でちょっとつっついて、

「だからこれも上野の公園だよ。二人で動物園に行ったときだ。あの人、動物園が好きだったんだよ。何回かいっしょに行ったね。動物なんかは、なんでもいいんだ。ただ、天気のいい日に出かけて、ぼーっと見てるのが好きだったんだ。トラとかライオンとかさ。キリンとかカバとかね」

と言うのだった。

「いつだったかなあ、喜和ちゃんが、得意の混乱に陥って、だってあれでしょう、逃げ出した黒ヒョウは図書館に入っちゃってたいへんだったんでしょうと言い出してさ」

「逃げ出した黒ヒョウ？」

「うん。あんたくらいの年だと知らないかね。昭和十一年の三大事件といえば、一に二・二六、二に阿部定《あべさだ》、そして三番目が黒ヒョウ事件といってね、上野動物園から黒ヒョウが逃げ出した事件があったわけさ」

古尾野先生は水割りの焼酎を入れた白い陶器のコップを両手で包むように持ち、手の中でゆるゆる回しながら話した。

「結局、黒ヒョウは地下の下水道の通路に入り込んでてさ、マンホールの蓋を開けて大捕り物が演じられたわけだ、あの上野の、藝大のあたりでね。そのことは、古い人間なら誰でも知っている話なんだが、喜和ちゃんは大まじめで、だってあれは図書館に入り込んじゃってたいへんだったんじゃないのと、譲らないんだ。あの人、そういうところがあったよ。変なことを頭から信じててね、こっちがいくらまともな話で説得を試みても、いっこうに肯《がえ》んじない。あのかたくなさはどこから来るんだろう。だって、黒ヒョウが図書館に迷い込んでみろよ。もっと話は大きくなって、それこそ誰だって知ってる事件として語り継がれてるはずじゃないか。しかしまあ、口を尖らして、頓珍漢なことを言うのが、なんというのかな、あの人のかわいらしさみたいなとこがあったよ」

年を取るとなんだ、涙もろくなるというのは本当だねとかなんとか言いながら、古尾野先生は背広のポケットからハンカチを取り出して、鼻の頭の先から陶器のコップに向かって垂れ落ちていきそうになっている鼻水を拭った。見るとたしかに赤い目をしていて、先生は泣いているのだった。

「まあ、慣れますけれどもね、年取れば。だけど、みんな死んじゃうからねえ。こんなとこ、こっちだって、もう長い事いてやるもんかと思うけどさ」

そう言って、老名誉教授が顔をぐしゃっとさせたので、わたしはそっとその背に手を回し、とんとんと軽く叩いて励ました。そんな仕草は、ふだんの自分からはあまり出てこないものだったけれど、喜和子さんだったらやりそうだった。それが必要なときに、彼女はそういう慰め方をするのが上手だった。だからせめて、真似でもいいからそうしてあげようと、そのときのわたしは思ったのだった。

「喜和ちゃんと出会ったのは広小路の飲み屋で、遅い時間に講義のある日や会合のあとの飲み会の流れで、その店にはときどき顔出したもんだよ」

先生は懐かしそうに喋り出した。

「まだバブルの余韻のようなものが街には残っていて、景気がいいというほどのこともないものの、ほら、円高差益還元とかなんとかでね、洋酒なんかがずいぶん安くてさ。店はそうだね、喜和ちゃんとそんなに変わらない年恰好のフユミさんという女の人がやってたんだ。居酒屋というか小料理屋というか、まあ、気取らない、入りやすい、ちっちゃな店だよ」

行きつけのその店にいる小柄な女性に、先生はどうも一目惚れしたらしい。

「最初のうちは、カウンターの向こう側に居て、料理を運んでくるときにこっちへ来るだけだったんだが、そのうち、気がつくと隣に座るようになってさ。というか、まあ、ぼくがこっちへ来ないかと言ったわけだけれどもね。話し上手の聞き上手で、まあ、なんというか、かわいらしい人でしたよ」

そう言って額縁の中の恋人を眺めながら、またちょっと涙ぐんだり、焼酎をすすり込んだり、遠くを見るような目をして、逝ってしまった人を悼んでいる先生は、彼自身どこか「かわいらしい」ような、お爺ちゃまだった。

「あのころ、上野の公園にはさ、イラン人がいっぱいいたんだ。偽造テレホンカードを売っててね。あの、いくらでも電話をかけることができる、リミットのないテレホンカードというやつ。人によってはもっと危ないブツを売ったりもしてたんだろう。それがある日、喜和ちゃんと上野で会ってたらね、ぜんぜんいなくなっちゃったことがあって、あれ、どうしたんだろうなんてね、ぼくは、まあ、少し、さっぱりしたね、ぐらいのことを言ったんだろうけれど。そしたらあの人が怒ってさ」

「喜和子さんが、怒るって、珍しいですね」

「そう。珍しいんだ。喜和ちゃんが珍しく、怒ってさ。そういうの、さっぱりしたとか言うの、やめてくれって言うんだ。あれはあれで、あの人たちだって事情があったはずなんだからって。警察がざーっと逮捕していっちゃったんだ、ああいうのはぜんぜんいいと思えない。それで強制送還するまで狭い所へ押し込めるなんてとんでもないって。外国の犯罪者を野放しにもできないだろうと言ったんだが、あの人ずいぶん怒ってね。なんで犯罪者って決めつけるのって、しばらく口利いてくれなかったよ。ここは上野なんだから。いろんな人を受け入れてきた場所なんだからって」

ああ、それはほんとうに、喜和子さんらしい話だと、わたしはそのとき思った。いつだったか、やはりそんなふうに、気色ばんだことがあったように思ったからだ。

ここは上野よ。いつだって、いろんな人を受け入れてきた場所よ。

「そのときの、怒った顔がまた、よくてね。あの、どっか頓珍漢な一所懸命さが、あの人の、あの人らしさだったね。魅力だったね」

古尾野先生はこの日、あまり難しい話もせずに、ひたすら故人の思い出話に耽《ふけ》っていた。厨房から出てきて話に加わった店主の奥さんが、先生の隣に座って別の話を始めたので、わたしは水割り焼酎のコップを手にして席を移った。せっかくだから、五十森さんと話をしようと思ったのだ。

噂には聞いていたが、五十森さんとは初対面だった。「山本學《やまもとがく》という俳優に似ている」と、たしか喜和子さんは話していた。山本學にも似ていたけれども、それよりも黒澤明《くろさわあきら》の『七人の侍』に出てくる、すごく無口な剣の達人役の人に似ていた。宮口精《みやぐちせい》二《じ》という俳優さんだ。

奥さんと入れ替わりに古本屋の店主が、携帯にかかってきた電話に出るために席を立っていたので、その宮口精二とか山本學とか、最近の俳優さんだとちょっと大沢《おおさわ》たかおにも似ている、たしかに喜和子さんが「ハンサムだった」と言っていたのもうなずける風貌の五十森さんは、手持無沙汰というのでもないけれども、隅っこでコップを傾けていた。

「はじめまして。わたし、喜和子さんの友だちで」

自己紹介をすると、そのなかなか整った顔立ちの、しかし老いをまとった男性は、少しぎくしゃくしたロボットを思わせる動作で姿勢を変え、

「ああ、どうも。喜和子さんから聞いてた。今日は会えると思って来たんだよ」

と言った。

わたしに？

「椚田《くぬぎだ》さんから聞いたけど、おれはあなたが来るというんでなければ、出てくる用はないんだから。とくに、ああいうことを平気で言ったりするようなのがいるところへなんか」

クヌギダさん？というのが、古本屋の店主の姓であることを、わたしはそのとき初めて認識した。

「ああ、それで、どんぐり書房」

わたしは突然頭の中で二つの名前が繋がって驚いたのだったが、一瞬その場に、

「なんだ、いまごろ」

と言いたげな白けた空気が流れはしたものの、そのまま、わたしは五十森さんとの会話に戻ることになった。

「あのおっさんというか、じいさんというか、教授先生はなにもわかってないね」

五十森さんは、離れた席にいる先生には聞こえないくらいの声量で、しかし、どすをきかすというか、不愉快さ満載の声音で、そう言った。

「わかってないとは」

「なにが話し上手の聞き上手だよ。誰だって、あのじいさんと話すことになれば、聞き上手以外になりようがないだろう。一人でしゃべってんだから」

さすがに、上野公園で殴り掛かられた経験のある五十森さんだけあって、古尾野先生が相当嫌いらしい。

「聞いてたんですか、さっきの話」

「聞いてたんじゃなくて、聞こえてたんだよ。あの人、耳が悪いんだろう。声がでかいんだ。じゃなきゃ講義をやりすぎて、人より声帯が強いんじゃないか。うるさいんだよ。なんだよ、頓珍漢なのは自分のほうだろう。喜和子さんが嫌がってたのも当然

だろ」

「喜和子さん、嫌がってたんですか」

「そりゃそうだろう。ああいう、一方的な思い込みで好きだと言われたって。頓珍漢でかわいいなんて言われて、嬉しいわけがない」

小さいながら情念のこもる声で、五十森さんはぶつぶつ言った。

「あのじいさんは、喜和子さんがなんで怒ったのかもわかっちゃいない。喜和子さんの見ていたものが、ぜんぜん見えちゃいなかったんだ」

五十森さんは、こちらを見ないので、どこか独り言をつぶやいているようでもあった。

「喜和子さんの、見ていたものですか？」

「あの人はいろんなことを知ってた」

「いろんなこと？」

「あのじいさんや、あなたが知らないで済ませているようなことだ。あの人は、上野の路上がどんなものか知ってたよ。彼女は、そういう人だった」

強い口調に少したじろいで、言葉を継げないでいると、五十森さんは少し決意したようにこちらに向き直り、

「あなたは、例の、作家さんだろう？」

と、探るように問いかけてきた。

「例のかどうか、わかりませんが、喜和子さんの友人の作家はわたしです」

「『夢見る帝国図書館』を書いているのは、あなただろう?」

「書いている、というのは……」

そのときわたしはまだ、帝国図書館に関する小説を書いていなかったし、そのまだ始められてもいない小説のタイトルも「夢見る帝国図書館」と決まったわけではなかった。口ごもるわたしに畳みかけるように、五十森さんは言葉を継いだ。

「喜和子さんは言ってたんだ。あなたが書いてくれるんだって。遺言みたいなもんだ。友だちなら書いたらどうなんだ」

初対面の人にそんなふうに言われて、わたしも当惑しないではなかったが、もうそのころにはいつかそれを書くということだけは自分の気持ちの中でも決めていた。死ぬ前の喜和子さんに、約束したことだったのだから。

「書きますよ。書くことは書こうと思ってるけど、まだ具体的なことを決めていないんです。図書館の歴史みたいな小説って、喜和子さんは言ってたんだけど、もしわたしが書くなら、わたしなりの視点というか、書き方みたいなのを見つけないと書けないんです」

少しばかりむきになって、そんなことを言ったのを覚えている。

「黒ヒョウの話だって、あのじいさん先生はまったく何もわかってないじゃないか」

「黒ヒョウ?」

「あれは『夢見る帝国図書館』のエピソードだよ」

「『夢見る帝国図書館』のエピソード?」

「あなた、喜和子さんから聞いてないのかい?」

「なにを?」

「黒ヒョウが上野動物園を逃げ出して、上野の図書館に現れるというのは、『夢見る帝国図書館』のエピソードだ。喜和子さんといっしょに暮らしていた南方帰りの男は、そういう話をしたそうだ。つまり、男が小さい喜和子さんに話していたのは、自分が書いている小説の話だったんだ」

「ちょっと待って。喜和子さんは小さいときに、復員兵といっしょに暮らしていたんでしたね。その人は南方戦線からの復員兵だってことですね。それから、その人は『夢見る帝国図書館』という小説を書いていて、そのエピソードを小さい喜和子さんに語り聞かせていたっていうこと?」

「そう。喜和子さんは大学の先生じゃないんだから、いちいち新聞の縮刷版やら年鑑やらを調べて、裏を取ったりしないだろうよ。だから、男の話してくれたことと、実際にあったことは、喜和子さんの頭の中でまぜこぜになっていることもあるだろう。

喜和子さんは、じいさん先生にはあまりそういう話をしなかったんだな。まあ、自己陶酔的に自分の話ばかりする人間に、こちらの話を聞かせようったって無理だろうが」

ほんとうに、古尾野先生のことが嫌いらしく、五十森さんは「じいさん先生」のことを話すときには、わざわざ顔を先生と反対側に向けて、口を尖らせるようにして水割り焼酎を口に含んだ。

「その復員兵の人は、城内亮平《きうちりようへい》という名前でしたか?」

問いかけると、五十森さんはこつんと音を立ててテーブルに瀬戸物のコップを置いた。

「いや、名前までは」

「喜和子さん、名前を言ってませんでしたか」

「お兄ちゃんとか、なんかそんなふうに呼んでた。名前は言ってなかったな」

「古本屋さん、あ、椚田さんから、童話の話は聞いてませんか?」

「童話の話って」

「喜和子さんが探してたという童話の話です。『としょかんのこじ』といって、城内亮平という人が書いたもので、上野の図書館に通うおいちゃんと、小さい女の子が出てくるんです」

「それは」

五十森さんがまた少しロボットを思わせる動作でこちらへ向き直ったとき、玄関の呼び鈴が鳴り、古本屋の奥さんがインターホンの子機を手に、はいはいと言いながら階下へ降りて行った。谷永雄之助くんが来たようだった。

「それはどういう話？」

五十森さんが問い直すのに答えて、

「おいちゃんが、あたちと自分のことを呼んでいる女の子をリュックに入れて、図書館に行く話です。二人はそこで寝泊まりもするんですが、そうすると、夜中に動物たちがやってくるんです。たしか、そう、黒ヒョウもいましたよ」

そう答えたか答えないかの瞬間に、どうぞどうぞと声がして、女性の二人連れが屋上に現れた。

「おひさしぶりですぅ」

という声に、その二人連れの背の高いほうの女性を見上げると、それは女性ではなくて谷永雄之助くんだった。

「フユミさん！　ああ、よく来てくれたねえ」

さっきまでめそめそしていた古尾野先生が大きな声を出した。

「あら、先生。ごぶさたして」

ちょっと腰と首を反対向きにねじるようにして、抜いた衣文《えもん》からきれいな襟足が覗くように会釈したのは、雄之助くんといっしょに入ってきた和装の老婦人だった。

夢見る帝国図書館・16　９１３の謎と、帝国図書館のドン・ルイス・ペレンナ

帝国図書館に、アルセーヌ・ルパンが現れた。

通報を聞いて警察があわてて駆けつけると、そこには謎の数字を記した紙きれが落とされていた。

「９・１・３」

グーレル警部とルノルマン刑事課長は首をひねる。

さて、この暗号は、何を意味するのか……。

などとおおげさなことを言わずとも、図書館に少し詳しい人なら、この謎はあっという間に解ける。

「９１３」は、「日本十進分類法（ＮＤＣ）」の、「９（文学）・１（日本語）・３（小説／物語）」の分類記号で、これに「．６」が付いたものが近代・明治以後のものである。

昭和三年、大阪の間宮商店に勤務していた森清《もりきよし》が、「デューイ十進分類法」の体系を基にしたこの分類法を発表する。何度かの改訂を経て、いまや日本のほとんどの図書館が採用しているものなのだが、発表された直後から多くの図書館がこの方式に変

えたというわけではない。

ちなみに帝国図書館は「日本十進分類法」を採用していない。採用するのは戦後、その蔵書を引き継ぎ、国立国会図書館ができてからのことであった。（そして現在は「国立国会図書館分類表（ＮＤＬＣ）」を用いている）とはいえ、日本図書館界において、森清の「日本十進分類法」が発表されたのは、画期的なことだった。

ところで昭和三年といえば、帝国図書館長・松本喜一《まつもときいち》が日本図書館協会理事長に就任した年であった。この年、図書館界は、

「近頃のうちの国の思想状況を考えて、図書館にできることは何だと思いますか」

という文部大臣の諮問に対して、

「図書館が思想的によいと思われる本を選定し、文部省に権威ある良書委員会を設けて、お墨付きをいただくのはどうでしょう」

という答申を出した。

この年は、関東軍の暴走の端緒となった「張作霖《ちょうさくりん》爆殺事件」のあった年であり、共産党関係者の全国一斉検挙「三・一五事件」があった年でもあった。

文部省の思想統制に自らの姿勢を添わせるような答申を出した図書館界、帝国図書館長の松本喜一の姿勢を、表現の自由を守るべき図書館人の自殺行為だったという人もいる。

それまで何を盗もうとけっして人を殺さなかった怪盗ルパンは、『８１３』『続８１３』で、殺人という罪を犯す。そしてその悔いを抱えたまま、アルセーヌ・ルパンであることをやめて、ドン・ルイス・ペレンナという名の傭兵となり、アフリカへ行ってしまうのだったが、時局に翻弄される帝国図書館のその後は果たして……。

背の高い雄之助くんは、ショートボブにした栗色の髪の毛先をゆるくカールさせ、とろみ感のあるカーキ色のサテンシャツにベージュのフレアスカート、そしてやはりベージュのスウェードパンプスを合せていた。腕にはバーキンスタイルのオフホワイトのバッグをかけ、きれいなフルメイクをして、なんだかＯＬ然としている。

「驚いた顔してるー」

と、雄之助くんが言うので、ちょっとリアクションに困っていたわたしは、少しほっとして、

「そりゃ、驚くでしょ」

と返した。

「前から。前から」

もっと驚いて言葉を失っている古尾野先生をちら見してにっこり笑ってから、雄之助くんはテーブルのほぼ中央に、和装の老婦人を促して座った。これでようやく、なんだか端と端にかたまっていた会話の輪が、一つになったのだった。

「谷中でも着てたから。あの部屋は、そのために借りてたようなもんなの。当時はまだ実家にいたから」

「えっ？　谷中に住んでたんじゃないの？」

「あそこは、隠れ家みたいなもんだったね。まだ自分自身の気持ちに折り合いがつい

てなくて、親には内緒にしてたの。服を楽しめる空間が欲しかったし、めちゃくちゃ家賃が安かったから」

「ぜんぜん、気づかなかった」

「服のこと？　喜和子さんは知ってたよ。まったく気にもしてなかったけどね。あのころは、たまにだったけど、あれからずいぶん経つし、いろいろあって、なんていうの、自分に正直に生きるってやつ？　着たいときはいつでも着ることにしてる」

「いま、何してるの？」

「サラリーマンですよ。広告制作会社勤務の。聞こうと思ってるでしょ？　はい、会社もこの格好で行ってます」

「上司はなにも言わないのかね」

古尾野先生が心から不思議に思うといった口調で問いかけると、隅にいた五十森さんが小さいけれどみんなに響く声で、

「なんだってそういう、どうでもいいようなことを質問するんだ。久しぶりに会った友人が、自分に正直に生きることにしたと言ってるんだ。ああ、そうかと、言ってやればいいだろう。それだけの話じゃないか」

と呟いた。

「つっかかるね」

それまでずっと五十森さんのほうを見もしないでいた古尾野先生は、ついに眼鏡の奥から鋭い眼光を放った。

「そっちがあんまり俗っぽいことを聞くからだ」

五十森さんは、あいかわらず水割り焼酎のコップを手にしたまま、あらぬ方を向いて答えている。

「そうやって、理解あるふりをして、そのじつ、人と肚《はら》を割って話すこともできずに、勝手に憶測を巡らせながら遠巻きに眺めているほうが、容易に人を傷つける態度だとは思わないんだろうね、俗世間を離れて生きてる人はさ」

古尾野先生も手にした酒をぐびりと飲み込み、なんだか妙な空気になった。

そこへ、雄之助くんは上手に割って入り、自分は女装したほうが気持ちがラクになるし、クリエイティブな仕事をするには自分をリラックスさせる必要があるんだと仕事相手にも話していると、さらりとにこやかに説明した。

「さすがに両親に打ち明けるときは勇気がいったし、しばらくぎくしゃくしたんだけど、いまは母が着物を譲ってくれるまでになってる。背が違うから、おはしょりなくなっちゃうんですけど」

そう言って、雄之助くんは笑いさえとった。それから、隣にいる和装の老婦人の両肩を後ろから支えるようにして、

「それより、紹介したいんだけど。こちらは、フユミさん。いま、そこで道を聞かれて、あれ、それって、僕が行くのと同じところだって、二人で盛り上がっちゃって。昔、喜和子さんが働いていた店の女将さんなんだって」

喜和子さんよりは若いのだろうか。フユミさんは化粧もしっかりしていて年齢不詳だった。しゃきっとしていて着物が似合う元女将は、自分が話を引き取ることで場の空気が変わることを十分に知っている様子で、

「亡くなったって聞いて、びっくりしたんですよ。店をたたんで結婚してからは、ほとんど連絡も取らなくなっていたけど、一時はねえ、喜和さんとは、毎日、毎日、それこそ家族より長くいっしょにいたんだもの。ねえ」

そう言って、古尾野先生がテーブルに置いていた額の写真を手に取り、

「ねえ」

と、もう一度、額の中の笑顔の喜和子さんに話しかけた。

「ああ、もうずいぶん会ってなかったからなあ。あなたが結婚したお相手の方の会社をね、覚えていたもんだから、ダメ元で連絡してみたんだけど」

古尾野先生はまたちょっと泣きそうな顔になった。

「達筆でお手紙いただいて」

元女将は一重の目を弓のように細めてほほ笑んだ。福顔というのだろうか、身体は

華奢《きゃしゃ》なのだが顔がふっくらして丸く、肌には艶があった。

喜和子さんの女友だちというのが、わたしには雄之助くんの女装以上に意外だった。自分だって年は離れているけれども女友だちなのだから、意外に思う方がおかしい気もするけれど、それこそ絵本の中にでも住んでいそうな、あのピノッキオを思わせる少年のような喜和子さんと、店を切り盛りしていたり、どこかの社長の奥さんになったりすることのできる、目の前の元女将の友人関係というのが、どうにも想像できないのだった。

元女将のフユミさんは、竹の皮に包んだばってら寿司と、浅蜊《あさり》の剝き身の入った小松菜のお浸しを、買ったものですけど、と言いながら、古本屋の奥さんに手渡した。どことなく華やかな空気をまとったフユミさんが、一座の話題の中心になった。お連れ合いが埼玉県のどこだかでレストランチェーンを経営しているという話や、そのレストランのどれかにしょっちゅうやってくる俳優夫妻の話などを、品のいいジョークを交えて語る話術に、古尾野先生からも、なんと隅の席の五十森さんからすら、かすかな笑い声が上がった。

そうやって、場をすっかり和ませた後にフユミさんが語り出した、彼女と喜和子さんの出会った頃の話は、少しだけわたしを困惑させた。

「私があの店をやっていたのは、もうかれこれ二、三十年くらい前のことです」

――初めは若い女の子を一人雇っていたんだけど、その子、お腹が大きくなって辞めてしまって、そのあとに、ちょっと雇い入れてみた別の子に売り上げをごまかされて、困ってたときだったんですよ、喜和さんが店にやってきたのは。表の貼り紙を見たって言ってね。

あのころですよ、日本中なんだか羽振りがよくて浮かれてたころ。もうね、夜がなかったですよ、あのあたり、不夜城です。ギラギラしてて、お金がそこら中旋回してるような感じでした。だから、うちみたいにちっちゃい店だって案外景気がよかったし、働きたいって言ってくる若い子もけっこういたんです。そこに来たのが喜和さんでしょう。はじめはあんまり地味なんでびっくりして、店で働くような人じゃないと思ったの。本人は、そんなにお酒も飲まないしね。東京に出てきたばっかりで、どっかおどおどしてたしねえ。だけど若い子は信用できないって気持ちになってたし、喜和さんのすごく素朴な感じが、逆にいいかもしれないと思ったんですよ。少なくとも、嘘ついたりごまかしたり、そういうことはしそうにない人でしたからね、第一印象からして。お金に興味なさそうだったし。

喜和さん、最初のひと月くらいは、私のアパートに居たんですよ。だって、住むところがないって言うんだから、それはびっくりしました。あの年齢の人が、家を飛び出してくるって相当なことですよ。どっか、ビジネスホテルかなんかに泊ってたっていうんでしょう。だから荷物引き上げてうちに来てもらって、部屋探しも手伝ったんですよ。

本人は離婚したかったけど、先方が頑として譲らなかったみたい。田舎の小金持ちって、見栄っ張りが多いから、離婚は嫌なんですよ。人聞きが悪いから。うちの人も似たところがあります。喜和さんの結婚相手も、地元で事業をやっているみたいなことを聞きました。

あんまり話さなかったですけどね、田舎のことはね。

あったかいご飯、食べたことないって言ってました。

ほらまあ、よくある話だけど、炊き立てはお舅さんとご主人だけが食べるわけでしょ。女は残りご飯を食べる。お風呂なんかもそうでしょう、女は最後よね。お姑さんでも苦労したみたいね。詳しくは聞かないけど、わかるじゃない、そういうの。家を出た原因は、旦那さんだけじゃないですよ。まあ、喜和さんがこっちに出てくるより前に、お姑さんは亡くなったみたいなことも聞きましたけど。

一人娘が大学生になるまで、死んだつもりで我慢したみたい。娘しか産まなかったってことも、お嫁さんとしては不出来だと思われたんでしょうねえ。

聞かなきゃ話さなかったけど、こっちとしては気になるじゃない、どういう人なんだろうって。静かでねえ。物もあまりしゃべらないし、仕事は丁寧だったけど、愛想のいい方でもなかったから。私は喜和さん、好きだったけど、お客の中には、なんであんな暗いおばさんを置いてるんだなんて、失礼なこと言う人もいてね。感じ悪いから、二度と来ないでって言ってやったけど。

ああ、そう。だからほんとに、古尾野先生が来てからですよ。喜和さん、店でちょっと飲むようになったのは。

若い子じゃないからずっといてくれると思って雇ったのに、喜和さんがああいう形で店を辞めるとはね。そりゃ、びっくりしましたよ。ええ、なんで、なんてね。でもまあ、いい話じゃないの。うちの店でロマンスが生まれたってんだから——

ロマンス。

と言われて、古尾野先生はお酒のせいばかりではなく後退した髪の毛の生え際まで真っ赤になった。五十森さんにいたっては、不愉快の極みと言わんばかりに外を向いて、話を聞かないふりをした。

福顔の元女将が話し終わって、話題がなにかほかのものに移って行っても、わたしの中の違和感は去らなかった。

そうなのかもしれない。おそらく元女将のフユミさんの話は全部真実で、喜和子さんは男ばかりが尊重される「よくある」家庭で夫や舅にかしずいて生きて、「娘しか産まなかった」から「お嫁さんとしては不出来」とされた存在であり、そうしたしがらみを断ち切るようにして上京したはいいが、店ではどこかおどおどしていて、「暗いおばさん」と呼ばれたりしたのかもしれなかった。

「私は喜和さん、好きだったけど」と、フユミさんは言い、その言葉にも偽りはないのだと思う。でも、その言葉のうちに、フユミさん自身が少しだけ持ち合わせている喜和子さんに対するそう高くはない評価が感じられて、わたしは切ない気持ちになった。

喜和子さんは、わたしの中では「暗いけどよく働くおばさん」ではないのだ。いつだって明るかったし、どこか突き抜けていて、とんでもなく個性的だった。そのことを、そこにいる人々に向かって演説したいような気が少ししたが、何から語り始めたらいいかよくわからなかった。

古尾野先生と雄之助くんが、フユミさんと古本屋夫妻がそれぞれ何か話していた。話題は喜和子さんのことではなく、どちらにも興味をひかれなかった。

わたしは目をつぶった。頭陀袋スカートを穿いていた陽気な喜和子さんが、にっこり笑った。喜和子さんの部屋に積まれていた本や、あの、いまはもうない細い路地の地面に埋められていた敷石、建付けの悪い引き戸、とってつけたような小さな台所に、ギシギシ音がする狭い階段を思い出そうとする。

ふと隣を見ると、この飲み会の初めから、ずっと違和感なり疎外感なりを感じていたと思われる五十森さんが、いつのまにか焼酎の水割りの入ったポットを抱え込んで、顔色をひとつも変えずにぐびぐびと、手酌で呷《あお》っているのだった。

わたしは立ち上がって、大きめの紙皿にぱってら寿司と小松菜のお浸し、店主の妻が用意してくれた漬物や煮物を取り分け、五十森さんの隣に戻った。

「『としょかんのこじ』の話が、途中でしたよね」

そう話しかけると、いかにも「そっぽを向く」という姿勢で窓の外を眺めていた五十森さんがまたぎこちなく姿勢を変えて、わたしの手から割り箸を受け取り、相撲取りが手刀を切るようなジェスチャーをした。

「喜和子さんが生前に探していた童話を、椚田さんが見つけたんです。おそらく、これだろうって。図書館に行くおじさんと女の子、夜になると現れる動物たちって、いかにも喜和子さんの世界でしょう。その作者の名前が城内亮平という人なんです」

わたしはハンドバッグの中からコピーを取り出した。喜和子さんの供養の会なのだから、誰かに見せる機会があるだろうと思って持って来たのだった。五十森さんは眉間にしわを寄せて、コピーを持った左腕をこれでもかと伸ばした。老眼鏡を持っていないのだ。

「ほんとだ。喜和ちゃんの話に似ている」

「じゃあ、五十森さんも、喜和子さんの子どもの頃の話を聞いたんですね。お兄さんたちの暮らしているバラックの家に引きとられて、毎日、図書館に通っていた話」

うん。

うなずいて、五十森さんは煮物に手をつけた。

「城内亮平というのが、喜和子さんのお兄さんの一人なんでしょうか。童話を書く人だったんですね」

「そうかもしれないが、書いていたのは童話じゃなくて、大人向けのものだったんじゃなかったか。ほら、図書館の歴史を書くという」

「でも、小さい喜和子さんに大人向けと子ども向けの区別がついていたんでしょうか」

「黒ヒョウも、童話ということだったのかな。まあ、そうなのかもしれないが、喜和子さんの話では、ずいぶん長い小説のようだったんだが」

「図書館が樋口一葉《ひぐちいちよう》に恋をする、というような幻想的な話だったのなら、どっかで黒ヒョウが出てきてもおかしくはないかも」

「それより、今日は、あなたに会えると思って出てきたんだ。ほかには来る用はなんにもないんだから」

五十森さんは、最初に言った言葉を繰り返し、足元に置いていた黒いバックパックからB6サイズの封筒を取り出した。

「あなたにだよ」

封筒の表には、ちまちました鉛筆の字で、わたしの名前が記されていた。

「これは?」

「『一葉全集』に挟まってた」

「喜和子さんの『一葉全集』、五十森さんが持ってるんですか?」

「持ってる」

「どうして?」

「喜和子さんが亡くなる前に、一度、見舞いに行った。そのときに全集を預かったんだ。形見だと思うと売る気にはなれなくて、持ってるんだ。それで、一回、虫干ししようと思って箱から出したら、これが出てきた」

「中は」

「あなた宛てだからね。見てない。今日はこれを渡そうと思って、それで出てきたんだ」

五十森さんは、用事を済ませてほっとしたのか、硬かった表情を少し柔らかくして、またコップに焼酎を注いだ。

夢見る帝国図書館・17 「提灯にさはりて消ゆる」本の数々

昭和十二年、日中戦争が始まった年以降、帝国図書館は、発売頒布禁止処分を受けた図書を内務省から受領し、こっそり収容することになった。発売頒布禁止処分というのは、ようするに、発禁、時局に照らして、出してはならぬとされることである。

もちろん、発禁処分の書籍や雑誌だから、貸出はおろか、目録を人の目に触れさせることもぜったいにできない。あのルネッサンス様式の荘厳な建物の奥深くに、しずしずと発禁本たちは、溜まっていったのである。

たとえば太平洋戦争の始まった昭和十六年、ひょっとしたら上野のあの建物の書架で、発禁本たちはひそかに会話を交わしたのかもしれない。

「こんばんは。わいは織田作之助《おださくのすけ》の『青春の逆説』や」

「あ。わたしは丹羽文雄《にわふみお》の『中年』です。そこにおられるのは」

「林芙美子《はやしふみこ》の『初旅』です」

「いやいや、こんなことになるとは」

「ほんとにとんだとばっちりですよ。うちの作者は女だてらに支那やら南洋やらへ行って、勇ましい従軍記だって書いたんですよ。それなのに、『初旅』には、人妻、未亡人、妻子ある男などとの不倫な情事を描いたものが多く、不健全にして風俗壊乱の恐れがあるので禁止って」

『初旅』が目を吊り上げて怒ると、『中年』も書架から飛び出さんばかりに興奮し、

「わたしもまったく遺憾です。酒場のマダムや妾を作品に出すなど、国家に非協力的であるというんです。いやはや、たいへんな時代になりました」

「わいも、なんで発禁いうことになったんか、ようわからへんねん」

『青春の逆説』も訴える。

「堕胎した女優にモデルがおったんがあかんかったんやろうか。堕胎ゆうのがもう、そもそもあかんのやろか」

「あそこ、永井荷風《ながいかふう》先生の『腕くらべ』ですよ」

「え？　あれが出たのは大正でしょ」

「岩波文庫に入ったんや」

「そうそう、しかも、『腕くらべ』は皇軍将兵慰問用に大量に増刷されたと聞いていましたが」

「国内では流通させられないとかで」

「なぜまた」

「濡れ場が多いと」

「岩波文庫じゃ、だいぶ削ったんだろう」

「そうなの？　わたし、すごいの読んだけど」

「あれは、海賊版だろう。別人が書いているらしい。あそこにあるのもそうかも」

「あ、同じ棚に石坂洋次郎《いしざかようじろう》の『若い人』が」

「あれのどこがあかんねんやろ」

「天皇陛下はどんなお箸でご飯を召し上がるのか、みたいなことを女学生が言うのが不敬罪にあたるらしい。黄金の箸か、木の箸か」

「どんなお箸て。黄金て、食べにくいやん」

「だけど不起訴になったんじゃなかったかな」

「いちおう、置いているということでしょうか」

「石川達三《いしかわたつぞう》の『生きてゐる兵隊』の載った『中央公論』や」

「ああ、南京での日本軍の行動を見聞きしてきた作家が、南京攻略戦の直後に書いたというルポルタージュ文学ですな。即日発禁になったという」

「中国人俘虜や非戦闘員の姑娘《クーニャン》などを、残虐に殺す場面があまりに生々しいからと」

「しかし、取材して書いとるんやから、しゃあないやろう」

「いや、昨今、むしろ、取材をせずに、嘘ばかり書いたものなら、検閲はスルスル通る。筋に関係なく、主人公に日の丸を持たせて振らせるといいらしい」

「いまどきは、たいていのものは事前検閲で出版社が伏せ字にするのに」

「××でっか。あれはどうもあきまへんな」

『生きてゐる兵隊』は四分の一が××だそうだよ。それでも作者が禁固刑になったほどなんだから、われわれの筆禍とは次元が違う」

「あれ、あそこに小林多喜二《こばやしたきじ》の『蟹工船』が」

「昭和四年の刊行じゃなかった？」

「いやあ、多喜二の著作は目の敵にされて、昭和十二年以来、すべて取り締まりの対象になってるからね。いつ刊行のものかわからないけれども、とりあえず目についたので引っくくってきたんだろう」

「やれやれだわね」

「いつかこのわれわれの棚が日の目を見るときが来るかなあ」

「どないなんねんやろなあ」


発禁本も多数あったが、雑誌連載の掲載停止というのも、よくあった。『女の一生』で帝国図書館を主人公の恋の舞台にした山本有三《やまもとゆうぞう》の代表作である小説『路傍の石』が、当局の検閲に遭い、断筆を余儀なくされたのは、昭和十五年のことだった。昭和十八年には、『中央公論』に連載中だった谷崎潤一郎《たにざきじゅんいちろう》の『細雪』も、風俗が華美であると指摘されて掲載中止になる。

悔しかった谷崎はひそかに執筆を続けて、自費で上巻約二百冊を作って、知人・友人に配った。そのとき、事前に本の引換券の役目を果たすはがきを、親しい人に出した。はがきに書かれていた谷崎作の俳句がこちら。

提灯にさはりて消ゆる春の雪

春の雪とは、『細雪』のことで、提灯をともして歩くような暗い時代に、検閲にひっかかって消えざるを得ない作品の無念を詠んだとされ、文豪の仏頂面が見えるようである。

古本屋夫妻の家を出たのは十時を過ぎた頃だった。

元女将のフユミさんと、多摩川在住の五十森《いそもり》さんは、それぞれさっさと帰ったが、飲み足りない古尾野《ふるおや》先生がわたしと雄之助《ゆうのすけ》くんを誘って、三人で先生がその晩泊ることにしているという池之端《いけのはた》のホテルのバーに行った。

上野界隈というのは、それなりに時代に対応して新しいものだっていろいろできているし、いつもたいそう賑わっているのに、どこかで時間を止めてしまったような風情が漂うのはどうしてなのだろう。化粧煉瓦に電飾をつけ、ホテルの名前が刻まれた丸みのあるファサードが、なにやら古いアメリカのサスペンス映画に出てくるロッジやモーテルのような雰囲気で、わたしと雄之助くんは一瞬入るのを躊躇したのだったが、慣れた宿なのか古尾野先生は怯《ひる》むことなく突き進み、いいから、こっちだからと年季の入ったエレベーターにわたしたちを誘った。

「これで、露天風呂のついた部屋なんかあるんだ。眺めがよくてさ。都心にしては、リーズナブルなんだよ」

リーズナブルというカタカナ英語が、エレベーターの中でどことなくユーモラスに響いたことなどは一顧だにせず、ほうれ、ここだよ、一杯くらいつきあいなさいよと、老名誉教授が手招きした空間は意外に奥行きのあるバーラウンジだった。時間帯によっては演奏もあるのだろう、グランドピアノなども置いてあり、なにより、不忍池と都心の夜景を切り取る壁一面のガラス窓が、階下のごたごたとは隔絶した眺望を作っていて、雄之助くんはほぉ、とため息を漏らした。

「悪くないだろう」

合皮張りのゆったりしたソファに腰をおろして、古尾野先生は満足げに呟き、わたしと雄之助くんは口々に、階下で想像したよりもゴージャスだという意味の讃辞を返した。

ここに喜和子さんと来たことはあるのだろうかと、わたしは一瞬想像した。

古尾野先生が喜和子さんとつきあっていたころは、先生が借りていた無縁坂の部屋で会っていたのだから、もし来たとすれば二人が別れたあとのことになるのだろうか。喜和子さんの小さな谷中の部屋はとにかく狭かった。あの日、谷中の夕やけだんだんで再会した後、やけぼっくいに火がついたりしただろうか。

そんなことを思ったのは、喜和子さんの娘に会ったり、元女将のフユミさんの話を聞いたりしたからで、最初の結婚があまり幸福なものでなかったとするならば、古尾野先生との、フユミさん言うところの「ロマンス」は、喜和子さんにとってそんなに小さな存在ではなかったに違いないという感慨が湧いたのだった。

わたしが喜和子さんと会ったばかりのころ、彼女は、官軍の大砲の弾がこの不忍池を超えて寛永寺に届いた、その大砲はアームストロング砲といって、アメリカの南北戦争で使われた中古品だったんだなんて話をよくしてくれたものだった。喜和子さんのエピソードのうちの何割かは、この話好きの学者先生が教えたものだったのかもしれない。とはいえ、無縁坂とは、なんという響きの場所に恋人を住まわせていたものか。

夜の不忍池がビルの灯りを映して揺れているのをぼんやり眺めながら、そんなことを考えていると、すっかりおじいさんになった古尾野先生が、ウィスキーの水割りで唇を湿らせて、ぽつりとつぶやいた。

「喜和ちゃんはね、子どものころの記憶が、あるときまですっぽり、ないんだそうだよ」

「すっぽり?」

「うん。かろうじて思い出せるのが、血縁者ではない二人の男とバラックで暮らしてたころのことなんだそうだ。まあ、ねえ、すっぽりと言ったって、ふつう、赤ん坊のころの記憶なんてものは、誰にだってないだろう。だから、それほど特殊なことではないんじゃないかと思うけども、親兄弟の記憶がないわけだから、本人は辛かっただろうな」

「戦災で?」

「うん、どうなんだろう、その戦災という記憶自体もないというんだな」

「親とどこではぐれたとかいったことを覚えていないと」

「うん。親戚だか知人だかの家に預けられていたこともあるようなんだが、思い出せないと言ってた。そういうことがあるものかね」

「年齢にもよるんじゃないですか。僕も一番最初の記憶は四歳くらいになってからだから」

雄之助くんは小さなグラスに入ったグラッパをちびちび飲んでいた。アルコールがあまり強くないわたしは、古本屋夫妻の芋焼酎ですでにふだんの酒量を超えていたから、バージン・ブラッディ・マリーをストローですすった。

いつだったか、喜和子さんにその話を聞いたことがあったように思い、自分の脳裏にしまい込んである思い出を取り出そうと試みた。それは確か、喜和子さんの家でおいしい冷や汁をごちそうになった夏の日で、あのとき彼女は子どものときのことを話してくれたのだったが、少しためらうような、不安そうな身振りで、こんなふうに言ったのだった。

「ねえ、あんた、自分のちっさいときのことって、どれだけ覚えてる?」

あれは、自分は思い出せないのだ、という意味だったのだろうか。続けて、覚えている限りの話をしてくれたものの、どこか自信なげで、違うかもしれないとかよく思い出せないとか、言い訳めいたものがくっついていた。

しかし、バラックでいっしょに暮らしていたお兄さんの話は、もちろん図書館の話と同じように、はっきりした記憶のようだったし、確かにあのときわたしには、はぐれた両親と再会して宮崎に帰ったと話してくれたのだった。

「だけど、親兄弟の記憶がまったくないということはないんじゃないですかね。だって、何年、そのバラックで暮らしたのかはわからないけど、宮崎の両親と連絡が取れて引き取られたわけでしょう」

それを聞くと古尾野先生は、うん、と言ってごくりと水割りを喉に流し込み、

「それは、僕もあのとき聞いた。喜和ちゃんとあなたと三人であそこの家であの人自慢の郷土料理を食わせてもらったときだろう。覚えてるよ。それで僕は少しびっくりしたんだ。前に聞かされてたのと違ったからさ。まるで一時的に両親と離れて暮らしてたみたいな話になってて、気にはなったんだが、訂正するような件でもないしさ」

「両親といっしょに東京に来て、迷子になったって話は」

「うん、だからさ。そこだよね、僕が聞いてたのと大きく違うのは。覚えていない、バラックで暮らしていたより前のことは思い出せないと言ってたからさ」

「宮崎の両親は、小さい頃のことを話して聞かせなかったんですかね。わたしなんか、自分の幼少時の記憶の大部分は、親とか姉の思い出話を自分の記憶にしてるようなところがあるけど」

「わからんが、もしかしたら、僕が聞いた話のほうが現実ではなかったのか。いまとなっちゃそれもわからない。ただ、まあ、どうなんだろうね」

わからないことを三人で話していてもしかたがないし、ちょうどよい潮時だと思って、わたしはバッグから「としょかんのこじ」のコピーを取り出して、二人に見せた。バーの暗い照明の下で、老眼の古尾野先生がいかにも読みづらそうだったのを見かねて、雄之助くんが紙を取り上げて読んでくれた。

「ふろへも　はいりたいから　あくびをして　おもてへ　でます。」

という最後の一文を聞くと、老名誉教授はちょっと笑った。

「なんだか知らないけど、たくまざるユーモアがあるね。いや、たくまざるではなくて、たくむのか。あまり上手いような気はしないが、そこはかとなく笑える」

「これを書いたのが、幼い喜和子さんといっしょにいた男なのかな」

ひとしきり「としょかんのこじ」を論評したのち、わたしはバッグからまた別のものを取り出した。

「今日ね、わたし、これを五十森さんにもらったんですよ。喜和子さんから預かった本の間にあったたって言って」

「喜和子ちゃんから？」

「まだよく見てないんだけど」

「私信を僕らみんなで見ていいの？」

「いや、私信というような感じではなく」

とはいえ、もしも喜和子さんが五十森さんへの恋心を赤裸々につづった手記かなにかを遺していたらたいへんなことになると唐突に思いつき、わたしもいきなり二人に見せていいのか自制が働いたので、とりあえず隠すようにして封筒を開いてみた。そこには、横に罫線の入ったルーズリーフが入っていて、とてもとても小さい字で、びっしりとなにかが記されてあった。それは丸っこい喜和子さんの字であると思われたが、鉛筆の字の薄さとあいまって、なにしろバーラウンジの照明では読みづらく、それをそこで読むのは断念して、封筒の中に入っていたもう一つのものを引っ張り出した。

古い葉書だった。

あて先は、

「いとうきわこさま」

と、平仮名で書いてあって、差出人は、

「瓜生平吉」

と、あった。

「これ、なんだろう」

二人の鼻先に突き出すと、古尾野先生は自分には読めませんとばかりに手をひらひら振って見せたので、一番若い雄之助くんがこちらも手にとって、まず、あて先を読み上げ、裏返して、内容を読もうとして、

「なんだ、こりゃ」

と言った。

比較的大きな読み易い字で書いてあったから、ほんとうなら高齢の古尾野先生でも読める内容だったが、さっぱりわからなかったのは、そこには数字がいくつも並んでいて、しかも最後には人を食ったように、

「なぞなぞです。といてごらん」

と、書いてあったのだった。

「なに、これ」

わたしも思わず口に出した。

雄之助くんは、眉間にしわを寄せて目を細くすると、消印の日付を読んでくれた。

「ちょっとこれすごいね。昭和二十五年十月だって。それって何年？　一九五〇年？」

「あて先の住所は宮崎？」

「そう。差出人の住所はなし」

「消印は？」

「ちょっと待って。ええとね。上野だね。上野下谷《したや》局」

「まあ、このあたりか」

「じゃあ、この人が、喜和子さんのいうお兄さんてことかな」

「でも、童話の作者とは名前が違うね」

「それよりも、この数字はなんなんですかね」

「ちょっと寄こしてみろ。僕はあんがい、こういうのは得意なんだから」

古尾野先生は葉書をひったくると、胸の内ポケットから万年筆を取り出して、コースターをひっくり返し、葉書の数字を書き写した。

870・690・430・010・270・240・730・850
「たいがいは、足すんだ。暗算で行くぞ。ちょっと待てよ。――4090だ」

「合ってる」

雄之助くんはスマートフォンの計算機機能を使って足し算の正しさを冷静に認め、二人はしっかりと握手を交わしたが、4090が何を示すのかはさっぱりわからなかった。

「違いますよ。010なんて数字を足す理由がわからない。こういうのはね、語呂合わせでしょう、たいていは」

雄之助くんは、このように自説を立てて、

「はなれ、むくれ、よされ、おいれ、ふなれ」

と、でたらめを読みだしたが、

「全部最後が0だから、0は読みません、たぶん」

と、断言したなり、黙った。

「花、剝く、シミ。礼に、菜、西。波はGO！」

酔っ払いの古尾野先生が無理やり引き取ったが、相変わらず意味は不明だった。

「だいいち、じゃあ、0を書く意味がないじゃないか」

古尾野先生はぶつぶつ言った。

「010にマルがついているのはどういうことなんだろう」

「さあ」

「ちょっと見て。ここんとこに」

「うわあ。見えない」

数字を書いた葉書のいちばん下のほうに、とても小さい字で「たねあかし」と書いてあるように見えるのだったが、その先、紙が茶色に変色してちぎれているのでわからなかった。

わからないとなると、二人がさっぱり葉書に興味を無くしたので、喜和子さんの小さい字が書いてあるルーズリーフを引っ張り出してみたが、やはり暗くてどうにも読

みようがないのがわかり、

「おそらく、その封筒に入っているものは、みんなその、童話作家だかなんだか知らないが、その男と関係があるんだろうね。それと、あなたに書いて欲しがってた、図書館の小説と関係があると思う」

古尾野先生は、そう断定した。

「ま、書いてくださいよ。供養になるから」

そう念を押されて、わたしもうなずかざるを得なかった。

「ところで、さっきから気になってるんだけど、喜和子さんが住んでいたバラックというのは、上野の駅前にあったという場所かなあ」

雄之助くんはグラッパをおかわりして、つまみのピーナッツを一粒、口に放り込んだ。

「駅前というと、アメ横のあたり？」

「ではなくて、公園口のほう。いまは東京文化会館とか国立西洋美術館があるあたりかな。もとは寛永寺の墓所だったらしい」

寛永寺という響きは、記憶のどこかに反応するものがあったし、喜和子さんが住んでいたのは、そこだという確信めいた感覚が、唐突に湧いてきた。

「雄之助くん、詳しいね」

「たまたまね。藝大の友だちで、もとは建築史をやっていたのが、いつからか社会史みたいな方向へ行っちゃったのがいてさ。そいつの研究対象だったんだ。『葵部落』っていうの」

「アオイ？」

「寛永寺はもともと、徳川家の菩提寺でしょ。その墓所にあるから、葵の御紋の葵部落」

「なんだかすごいね。高貴な感じ。でも不法占拠なの？」

「名づけのセンスがいいよね。国有地とか観光名所みたいなところに住むのって、戦後の歴史にはあることらしいよ。誰だったかな、有名な劇作家で、姫路城の崩れた石垣の上のバラックで暮らしてたっていう人もいるからね」

「姫路城といえば世界遺産でしょ！」

「世界遺産登録より何十年も前だもん」

「しかし、戦前から国宝じゃないのか」

「だからさ、そういうところにも、戦争はあったし、たくましく生きる戦後の庶民の姿はあったわけですよ」

わたしと古尾野先生は、ほおーと感心してため息をついた。

雄之助くんの解説によれば、戦災で家を失くした人たちによって自然発生的に作られたそのバラック集落は一九六〇年ごろまで存在し、まさに東京文化会館や国立西洋美術館が建つのに際して、撤去されたという。

「かなり広かったらしい。七、八百坪はあったって言ってたかな。ある時期からは自治会的な組織もできて、それなりに地域コミュニティを形成してたんだって。戦後のバラックがいつまでも残ってたというと、魔窟みたいなイメージがあるでしょう。だけど、実際はそういう感じでもなかったらしいよ。友だちはね、そういう研究してた」

そこに暮らしてた人なら、喜和子さんのことを知ってたり、覚えてたりするのかなあと、ぼんやり口にすると、そこがほんとうに喜和子さんのバラックならね、と雄之助くんが言った。

その後、わたしたちの話はまた、喜和子さんから外れて雄之助くんの仕事のこととか、古尾野先生による教養溢れるうんちくとかいったものに変わっていった。

そのバラックが小さな喜和子さんの暮らしていたところだと思わずにはいられなかった理由は、彰義隊の戦争で焼け野原になった寛永寺のことを、あんなに熱心に語った彼女のことを思い出したためでもあったし、

「上野はいつだって行き場のない人たちを受け入れてきた」

という、あのきっぱりした言葉のためでもあった。

ただ、その上野のバーではそれ以上の話にもならずに、酔っぱらって嬉しそうな古尾野先生を部屋に送って、わたしと雄之助くんは、それぞれタクシーを拾って家に帰

ったのだった。

家に戻って、習慣でパソコン画面を開き、メールをチェックした。

夜遅かったので、返事は翌日にしようと思ってメールソフトを閉じ、こちらも習慣でフェイスブックのページを開いた。「メッセンジャー」という項目に、赤い表示があり、メッセージが届いていた。

それは、フェイスブックというソーシャル・ネットワーキング・サービス（SNS）の機能の中でも、「メッセージリクエスト」と呼ばれるもので、知人の場合もあるが、多くは名前も知らない人から送られてくる「友達になりましょう！」といった類いの短いメッセージだった。

わたしは気が小さいので、知らない人とはたとえSNSであっても「友達」にはならないことにしている。だから、この「メッセージリクエスト」というのは、実生活で知っている人から来たものでない限り、開いてみることは、まずない。ただ、誰が考えたものなのか、わざわざ開かなくても、最初の二十文字ほどは読める設定になっている。それすら、あまり気をつけて読んだことはなかったのだけれど、そのときたまたま開いて見る気になったのは、まさに「偲ぶ会」から戻ってきたばかりのところに、「喜和子」という文字が目に飛び込んで来たからだった。

こんなふうに、メッセージは始まっていた。

「こんにちは！　突然すみません。吉田《よしだ》喜和子の孫で……」

夢見る帝国図書館・18　動物たちは大騒ぎ①

昭和十一年七月二十五日の未明のことだった。

美しいメスの黒豹が、黄緑色の目を光らせて、美術学校の向こうから、帝国図書館の三階建ての瀟洒《しょうしゃ》な建物を凝視した。

そのとき黒豹と帝国図書館の距離は、わずか二百メートルに迫っていた。

上野動物園と、隣接する美術学校の境には、とうぜんのことながら高い塀があったが、彼女は挑戦するようにそれを睨み、くるりと向きを変えるといったん上野の森に引き返した。それから、勢いをつけて走ってきて、塀の前で止まった。飛び越えられるものかどうか、距離を測っているかのようだった。

それから彼女は閑々亭《かんかんてい》の周辺を悠然と歩き、大きく一つ身震いをした。そして、裏の千川上水の開渠《かいきょ》にひらりと飛び降りると、孔雀舎の裏手から暗渠《あんきょ》に入って行った。

彼女はその年の五月にシャムから来たばかりだった。ほかの動物たちのように、昼間から運動場へ出て行って、人間の子どもたちに見られるのをよしとせず、来日以来、寝室を出たことすらなかった。だが、この日の夜ばかりは、あまりの蒸し暑さを心配した飼育員が、夜になっても寝室と運動場の仕切りを閉めなかった。

夜のとばりが下りると、彼女はむっくりと体を起こし、静かに運動場へ出て行った。檻の天井の、僅かに開いた隙間から抜け出ることができると彼女はあたりをつけた。そして、昼間動く動物たちが寝静まってから、満を持して跳躍したのである。梟《ふくろう》たちが驚いて見守る中、彼女は音もたてずに檻の外に着地した。

それから何時間も、彼女は園内を彷徨《さまよ》った。緊張はピークに達していて、さすがに疲労も溜まっていた。寝室に閉じこもるのが長すぎて、運動能力もやや衰えていた。少しだけ休もうと暗渠に入り、身を横たえた。夜がしらじらと明け始めた。強い眠気が彼女を襲って来た。

ふいに、異様な空気を察して目覚めると、追い詰められていた。暗渠には彼女をとらえようと人間たちが迫ってきた。地上へ抜ける出口はとうにふさがれている。強烈なライトが彼女の目を直撃し、石油をいぶした煙が暗渠を覆った。移動する壁のようなものが、じりじりと迫って彼女を囲い込む。彼女は頭上を見た。丸い穴が開いていて、青い空が見えた。ほかに手段はなかった。このまま暗渠に居続ければ、壁に押しつぶされるか、火にあぶられて殺されるほかはない。意を決して、彼女はジャンプした。穴から飛び出すと、強い日の光が目を射るようだった。

穴の上には網と檻があった。彼女は歯ぎしりをし、唸り声をあげた。

結局のところ、彼女はあの寝室に逆戻りしたのである。

——というのが、昭和十一年三大事件の一つである「黒豹脱走事件」の、黒豹側から見た顚末であった。

人間側はもう上を下への大騒ぎで、

「大活劇！黒豹生捕りの巻　火責め水責め苦心の末　現はれ出たる一勇士　金剛力トコロテン戦法に凱歌」

讀賣新聞も浮かれた見出しを載せた。

ちなみに「トコロテン戦法」とは、下水道の暗渠にあわせて板で楯を作り、黒豹をトコロテン式に押し出す作戦で、この楯を押すのを引き受けたボイラー係の原田国太郎《はらだくにたろう》は、しばらくの間、英雄扱いだった。動物園から二百メートルしか離れていない帝国図書館も、その話題で持ちきりだったことは言うまでもない。

ところで、寝室に彼女が乱暴に追い込まれてから数時間後、また別の夜が上野の森を訪れたころに、勇敢な黒豹と、知的な象の花子《はなこ》の間で、ある重要な会話がなされていたことを知る者はいない。

「あなた、そこにいるの？　まだ起きてる？」

鼻の中に長く空気を溜め込むために、いつもちょっとくぐもっているあの声で、花子は彼女に話しかけた。

「花子ってば、忘れないで。あたしは夜行性の動物よ」

「そうだったわね。こっちはちょっと眠いわ。外はどうだった？」

「難しいね。高い塀を飛び越えなきゃならない。あたしはできるけど、あなたには無理」

「そう。そして外は存分に走れるようなところではないのね」

「人間の作った大きな硬い建物や地面でいっぱい。小さい者たちはなんとかなっても、大きいのには難しい」

「大きい、大きいと、言わないでよ」

「あなたのことだけじゃないよ。脱出は不可能だわ」

「そう――。困ったわね。みんな不安になってるのよ。人間たちは気づかないけど、危険が迫っていることは、私たち動物にはわかっているもの」

「ええ。とても不安だわ。危険はすぐそこ」

「現実的に考えなければ。生き残る方法を考えなければ」

「どうなのかしら。ジャングルでもない、こんなところで生き残るのにどれほどの意味があるのかしら」

黒豹がそうつぶやくのを聞いて、花子はまた小さく、ぱおんと抗議の声を上げた。

「もうすぐこの国で戦争が始まる。そのうち、この上野の空にも爆弾が降るようになる。そのときに、人間たちが何を考え出すか。それを思うと恐怖で体が縮まりそう。

たとえ生き残らないとしても、私たちには尊厳というものがあるわ。あの人たちのせいで、ただ無駄に死んでいくなんて、私はイヤ。——あなたが外へ出たとき、逃げ切れればいいと願った。そうしたら、壁を飛び越えられるものだけでも、逃げる手段があると思えるから。でも、ダメだというのなら、考えなくてはね。人間たちに、知らせなくては。何か方法がないか、考えさせなくては。私たちを、殺させないために」

暗闇の中で、黒豹は瞳を閉じた。

「危機が迫っていることに気づいているのは、あたしたち動物だけだもの。あなたが考えたいのなら、時間はあるわ」

「たっぷりとはないけどね」

花子はゆっくり鼻を振りながら、自分の寝室の隅に身を横たえた。

「ともかく考えなければ」

そうして、花子も目をつむった。

喜和子さんに娘がいたことだけでも衝撃だったのに、孫娘がいると知って、わたしは二度びっくりすることになった。けれど、喜和子さんの娘の祐子《ゆうこ》さんは、わたしと三つ違いのはずだったから、娘がいようと息子がいようと、驚くようなことではない。彼女の名前は紗都《さと》さん、というのだった。

わたしが喜和子さんと親交があった事実には、「母から聞きました」とさらりと触れてあるだけで、わたしの本を読んでくれたこと、その本をもとに映画化された作品を飛行機の中で見たことなどが、最初のメッセージには綴られていた。共通の友人がいることがわかったので、連絡をしてみた、よかったら「友達」になってほしいと、書いてあった。

共通の友人といっても、そのフェイスブック上の「友達」は、たまたま何かのイベントで名刺を交換した程度の知り合いの一人だったが、喜和子さんの孫からの連絡に、ノーという選択肢はなかった。祐子さんには、あまりいい印象を持っていなかったけれど、小さな丸いアイコンの紗都さんの写真は、どこか彼女の祖母に似ているような気がした。

わたしたちは何回かメッセージのやりとりをした。彼女は、仙台に住んでいて、建造物のメンテナンスをする会社の技術者として働いているのだという。年齢を聞いたら二十二歳だそうで、喜和子さんの孫娘はもう立派な大人なのだった。

祐子さんの名古屋マダム風の雰囲気を思い出すと、独身の娘が親元を離れてかなり遠いところで堅い職業についているのが、少し不思議な気がしないでもなかった。家を出て仙台に行くのを、お母さんは反対しなかったの？　とたずねてみたら、

「高校からこちらの全寮制の学校だったので、就職のときにはもう反対はされませんでしたが、高校進学のときはたいへんでした」

という返事が来た。それから折にふれて、わたしたちは連絡をとり合った。紗都さんとメッセージをやりとりするのは楽しかった。とくになんの話をするというわけでもないけれど、喜和子さんがわたしに残してくれた縁だと思えたからだ。

彼女と会うことができたのは、二〇一五年の夏のことだった。

「夏休みに東京に行くことにしました。東京文化会館で『魔笛』の公演があるので、思い切ってチケットを取ったのです。オペラにもクラシック音楽にもちっとも詳しくないのですが、『魔笛』だけはすごく好きで、機会があったら舞台を見てみたいと思っていました。もし、よかったら、どこかでお目にかかれませんか」

メッセージに、そんなふうに書いてあった。

彼女は土曜日のマチネのチケットを予約していたので、わたしたちはその日の夕食をいっしょにとることにした。

国立西洋美術館の隣の公園案内所の前で、スマートフォンをいじりながら待ってい

ると、オペラ鑑賞を終えた人波の中から、小柄でボーイッシュな短髪の女性が一人、こちらにむかって歩いてくるのが見えた。わたしの姿を認めると、小さく会釈した。麻のジャケットの下に、白いアンクルパンツとパンプスを合わせていて、おばあさんとも、お母さんとも違う、シンプルなものを好む人なのだなとわかった。

上野精養軒に行って、ビーフシチューを食べた。

そのとき紗都さんは、意外なことを話しだした。きっと、わたしに連絡をしてきたのは、そのことを話したかったからなのだろうと、ようやくわかった。会って話そうと、紗都さんは決めていたに違いない。

「喜和子さんと会ったのは、一回だけということになっているんです。公式には」

紗都さんは、おばあさんのことを、名前で呼んだ。

「公式に？」

「はい」

紗都さんは、ちょっと笑って、白いナプキンで口元を押さえた。

「祖父が亡くなった後、喜和子さんは一度だけ宮崎に戻ってきたんです。遺産の手続きだと聞きました。後々、確認したら、放棄の手続きだったそうです。祖父の遺言で、少しのお金が喜和子さんにもわたったみたいなんですが、それは、なにもわたさなかったというと外聞が悪いからなのだそうで、法定相続で妻が受け取る額とは桁違いの少額だったらしいです。喜和子さんがどう思ってたのか、もうわからないけど」

「じゃあ、公式に会ったというのは、その、相続の関係のとき？」

「そうです。十年前で、わたしは十二歳でした。喜和子さんは、とても居心地悪そうに、わたしの家に泊っていました。でも、わたしたちは、けっこう気が合いました」

「喜和子さんと紗都さんが？」

「いたのは三日間くらいでしたけど、わたしが学校から帰ると喜和子さんが待ち構えていて、いっしょに散歩に出るんです。塾に行くときもついてきて、終わるまで待っててくれて、買い食いしながら帰ったりしました。友だちみたいな感じでした」

「それが公式の一回？」

「そうです。帰り際に、喜和子さんはこっそり住所を書いたメモをくれました。電話を持っていないと聞いて、びっくりしました。ほんとは手紙を書いたりすればよかったんだと思うけど、そういうの、慣れてないからめんどくさくてやらなかった。だけど、わたし、十三歳のときに家出したんです」

「家出？」

「そう。まあ、いろいろあって」

わたしは祐子さんの顔を思い浮かべた。

あの人が母親なら、息苦しいのもむべなるかなと思う一方で、娘が家出したときの祐子さんの半狂乱を思い、目の前の落ち着いた二十二歳が案外意志が強そうなのに驚かされた。彼女は十三歳で家出して、そして十五歳でたった一人、東北の全寮制高校に入学したわけだ。

「家出したときに出てきたのは東京で、行ったのは喜和子さんの家でした。ほかに頼れる人もいなかったし、住所だけが手元にあったから」

「喜和子さんの家に？」

「はい。たしか、ここからそんなに遠くないところでした」

「谷中の家に行ったの？」

「谷中だったかな。上野なんとかという信号の近く」

「上野桜木？」

「そうだったかもしれない」

「あの家に来たの？　あの木造の、細い路地を入ったどん詰まりにあった家に」

「そうでした、そうでした。それが非公式な訪問のほうです」

「十三歳っていったら、いまから九年くらい前？」

「そうですね」

「なんで喜和子さん、教えてくれなかったんだろ」

「別に、わたしのことなんか話さなくてもいいからじゃないですか？　わたしは聞いてました。図書館の話を書いている小説家の友だちがいるって」

「そんな前に?」

「それで、わたし、喜和子さんといっしょに国際子ども図書館に行きました」

「ほんと?」

「まず、動物園に行って、それからですけど。図書館は、特別な思い出のある場所なんだって言ってました」

「喜和子さんたら、新しくなってから入ったことないなんて言ってたのに」

「喜和子さんは入口まで来て中には入りませんでした。何か用事でもあったのかもしれません。わたしは一人で一時間くらいそこで過ごしました。楽しかったです」

「家出の原因はなんだったの?」

紗都さんは、下を向いてちょっと笑った。

窮屈だったんです。うち、すごく窮屈な家だったんです。

そう言った紗都さんは、やっぱり喜和子さんにとてもよく似ていた。

紗都さんのお父さんは婿養子で、祐子さんは喜和子さんの夫だった人が一代で築いた家を跡取り娘として継いだのだそうだ。紗都さんの祖父に当たるこの人物は、高度成長期の建築ラッシュで財を築いた人で、男っぽい、無口で頑固な人で、妻が家を出て行ってしまったことをどうしても受け入れられず、離婚にはけっして首を縦に振らなかった。

「喜和子さんは病気ってことになってました。病気で遠くの病院にいるんだと。大人たちは半ば気づいてたんでしょうけど、わたしは子どもなので信じてましたから、元気な喜和子さんに会ったときはほんとにびっくりしました」

と、紗都さんは笑った。

自分の父親とその部下である夫の間で、自己主張する機会もなく、おしゃれにお金を使うくらいしか自分を発散する方法がない母親を見ていて、とても窮屈だと感じた紗都さんは、「思春期の、誰にでもあるモヤモヤ」も手伝って、母親の箪笥預金からお金を抜き取り、家出を敢行する。

「お金は宮崎に戻ってすぐ返したんですよ。こっそり。喜和子さんが、めんどくさいから返しときなさいって貸してくれたから。結局、喜和子さんにはそれ以来会っていないので、返せずじまいになってます」

じつは、と紗都さんが、ワインをくっと飲み込んで、グラスをとんとテーブルに置くなり、声を少し低くした。

「今日、お会いしたかったのは、ちょっと理由があるんです。フェイスブックでご連絡することにしたのも、そのことがあるからなんですが」

喜和子さんが亡くなって、お葬式を出し、祐子さんは関係各所に手続きをすることになった。最後に入った老人ホームがある程度、事情を押さえていたから、たいした手間ではなかった。ただ、祐子さんが几帳面にも、喜和子さんが遺したわずかな銀行預金のために相続手続きを行おうとして調べたときに、喜和子さんの出生時のことがわかる戸籍が、戦災で焼失していることがわかったという。

「母は十年前に祖父の相続で散々やったから、古い戸籍を取り寄せなきゃいけないと思い込んでいたというんですが、それ、たぶん違います」

「違う？」

「わたしはたぶん母が、喜和子さんのことをもっと知りたかったんだと思います。ともかく、それで母は初めて知ったんです。喜和子さんが養女だったってこと。昭和二十五年に、曾祖父の養子になっているんです」

「養子？」

「曾祖父と曾祖母が結婚したのは昭和二十二年のことでした。喜和子さんを養女にする三年前です。で、さらに母がびっくりしたのは、婚姻によって除籍と書いてある、曾祖父の弟の横に、曾祖母の名前があったことです」

「どういうこと？」

「ややこしいんですけど、曾祖母は曾祖父の弟の妻だった。それが曾祖父の最初の妻が死んだ後に、後妻に入ったらしいんです」

「最初に結婚した弟さんのほうは」

「それが、結婚して本籍を東京に移したみたいなのですが、こちらの戸籍がないんです」

「ない？」

「曾祖母の再婚前の本籍は東京の本郷区というところなんだけど、問い合わせたら昭和二十年の戦災でその戸籍はないとかで。区長さんの証明書をもらったそうです」

「ちょっと待って。じゃ、喜和子さんの戸籍は？」

「母が取り寄せた戸籍では、曾祖父が曾祖母の娘を養女にする形になっているんですけど、喜和子さんの出生を届け出たはずの戸籍は焼失しているということになります」

「本郷区って言ったら、東大の近くとか根津や湯島のあたりとか」

「ええ。だから、喜和子さんはもともと、このあたりの生れだったんじゃないでしょうか」

とても不思議な感覚が、わたしをとらえた。

目の前の若い女性は、実の娘の祐子さんよりずっと、喜和子さんに似ていた。小柄だけれど、ただ華奢なわけではなくて、しなやかに筋肉がついていてすばしっこそうな雰囲気があったし、何より、おいしいものを食べて笑うその表情が、彼女を思い出させた。しかも、紗都さんがいるのは、喜和子さんの大好きだった上野の公園の中で、話題にしたのは図書館のことやら、あのひしゃげた木造の家やらだった。そしてもし喜和子さんがこのあたりの生れだとするならば、何十年もの時空を飛び越えて、街の景色と彼女の人生がつながったように思えた。

「今日は東京に泊るの？」

わたしは紗都さんにたずねた。

「ええ。本郷の旅館に」

「旅館？」

「はい。喜和子さんちの近くです」

その旅館は、いつか彼女と樋口一葉《ひぐちいちよう》の家を訪ねて歩いた菊坂界隈に近かった。

わたしは翌日、紗都さんを訪ねていき、二人して懐かしい界隈を散歩して回った。あそこも、ここも、喜和子さんとの思い出があったから、孫娘といっしょに歩くのは、それは楽しかった。へび道を歩き、夕やけだんだんを上がり、途中の道を折れて公園で一休みして、喜和子さんの家のあった場所を見に行き、寺町の坂をさらに上がって角の店でコーヒーを飲んだ。

「よく知らないんです、喜和子さんのことは。十三のときは、自分のことでいっぱいいっぱいで、転がり込んで話を聞いてもらうだけでしたから」

ジーンズとスニーカーに着替えて薄手のスウェットパーカを羽織った紗都さんは、

化粧も落としていて高校生のようだった。

「母も、そう思ったのかもしれません。亡くしてから、少し後悔してるみたいです」

「祐子さんが？　なにを？」

「喜和子さんと、あまり話をしなかったことかな。仲良くできなかったことかな。相変わらず、それはぜんぶ喜和子さんが悪いことになってるんだけど」

「だって、喜和子さんがなにも言わずに家を出てしまったんでしょう？」

「そうだけど、母だって大人になってたんだから、連絡を取る方法もあったんじゃないかな。喜和子さんだけを悪者にしなくてもいいと思うんですよね。だって、あの家から出たいと思うのは、わりと普通のことだから」

喜和子さんが家を出たとき、祐子さんは十八だったと聞いた。十八歳が大人なのかどうか、微妙なところではあるけれど、紗都さんがその年のときにはもう相当な大人だったろうと思わせた。彼女は少し黙り込んだ。不愉快なことを思い出したような顔で、しばらく黙ってコーヒーを飲んでいた。

わたしは少し話題を変える気になった。

「『魔笛』、どうだった？」

彼女は、なにか問いたげに顔を上げた。

「昨日の公演、どうだった？　わたしも『魔笛』は好き。早く知ってれば行ったんだけど」

「すごくよかったですよー。わたし、初めて生で観たオペラだったんですよ。DVDとか映画館では観たことあるんだけど。好きになったきっかけは、小学生のときに学校の体育館であった音楽鑑賞会で、地元の演奏家がやった子ども向けダイジェスト版みたいのでした。やっぱりいちばん好きなのは夜の女王のアリアです。なんであんなことになるんだろう。なんで、あんなすごい声で、あんなきれいな高い声で、あんなどす黒いこと歌うんでしょうねえ」

誰でも聞けば、「ああ、あれ」と思い出す有名なアリアは、第二幕に登場する。タミーノ王子と恋仲になるパミーナの母親の夜の女王が、ザラストロを殺せといって娘に短剣を渡すシーンだ。

「復讐の炎は地獄のようにわが心に燃え、だったっけ」

「ただ、燃えてるんじゃなくて、地獄のように燃えてますからね」

「ザラストロを殺さなきゃ、もうあんたなんか娘じゃないっていう歌よね」

「そう。さあ、殺せ、じゃなきゃもうあんたとは縁きりだ。みたいなことを、あの超絶技巧で歌うわけですよ。人とは思えないほどの、女神様かと思うような美しい声で」

「美しかった？」

「昨日のですか？　もう、最高でした。ねえ、でも、なんでモーツァルトはあんなオペラを作ったのかな」

　こんどはわたしのほうが少し黙った。紗都さんが、続けた。

「母親と娘の話ですよね。あれは、母親の支配から抜け出して幸せになる娘の話ですよね。あれ、最初観たとき、自分と母の話だと思いました。でも、あれは、ひょっとしたら、うちの母と喜和子さんの話でもあるのかなと、最近は思うようになりました」

「喜和子さんの？」

「もちろん、喜和子さんは、夜の女王とはぜんぜん違いますけどね」

「娘に短剣を渡して復讐を迫るタイプではないよね」

「そうなんだけど、うちの母は、ちょっと、不幸なんです」

「――祐子さんが？」

「母親に、愛されなかったと思っているので。わたしが高校受験で家を出ると言ったとき、父も反対しましたけど、母の反対ぶりはすごくて、殺されるかと思った」

　言葉の過激さに似合わない態度で、紗都さんはまた、静かにコーヒーをすった。

「みんなわたしを置いて出ていくって、大変な権幕でした。後になってわかりました。あの、みんな、というのが、わたしと喜和子さんだったってこと。喜和子さんは喜和子さんで辛いことがいろいろあったはずなんです。でも、何にも言わないでいなくなっちゃったから、うちの母は上手に消化できなかったようなんです。母はもう少し、喜和子さんのことを知るべきなんだと思います。そして、和解しないと」

喜和子さん、どういう人だったんでしょう──。

わたしの前に、紗都さんという若い女性が現れて、そうたずねることがなかったら、あるいはわたし自身も、喜和子さんについてもっと知ろうとは思わなかったかもしれない。

久しぶりにたずねた谷中界隈は、外国人観光客が多かった。

それでも、どこかの路地から、喜和子さんがひょいと飛び出して来そうな気がした。

「喜和子さんゆかりの地をめぐる」とでも名前をつけたいような散策の終わりに、わたしたちは二人で国際子ども図書館を訪ねた。夕方五時には閉館なので、ぎりぎり間に合うような時間だった。入り口の脇にある、小泉八雲《こいずみやくも》のために建てられたという銅像に、紗都さんは近づいていき、

「あらまあ、かわいそうに。暑そうですねえ」

と言って笑った。

詩人の土井晩翠《どいばんすい》が早逝した息子の願いをかなえるために建てたというそれは、六角柱の礎石の正面に小泉八雲のレリーフをはめ込み、その上に載った水がめに天使が群がる不思議なモチーフの像だったが、たしかに暑い盛りに見れば、天使たちは喉の渇

いた子どもらに見えなくもなかった。

もっと言えば、そのとき、わたしは水がめに群がる子どもたちの中に、ふと小さな子ども時代の喜和子さんがいるような錯覚を起こしてハッとした。

目の前には、わたしの知らない若かりし頃の彼女に似てもいたろうかと思わせる、彼女の遺伝子を宿した二十代の女性がいて、その人は十三歳で家出して自分の祖母を頼ったときの話などをしてくれたわけだが、もっともっと小さかったころの紗都さんの写真でも見たら、四歳か五歳のころの喜和子さんの面立ちに近いものがあるだろうか。幼い喜和子さんが六角柱をよじ登って、子どもたちと競うようにして、水がめから上がる噴水に体を投げかけている、幻視や幻覚といったものとは性質を異にする、一種奇妙な絵が脳裏で像を結び、不思議な気持ちになったのを思い出す。

夏のことなのでまだ日は高く、館内には調べものをする人や、親子連れがいて、戸外の蒸し暑さに比べて格段に過ごしやすい美しい建物を楽しんでいた。紗都さんは、そうそう、来た来たこととか、ちょっと変わったような気がするとか、また建物造ってるんですかすごいなーとか言いながら、ひとしきり館内をめぐり、「子どものへや」に置かれた円卓に落ち着いて、懐かしそうな、くつろいだ表情を見せた。

壁の白さがまぶしいその広々した空間で、わたしは、建物の入り口で唐突にやってきた小さな喜和子さんの幻のようなものが頭を離れず、紗都さんから祖母の面影を引き出そうとばかり考えていたが、とうの紗都さんは棚からひっぱってきた絵本を開いたりして、のんびりと図書館の時間を楽しんでいた。

閉館を告げるアナウンスに促されるようにして、わたしたちは建物を出た。振り返った紗都さんはその三階建てを仰ぎ見て、名残惜しそうに目を細めた。

「喜和子さんが連れてきてくれた日のことを思い出しました。田舎から来た中学生には、驚きの場所でしたよ。さすが東京だなー、たまがったーって感じ」

「何？」

「びっくりしたーって意味ですよ。田舎の言葉で」

訛りのない標準語で話していた紗都さんの突然の方言には、ついつられて笑うことになった。

「こんなきれいなところにタダで入れて、本も好きなだけ読んでいいって言われたら、学校なんか行かないで、こっちに来ちゃうな、きっと」

「あれ？　紗都さん、学校があんまり好きじゃなかったの？」

「好きじゃないですよ、ちっとも。家にも学校にも居場所がなかったから、家出したんですよ」

「そうか」

「家出から帰ってしばらくすると、喜和子さんから葉書が来たんです。『いつか、図書館で会おう』って書いてあって、いまでも取ってあります。図書館で喜和子さんには会えなかったけど、図書館にはまた会えた。ていうか、いつでも会えるよね、ここにあるんだから。しっかりした建物はいいですね。人より長生きする」

「『いつか、図書館で会おう』って、なんなの、その決意めいたフレーズは。紗都さんとだったら、いっしょに来たい、来られると思ってたのかしら」

「そんな、深い意味があるのかなあ」

「ともかくね、ずいぶん長いこと、リニューアルしたこの建物には、入らなかったの、喜和子さんは」

そんな会話を交わしながら、わたしたちは公園の中を歩いて上野駅へ向かった。彼女はその日のうちに仙台に帰ることにしていて、新幹線の切符を取っていたが、まだ出発時間までには少し間があるというので、わたしたちは大噴水の脇のベンチに座った。そこはまさに、わたしと喜和子さんが出会った場所だった。そう言いかけて、そのことはもう何度も、紗都さんに話したと気づいて、わたしは一人でちょっと苦笑した。

「喜和子さんが家を出たことを、母は恨んでいるけれど、わたしが喜和子さんだったら、やっぱり同じことをしたと思う」

紗都さんは目を噴水に向けたまま、少し決意したような口調で言った。もしかしたら、それを言いたくて東京まで来てくれたのかもしれなかった。

「昔気質の人だったんだから、仕方がないじゃないと母は言うんですが、昔気質ってなんでしょうね。昔の男なんてみんなそんなだったとか。それで、具体的に何をしたかとかは、話してくれないんです。聞いたってしょうがないでしょうとか、あなたに関係ないとか言ってね。それで結局、ああそうかって、わかっちゃったんです。昔の男がしてたようなこと、祖父はみんなやったんですよ」

「昔の男がしてたこと?」

紗都さんは、まっすぐわたしの目を見てうなずいた。

「そう聞いたら、何を想像します?」

「そうねえ。まあ、なんというか。いわゆる、昔の男なら、やってもいいということになっていた、男尊女卑的なことをいろいろと想像するわね」

「わたしもそう思います。そして、それ、祖父はみんなやったんです」

「つまり、その」

「外に女を作るとか、殴るとかね」

「それは、紗都さん、喜和子さんには」

「もちろん、聞いてません。母からも聞いてません。母がようやく話してくれたのは、口下手だから言うより先に手が出るとか、うまく言葉にできないからつい怒鳴ってしまうとか、そういう紋切り型のフレーズです。悪い人じゃなかったんだって、母は言います。これも、よく聞きますよね。悪い人じゃないの、弱い人なの、とか。自分でも悪かったという気持ちがあるから喧嘩した後は高い服とかバッグとか買ってあげようとして、彼なりに優しくしたのに、祖母のほうが頑なに受け入れなかった、とか」

わたしは噴水を眺めながら、また奇妙な気持ちになる。

宮崎時代の喜和子さんは、わたしの知っている彼女と違いすぎる。いや、違うわけではないのだろう、逃げ出す力があるのはやはり、あの人だからなのだろうと思うのだが、わたしの知るのは、大きな抑圧から逃げ出して、自分の世界を築き上げた後の彼女なので、あの自由奔放さとのギャップがありすぎて、うまく像を結ばないのだった。

「昔気質の男」と形容される、典型的なDV男のような喜和子さんの夫の人物像と、わたしの知るオリジナリティ溢れる喜和子さんの精神世界がいかに嚙み合わなかったか、いかに二つのまったく相容れない世界だったかが、ひたひたと胸の奥に迫ってきて、深いため息が漏れた。

というのも、あのときわたしはすでに、生きていた友人としての彼女の思い出のほかに、喜和子さんの内面をのぞき込むようなもう一つの大きな体験を経た後だったからだ。そして喜和子さんの豊かな内面世界は、彼女が愛読した小説や物語によって耕されたものではあるのだろうけれど、おおもとのところにあるのは子ども時代の体験なのだろうと、考えさせられていた後だったからだ。幼いころに豊かな内面世界を培った喜和子さんが結婚で直面した現実に、途方もない違和感を抱えざるを得なかった。じつを言うと、喜和子さんの孫娘と会うにあたって、持参しておきながら彼女に見せていいものかどうか躊躇していた物があった。

それは、「喜和ちゃんを偲ぶ会」の日に、五十森《いそもり》さんから渡された封筒に入っていたルーズリーフのコピーだった。

話は前後するけれど、上野のホテルのバーで古尾野《ふるおや》先生と雄之助《ゆうのすけ》くんと飲んで家に帰り、奇しくも紗都さんからメッセージを受け取ったあの日からさほど経たないうちに、もちろん、わたしはそのルーズリーフを読んだ。

そこに彼女の独白めいたものが書かれているのだろうと、わたしは思い込んでいた。たまにもらった葉書以外は、彼女の書いたものをそれまでほとんど読んだことがなかったし、陽気でちょっとぶっとんだ喜和子さんとの楽しい会話が思い出の核だったから、そこには、わたしたちがそれまで交わしたことのある会話に似た、読み上げれば彼女の肉声が響いてくるような手紙があるのだとばかり思っていたのだ。あらやだ、あたしったら、書こうとするとこんな手紙になっちゃって、ほんとは話したほうが早いんだけどさ、なかなか会えないから次に会うときのために、言いたいこと書いとこうと思ったの、といった調子の。前に話した例の図書館の件だけど、どうしてあたしがそれ、書こうと思ったかっていうとね、とか。

ところが、ルーズリーフにちまちました横書きで書かれていたものは、喜和子さんのしゃべり口調の手紙などではなかった。

それは小説のような、回想記のような、その両方のようなものだった。本人の口からはついぞ聞かされなかった情景の描かれたその文章が、喜和子さんの深い内面世界を示すようで、わたしはかなり驚いたのだった。

そして直感的に、彼女はこのルーズリーフに書いたことを、生涯誰にも話したことがないのだろうと思った。

もちろん、なにがしか断片的に聞かされていたからこそ、わたしはこれを彼女の回想、もしくは回想をもとにした小説のようなものであると感じたのだが、幼児としての体験の記憶は喜和子さんの胸の内深くに仕舞われていて、誰かに話す、語るという形で取り出されたことはないのだろうと思われた。

家族にも、あるいは家族にこそ、話さなかった記憶かと思うと、それを、友人で物書きだからというだけでわたしに預けてくれた事実は、ある種の重さを伴った。だから、孫娘であるのを理由に、紗都さんに見せるべきかどうか、判断しかねたのだった。

けれども、喜和子さんのことを知りたくてわざわざこの地を訪ねてきた彼女の孫娘と、まさに喜和子さんと出会った場所で話をしていると、そして「いつか、図書館で会おう」という約束を果たしに紗都さんがここに現れたのだと知ってしまうと、自分などは、目の前の彼女に彼岸の彼女からのメッセージを渡すために存在しているのではないかという気持ちにもなってくるのだった。

「紗都さん？」

紗都さんは、傍らのわたしに笑顔を向けた。

「紗都さん自身は、喜和子さんのことを、もっとよく知りたいの？」

「そうですね。知りたいというか、知り合いたかったな、もっと。二回しか会っていませんし、子どものときできちんと話もしなかったし。でも、特別な感情があるんです。わたしが何か思い切って行動を起こすときに、喜和子さんはいつも支えてくれてる。心の中で」

「祐子さんも、喜和子さんのことを知りたいと、思ってらっしゃる？」

「母はそんなこと言いませんけど。知りたくない、知らなくていい、みたいなことも言います。とくに、戸籍がなかったことを知ってからは、なにも言い出さなくなりました」

「そう――」

わたしが知っていることを、紗都さんが知らないでいる理由はない。

わたしは、喜和子さんに家族と離れた時期があったこと、上野界隈で血縁者ではない人と暮らしていた時期があったらしいこと、それから実母に引き取られる形で宮崎に行ったことなどを話した。

それらは喜和子さんや古尾野先生から聞いた断片的な話をつなげたものだったが、紗都さんは静かに聞いていた。

「血縁者じゃない人って、どういう人なんだろう。どういう経緯で、喜和子さんはその人と暮らすようになったんですか？」

「それがわからないの。古尾野先生によると、喜和子さん自身もわかっていなかったらしい。覚えていないと」

「古尾野先生って？」

「あ」

いずれ話さねばならないかと思いつつ、彼女の祖母の愛人であることをその場で告げることを躊躇して、わたしは、

「喜和子さんとわたしの共通の友人」

とだけ、言った。

「宮崎に行ってからは、上野でいっしょに暮らしていた人とは連絡を取り合わなかったんでしょうか」

「子どもだからねえ。当初は取り合っていてもいつの間にか連絡がなくなったのか、それとも当時からほとんどなかったのかは、不明だけども。喜和子さんね、古い葉書を大事にしてて、わたしに遺してくれたのね」

「葉書？」

「そう。見る？」

こちらも、持ち歩くにはあまりに古びた葉書だったから、コピーを取って持参していたものを、わたしは紗都さんに見せた。例の、数字がいくつもならんだ「なぞなぞです。といてごらん」と平仮名で書いてある代物だった。

喜和子さんの話をしながら少し深刻な面持ちだった紗都さんは、そこでいきなり相好を崩し、

「なぞなぞはぜんっぜん、わからないけど、いい人そうじゃないですかー！」

と言った。

「瓜生平吉？　この人が、喜和子さんといっしょにいた人なんですか？」

「そうじゃないかなあと、思ってるとこ。消印が上野だし、時代もそのころだし、喜和子さんが後生大事にとっておいたことからしてもね。ただ、これしかないってことは、その後も連絡を取ってたかどうかはわからないのね」

「いったい、どういう人だったんでしょうね」

紗都さんの疑問に答えて、わたしは知る範囲のことを話した。

その人物が「夢見る帝国図書館」を書こうとしていたこと、『としょかんのこじ』の作者かもしれないこと、ただ、『としょかんのこじ』の作者は城内亮平《きうちりようへい》という名前であること、喜和子さんが、そもそもわたしに書かせようとしたものは、おそらくは小さな喜和子さんを預かっていたその人物が書いていたもの、もしくは書こうとしていたものであるらしいこと。

「なんだか、不思議な感じ。次から次へと知らない喜和子さんが現れるような」

紗都さんは両手で頰を包んで、考え込むようなしぐさをした。

「へんなことを話しちゃったかな」

「いいえ、へんなことでは、ぜんぜんありません。ちっともへんではないけど、すごく不思議な感じ。家に帰って、もっとよく考えたい」

そう言うと紗都さんは手元の時計を見て、

「そろそろ行かなくては」

と、立ち上がった。

記念に、と言って、彼女はなぞなぞの葉書のコピーを手持ちのスマートフォンのカメラで撮影して保存したので、そうか、いまどきはコピーなんか取らないし、持ち歩きもしないのか、写真を撮って持ってくればよかったとこっそり反省した。

だから、もう時間もなくて細かい説明をすることもできないし、これから少しずつ紗都さんとまたメッセージのやり取りをして、そろそろ渡そうと決心がついたら、あのルーズリーフをそのまま写真に撮って送ろうと思いついた。喜和子さんのちまちました字は拡大したほうが読みやすいのだし。

上野駅で紗都さんを見送った。

「また来ます！」

と、言ってくれた。

わたしは帰りに乗ったバスの中でルーズリーフのコピーを引っ張り出して再読しようとし、またもや字の小ささにつまずいた。

そこで思うところあって、自宅に帰るとわたしはそれを傍らに置き、一字一句引き写す形でワープロソフトに入力した。

見渡せば、トタン屋根の続く一角は子供の目にはそれは広い集落で、御紋にひっかけたその呼び名が、冗談か皮肉めくとはまだそのころには気づきもせずに、よそから来て眺める人の目にはなんと映ろうとも、住んでいる者たちには榎本健一《えのもとけんいち》の歌う『私の青空』のような、狭いながらも幸福な陽気さの漂うその場所の、入り口近くには一台のシーソーと誰が作ったのか木片に荒縄をつけて樹木に括《くく》って吊るしたブランコがあって、そこへはたいてい誰か洟を垂らした子供らが乗っかっていたし、それがギッコンバッタンならば多い時はあっちに四人、こっちに三人というふうに大勢乗れるだけ乗って勢いをつけて、小さい子などは尻が地面につくた途端に自分のほうが飛び上がりそうになるのを、大きい子がつかまえてまた地面を蹴るので、もう一度ふわりと上がると腹の底が浮き上がるようなくすぐったいような変な気持ちになっていつまでもいつまでもそのギッコンバッタンが続けばいいと思うのだったし、ブランコも順番待ちでけっきょくは一人がゆっくり乗れる日も珍しい、子供たちが踏みしだくから雑草もまばらに地面

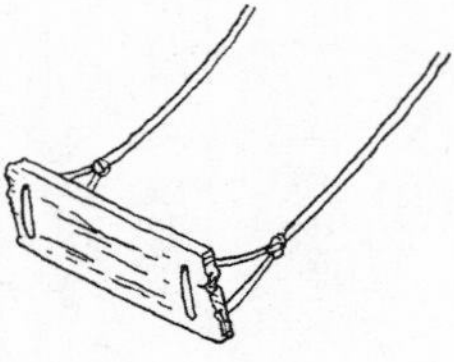

を這うようなその空き地に、秋が来て冬が来て空っ風が吹くと、子供の遊ぶその場所からすぐそこにひしめくトタン屋根がカタカタなり、路地置きのバケツが倒れて転がり出し、傾いた軒先にやはり傾いて干してある、竿にかかった洗濯物が国旗のようにはためいて、下手するとそれもどこかへ飛びそうになり、ぶるぶる、今日は寒いから水仕事はきついねと、脇の宿屋のおかみさんが言うのへ、にいさんは転がったバケツを器用に足で留めて、たったいま汲んで来たばかりの水を入れた一斗缶を宿屋のおかみさんの前に下ろして、だけどこの風なら洗濯物はすぐに乾くからかえって都合がいいじゃないかと笑ってみせる、水汲屋というのもこのあたりならではの商売で、土地があるからとただ野放図に出来上がったすまいに水道などという便利なものがあるわけもなく、もとはと言えばお墓地なのだから勝手に井戸を掘るわけにもいかないというのは、お墓地に勝手に住んでいるものにしては妙に殊勝な言い分だが、ともかくも公園の奥、大人の男の足なら百歩、それが子供なら倍はかかろうという高台に、たった一つあるきりの水道

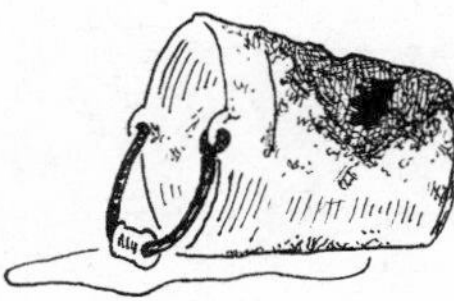

の蛇口にはいつだって長蛇の列、昼日中真面目に働いているものには汲みに行く時間も気力もないからと、いつのまにか始まったのが水汲屋という珍商売、その水汲屋にも臨時雇いが必要なほど、日々の水の需要は界隈にどうしたってあって、にいさんは水汲屋というよりは便利屋、そこらの困りごとを引き受けて回るのが俺の役目と言えば言いようもあると感心させられる、その実態は日によって工事現場に立つこともあれば、駅をうろついてショバヤ、プーバイのまねごとをしてみることもあるものの、たいがいは何もせずにのらくらと家にいて、新聞広告の裏かなにかへ、しきりに鉛筆でもって書きものをしているのを、本人は「お仕事」と言ってはばからない、結局のところ、にいさんはいいとこよしをするばかりに見られて、時々小さいほうのにいさんが癇癪《かんしゃく》をおこして、貴様、何様のつもりか、働かんか、出て行けこのごくつぶしといって罵ったり物を投げたりするところをみると、意外にも小さいほうのにいさんが家計を支えているらしいことが子供ながらにわかるのと、いつも兵隊さんの格好をしているにいさんのみなら

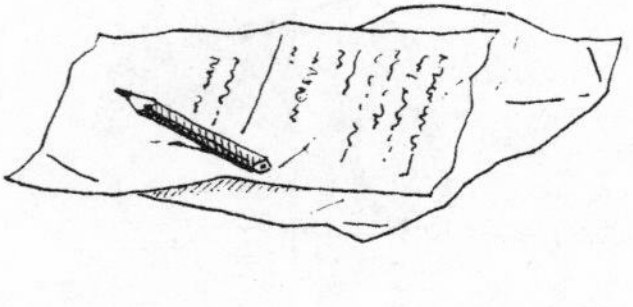

ず、長い髪をして唇には紅を引き派手な着物を着ている華奢できれいな小さいにいさんも軍隊帰りなのだと知れるところがあって、家の中の力関係もおのずから見えてくる、普段からまめに世話をしてくれるにいさんのほうへ、どちらかというと懐く気持ちもあったのは、いっしょにいる時間が長いせいばかりでもなくて、色白で細面でどうかすると女みたいにみえる小さいにいさんのほうが気も荒いし、手も出るし、子供に容赦ない性格だったから、とはいえそれはもしかしたら小さいにいさんが帰ってくるのは明け方で、そのまま倒れるようにして寝てしまうのはいつもとても疲れていて、それはそう、家計を支える大黒柱の証拠でもあり、疲れているところへ子供が五月蝿《うるさ》くするのは気に障るものだから厳しく叱ることが多かったせいかとも思う、あれはあれでいいにいさんだったと小さいにいさんのことを今ならなつかしく思い出すこともあり、たとえば夏の鬼灯《ほおずき》の季節に鬼灯をゆっくり柔らかくなるまで揉んで楊枝でつついて中から種を出し、丁寧に洗って小さな穴に空気を入れて、下唇に載せてきゅうるるきゅうるるると、鳴

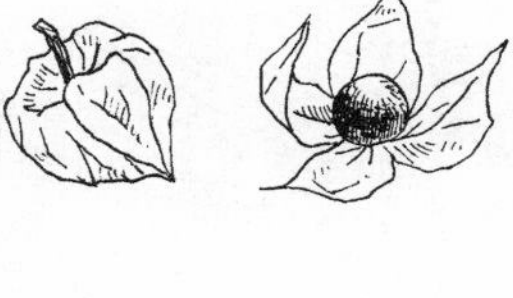

らすことができたのは小さいにいさんだけで、大きいほうのにいさんはこういうときは普段の悠長さに似合わず我慢がきかなくてすぐに皮を破ってしまうし、子供の不器用な手も細かい作業がうまくはいかず、何度も小さいにいさんにせがんでは、作ってよ鳴らしてよとまとわりついたことなどもあって、あのときはそう疲れてもいなかったのか得意げに鬼灯笛を作っては、ふん、こういうものがうまくできなきゃああれだよ、ああいうこともこういうこともうまくやれやしないんだよ、舌だの唇だの上手に使ってさあ、商売にはねえ、必要な技術さと、にいさんのほうにへんな流し目をしながら、きゅうるるきゅうるると鳴らしてくれたものだった、便利屋のにいさんと朝帰り夜働きの小さいにいさんが所帯を構えるのは宿屋の隣で、その名もねむりやという宿屋には住むというよりも寝るだけのような力仕事の男たちが大勢暮らしていて四、五十人にもなっただろうか、そのほかに夫婦者や子持ちの住む家は仕切りがあるのやらないのやらトタン庇の長屋がはたから見たらむさくるしく並ぶようにみえて案外それは京の都のように整然と縦横の路地を作っていたの

が律義と感じられ、雑貨屋の夫婦は両方して体の具合が悪くて、いつか店を人に頼んで二人して病院に行ってしまって、ひと月も戻れなくてかえってきたら、その間の店番を頼んだ便利屋といってもにいさんではないよその男が、店の売り物をきれいに持ち逃げしてしまったことも何度かあって、夫婦は大声でわめきたててこういうのを大陸の言葉でなんというのか知ってるかよカンカンというんだぜ、すっからかんのカンカンだと夫のほうが言うのを、あんたそれじゃあ発音が違うじゃないかカンカンじゃないよグワングワンだよ、なにがカンカンなもんかねグワングワンだよと怒鳴るように言い立てる声がやたらと響いていたこともある、大きいにいさんにはお国のなまりがあって、店の物を持ち逃げされた夫婦に向かって、それはぱーぱーにしとるでかんわーと忠告したのをそこらの誰一人意味がわからず、以来にいさんはぱーぱーさんとかぱーぱーの旦那とか、しばらく呼ばれることになったが、一方のその店は夫婦の病院行きで半年は開き、半年は閉まるという始末、雑貨屋のほかには、魚屋、コロッケ屋、食堂、ようやく自由

販売酒を出すようになった酒屋、ながシャリと呼ばれたうどんそばを商う麺類食堂は早食いの男衆にいつもの人気ぶり、ペンキ屋、鳶《とび》屋、人夫、靴磨き、大工にバタ屋、なきバイが得意のひょろひょろした男と背の高いさくらのコンビ、暮らす面子もとりどりを揃えて、風の日と雨の日は屋根の音がかまびすしく、子供たちもモク拾いにモク剝き、ホリヤ、ヨナゲヤの手伝いをよくして、学校など行こうと行くまいと忙しいことこの上ない、ところが保護者たるべきぱーぱーのにいさんが、例ののらくら便利屋のなり損ないなために、いきおいほかの子供たちといるよりもにいさんの側にいることが多くなり、腹ばいになって広告の裏に書き物をしている人の背にまたがったまま、うつぶせに倒れて昼寝して過ごしたり、そのにいさんに背負われて出かけてまたそのままねむったり、にいさん、何を毎日そんなに書いているのと聞けば、おまえそれはゆめみるていこくとしょかんという話を書いているのじゃないか、と言って、こちらがわかろうがわかるまいがそんなことにはお構いなく、にいさんはその物語の詳細を話してくれるのだった。

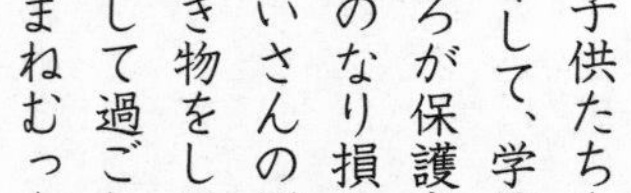

ずっと読点が続いたその長い文章は、ようやくそこで句点を打ち、そのあとに（2）という数字が書かれていて、「にいさんは、」と書きかけたところで終わっていた。おそらく、この最初の句点までが第一章、続きの第二章を書きかけのまま、喜和子さんは亡くなったものと思われる。

ルーズリーフの文章には、何か所か訂正があったものの、ほとんどきれいな状態であるところを見ると、頭の中で相当できあがってから書いたのか、もしくは下書きがどこかにあって清書したのがこちらなのだろう。

大好きだった樋口一葉《ひぐちいちよう》を念頭に置いたことは、読めばあきらかだった。意図的に真似たのか、それともあまりに心酔していたので似てしまったのかはわからない。ただ、話がどんどん横道に逸れていくところや、人の口調のとらえ方などに、ああ、いかにも喜和子さん、と思わせる可笑《おか》しさがあって、当初考えていた、彼女のしゃべり口調の手紙とはぜんぜん違ったけれど、喜和子さんが話してくれているような感覚を、わたしは読みながら受け取っていた。

喜和子さんに樋口一葉を教えたのが、「大きいにいさん」であったことに、わたしは思い至った。話し上手のお兄さんが、面白おかしく話してくれた『たけくらべ』を、喜和子さんは生涯覚えていた。

しかし、「ぱーぱーのにいさん」はまだしも、「長い髪をして」「派手な着物を着ている」「小さいにいさん」の話はほとんど聞いたことがなく、ときどき傍点をつけて差しはさまれる隠語らしい言葉も、彼女の口から飛び出してきたことはなかった。傍点を振っていないものでも「モク拾い」は煙草の吸殻を拾う作業だろうと想像がついたが、「モク剝き」「ホリヤ」「ヨナゲヤ」だの、「ショバヤ」「プーバイ」だのは意味不明だった。

喜和子さんが生みの親とはぐれて、あるいはなにかの事情で預けられて、上野駅近くのバラックで暮らしていたころを回想しつつ書いたものなのだろう。彼女に、図書館の話を書いてくれと言われるたびに、人に頼まずに自分で書けばいいじゃないですかとわたしは答えていたのだが、ほんとうに書くとは思わなかった。そう考えてから、いや、たしか、彼女を老人ホームに初めて訪ねたときに、書いていると聞いたのだと思い出して、あれがこれだったかと、遅ればせながら合点した。

喜和子さんが唐突に真剣になって、「あたしが死んだら、灰はね、海にでも撒いてくれる？」と言ったことも思い出した。ふだん素っ頓狂な人の珍しい必死さに少し驚いたのだったが、紗都さんから聞かされた彼女の夫の話も考え合わせると、そうだなあ、死んだ夫といっしょのお墓に入りたくなかったんだなあという感慨が湧き、ひどく胸が痛んだ。

わたしは喜和子さんが書き残した短い文章を、間違えないように一字一字拾った。

自分が読みやすいように、うっかり書き換えてしまわないように気をつけて入力した。そのために、何度もその文章を読むことになった。そのうち目を閉じると、見たこともない光景が浮かぶようになった。

　軒を並べるひしゃげたバラック、空き地で遊ぶ子どもたち、兵隊の服を着た大きいにいさんが腹ばいになって書き物をする背中に、子亀のように乗ったまままうたた寝する小さな女の子、朝になると帰ってくる女物の着物を着た小さいにいさん。

　初めてわたしに上野のバラック生活の話をしてくれたとき、喜和子さんは二人のお兄さんを、一人は復員兵、もう一人は水商売をしている人物だと言い、その二人が恋人同士だったんじゃないかと言ったのだった。

　そのときは突飛な話だと思い、大げさに驚いてしまったために、喜和子さんはそれ以上話してくれなかったのだが、小さな喜和子さんを子ども代わりに住まわせて、夫婦のような生活を営む、復員兵と男娼を思わせる「朝帰りの」兄さんが、喜和子さんの目にもただの友人同士には見えなかったのかもしれない。しかし、これが回想なのか喜和子さん作の小説なのかは不明で、それらが彼女による創作である可能性も、否定はできなかった。

　喜和子さんの文章を、紗都さんにすぐに見せなかった理由は、そのあたりに確信が持てなかったせいもある。むろん、それがどこまで真実かなどということは、もはや誰にもわからないし、重要でもないとはいえ、家族がこれを読んだら、かなりの確率で書かれたことを本当と思い込むだろう。そうだとして、どういう受けとめ方をするのか。紗都さんはまだいいとして、祐子さんの顔などを思い浮かべると、喜和子さんがこれを書き残したことに対してすら怒り出しそうだった。

夢見る帝国図書館・19　帝国図書館の略奪図書

昭和十六年十二月にアジア・太平洋戦争が勃発した。

戦争は各地で様々なものを惜しみなく奪う。

帝国図書館は、図書館なので、書物を奪った。

帝国図書館そのものが自ら動きだし、どこかから本を奪ってくるなどという、奇天烈な現象が起きたわけではない。それに、帝国図書館の館長や職員が自ら欲して書物を略奪したわけでもない。

しかし、帝国図書館は、帝国図書館だったがゆえに、略奪図書を抱えることになった。

昭和十六年十二月二十五日。

その日は「黒いクリスマス」と呼ばれる。

日本軍はハワイ、マレー半島と同時にフィリピン、香港に侵攻した。

生誕節の悪夢。日本軍による、香港陥落の日のことである。

張愛玲《チャンアイリン》が『傾城の恋』で描いたレパルスベイ・ホテルの攻防その他の激戦を経て、イギリス軍は白旗を揚げた。日本軍が占領して軍司令部を置いていた九龍半島尖沙咀《チムサーチョイ》のザ・ペニンシュラ香港で、イギリス軍は降伏文書にサインした。

それから三日のちのことだった。

一人の大日本帝国陸軍兵士が、香港大学馮平山図書館に、ほかの十名ほどの兵士といっしょに赴いた。彼らはまず、図書館を閉鎖して、「大日本軍民生部管理」という木の板を打ち付けた。そして中に入り、略奪すべき図書を、捜索して回った。

じつのところ、男は図書館に足を踏み入れるなり、懐かしい書物の匂いを嗅ぎ、とたんに望郷の思いにとらわれたが、そんなことを僚友や上官に明かすわけにはいかなかった。

そこは、男が召集される前に足しげく通った上野の帝国図書館に比べると、ずっと規模の小さい三階建てだったが、建物に入るとすぐに現れる閲覧室への重い木の扉や、曲線を描いて上階へといざなう階段の、ニスが丁寧に塗られた丸みのある木の手すりと真鍮《しんちゆう》の美しい欄干装飾、そして何より、整然と並べられた重厚な書棚が、行軍と戦闘の日々を送ってきた男に、なんとも懐かしく感じられた。

馮平山図書館は窓が大きく、何枚も並んでいて、書棚にまっすぐに外光が射した。本が傷むのではないかと、男は少し考えたが、アーモンドか人の目のような形の珍しい建物にも魅了された。この部屋にもっととどまっていたいと、男は渇いた喉が水を求めるような感覚を持ったが、入り口脇の書庫から、どよめくような複数の声が上がったのを聞き、我に返って小銃を抱え直した。

声の聞こえてきた部屋には、亜鉛板で二重に目張りをした膨大な木箱が積み上げられていた。

「百十一箱であります！」

数えていた兵士が大声で報告した。

男は上官に小突かれるようにして、その木箱の近くに行き、それらの箱の上に英語で書かれた宛先を読み上げた。

「なんと書いてある？」

上官は男に尋ねた。

「米国、ワシントン駐在中国大使宛と書いてあります。フーシーと読めるのは、中国大使の姓名と思われます」

「米国、中国大使宛だと」

上官はきらりと目を光らせた。

「しかもこの厳重な目張り。すなわち、貴重書ということだな」

大手柄でも立てたように胸を張って、上官は宣言した。

「この百十一箱に入った書籍は貴重書である。よって、これより我が日本軍が管理する」

　そう大きくもない図書館をくまなく捜索して、兵士らは引き揚げることになったが、男はこの建物に去りがたさを感じて、いつのまにかしんがりになり、ドアを閉めようとしてふとそこに、一人の中国人男性を見出した。

「おまえは英語がわかるのか」

　その中国人は英語でたずねた。少しだけ、と男は答えた。

　すると中国人は、僅かに笑って、

「私はこれからトクガワイエヤスになる。日本人ならわかるだろう。郭公《ほととぎす》の話だ。いいかね。いずれ、郭公はまた、香港のために啼くよ。私はそれを待つつもりだ。君らは必ず自滅の道を行く。セップクしなければならなくなる。そのときには我々は喜んでカイシャクを務めよう」

　男はその中国人の、日本語の単語が挟まれた流暢な英語を曖昧に聞き流しながら図書館を出て、そして何日もしないうちに連隊の仲間とともにジャワ島に向かった。

　だから彼は、日本軍が翌年早々に、その中国人、香港大学馮平山図書館長の陳君《チエンジユン》葆《バオ》を逮捕して参謀本部を設置した香港銀行本店に連行し、貴重書の目録を作成させ、百十一の貴重書の箱に「東京参謀本部御中」とラベルを貼り直して日本に送ったことを知らない。

　そしてその貴重書は、陸軍省参謀本部から文部省へ、文部省から帝国図書館へという順序を経て、上野にやってくる。

ところでこの貴重書の箱の中では、本たちがカタカタ震えて数奇な運命に耐えていたことを知る者はいない。

箱の中で本たちは悲鳴を上げた。

「我々はこれから先、どうなってしまうのか！」

彼らのうちの多くは、はるばる南京から疎開してきたのだった。南京国立中央図書館は、貴重な古典籍が焼失したり、海外に流出したりするのを恐れて、必死で香港大学馮平山図書館に彼らを送り出したのだった。戦争が香港にまで迫って来ると、こんどは太平洋のあちら側の、駐米大使であった胡適《フーシー》のもとへ送られようとしていた。

それがまた、行き先を変更して日本行きの船舶に積まれたのだった。

箱の中で、東洋の、そして世界の至宝たる古典籍たちが、いっせいにため息をついた。

太平洋戦争時における帝国図書館の略奪図書総数は十三万二百十九冊（書籍六万二千二百十四冊、パンフレット・定期刊行物六万八千五冊）、そのうち香港で接収されたものは六万五千九百冊であり、全体の約半数を占める。

のこりの四割は中国大陸（都市名は不明）からのもので、あとの一割はシンガポール・マレー、タイ、オランダ領インドネシア、ビルマ、ニューギニア・ソロモン、フィリピン等からの略奪図書であった。

わたしが喜和子さんの文章を最初に見せたのは、谷永《たになが》雄之助《ゆうのすけ》くんだった。

雄之助くんにだけ、LINEメッセージに添付する形で、わたしがワープロで打ち直した文書を送っておいた。彼なら関心を持つかもしれないと思ったのと、「偲ぶ会」の後に、古尾野先生が連れて行ってくれたバーで話していたことが気になっていたからだ。喜和子さんが暮らしていたらしい上野駅前のバラックについて、研究しているという学者さんの話だ。

忙しい仕事の合間をぬって、雄之助くんは返事をくれた。

「喜和子さんが、僕の女装を見てもあまり驚かなかった理由がわかった気がします。藝大時代の友達に聞いてみたら、やはり場所は上野の駅前の葵部落と呼ばれた一角だろうということでした。彼も興味を持ったようだったので、そのうち紹介します」

しばらくして、雄之助くんがある催しに誘ってくれた。

谷中の古民家を改装したスペースの内覧会だった。民家は二階建てで、一階にナチュラル食材を使ったビュッフェ形式のカフェがあり、ここは臨機応変にイベント会場に変身するということだった。その脇の二か所がギャラリー、二階には洋服と雑貨のこぢんまりしたショップが入る予定だという。その、古くも新しい場所のコーディネートに、雄之助くんの友人がかかわっているので、内覧会の場で彼に会わせてくれるという話だった。

内覧会は夕方からだった。

会場はかつて喜和子さんが住んでいた家からそう遠くなく、もう少し千駄木よりの場所にあった。谷根千《やねせん》界隈は日を追うごとに新しい店が増え、若い人が集い、東京カルチャーの発信地となりつつある。その古民家は、かつてはそこそこの人物の住む家だったのだろうと思わせる広さで、カフェスペースの横には小さな庭まであったけれど、表通りからは引っ込んだ路地に面していて、あの、もう無くなってしまった家を少しばかり思い出させた。

この日は、記者や関係者を招いた会で、カフェスペースには小さなサンドイッチやフルーツ、チーズなどがセンスよく並べられて、シャンパンが振る舞われ、ギャラリースペースでは、アフリカの民族楽器だというウドゥドラムの演奏が披露された。

日本人の演奏家によるものだったが、土器のような、壺のような形をしたものを、手のひらで角度をつけて叩くというその楽器はとてもエキゾチックだった。ボィン、ボィンとか、ドゥルン、ドゥルンといった独特の響きが、昭和の初めごろに建った民家を改装したシックな空間に響くのは不思議な感じだった。

演奏が終わって、人々が軽食をつまみながら会話を楽しむ時間になると、ハイヒールにワンピースという保守的なお嬢さんのような服装の背の高い雄之助くんが、小柄だが敏捷《びんしょう》そうな男性を伴ってわたしに近づいてきた。紺のポロシャツとジーンズを着たその人物は、外に出る仕事が多いのか学者さんにしては陽に灼けていて、人気者らしくいろんな人に挨拶されてしまうので、なかなかこちらまでたどり着けないでいるのを、時間を気にした雄之助くんが引っ張るようにして連れて来るので、なんだかちょっとコミカルだった。

「こちらが、このあいだ話した小説家の」

ようやくやってきた雄之助くんが紹介してくれるのに被せるようにして、

「ああ、僕、最近、新聞でエッセイを読みましたよ、おとといくらいだったかな」

愛想よく話しかけてくれるやや童顔の、織部《おりべ》さん、という名のその学者さんは、そうやって人の気持ちをつかむのが上手な人なのだなと感じられた。

「ところでその、お二人のご友人の女性というのは、いくつくらいの方だったんですか?」

その日話題にすべきことはこれだと、きっちりわかっているらしく、愛想はいいが時間を無駄にしない態度で、織部さんは問いかけてきた。

「はっきりはわからないのですが、おそらく亡くなった時は七十代の前半だったのではないかと思います」

「そうですか。じゃあ、終戦時に三、四歳くらい」

「うーん、あるいは、二、三歳?」

「で、何歳くらいまで、そこで過ごしたんですか？」

「それもはっきりわからないのですが、宮崎の親元に引き取られた後、一九五〇年の消印で葉書を受け取っているので、その少し前くらいまでいたのかなあと」

「そうすると、覚えているとして七、八歳くらいか。会ってみたかったな。二年前に亡くなられたんでしたね」

わたしと雄之助くんは同時にうなずいた。

「生きていらしたら、聞いてみたかったこと、いろいろあるんですが」

織部さんは、ほんとうに残念そうにそう言いながら、続けた。

「この地域は、おそらく戦後に形成され始めるんですが、はっきりとコミュニティの形をとってくるのは、終戦後四、五年経ってからです。それまでは、焼けだされた人や戦災孤児なんかが、自然発生的に住み着いている場所だった。そのいわゆる戦後がいったん落ち着いてから増え始めるんです。一九五〇年あたりは分岐点ですね。一九五一年には、葵会という自治会の発会式が行われているんですよ。わりときちんとした調査がなされているのは、昭和二十八年なんですね。一九五三年。自治会の機構なんかもしっかりしてるし、新聞も発行されています」

「新聞！」

「そう。その調査の直前まで、国家公務員が三人居住していたという記録もありました」

「国家公務員！」

「国家公務員となると、貧しいとは言えないんじゃないかと思いますが、全体としては、所得の低い、貧しい人たちが住む地域だったことは間違いないです。この調査があってから三年後に、バラック村の北側一帯が焼けて人が住めなくなるんです」

「火災？」

「火災っていうか、実際は、だんだんと戦後が遠くなり、豊かになってくる中で、東京の中心にそうした場所があるのは不都合だと、東京都が強制執行したらしい」

「住んでる人がいたのに？」

「住民を説得してよそへ移らせるという一連の流れの中で、立ち退き期限が過ぎて、ということだとは思うんですが、まあ、酷いですよね。焼けた跡地に、『竹の台会館』という建物ができて、その土地に暮らしてた人の新しい住まいとして都が建てたものだったんですが、当初は、ここはわりといろんな人が入りこんでて」

「葵部落の人だけじゃなかったってこと？」

雄之助くんが口を挟んだ。

「最初に入った住民は、一年で出てってくれって言われて」

「その新しい建物から？　都営住宅を作ったわけじゃないんですか」

「いや、どちらかといえば仮設的なものだったんでしょう。結局、一年後にはバラック村の南側も解体されて、葵部落の歴史は終わるんですね」

「国立西洋美術館は、もうその二年後くらいには建つもんな。東京文化会館も」

「ただ、『竹の台会館』のほうは、かなり長いことあったんだよ。都としては、別の移住先を探して早く出て行ってくれという姿勢だったんだけど、出て行かなかった人もいれば、そこへ流入してくる人もいた。男娼宿もあったんで『おかま長屋』とも言われてて。取り壊しが八七年だったかな」

「えー、僕ら、生まれてるじゃん」

「そう。だから、そっちを強烈に覚えてる人は、まだいっぱいいる。それが強すぎて、元の葵部落のイメージも引っ張られてるんだけど、古い資料を読んでる限りでは、かなりちゃんとした自治組織があった。まあ、時代が時代だし、いろんな人がいただろうとは思うけどね」

内覧会の短い時間で、織部さんはそんなことを説明してくれて、何か知りたいことがあったら連絡をくださいと言ってくれた。わたしたちは名刺を交換した。

「今度、喜和子さんのお孫ちゃん、いつ来るの？」

雄之助くんが帰り際にそうたずねた。

「わかんない。会いたい？」

「そうだね。東京に来るなら、みんなで会おうよ」

気のいい雄之助くんは、そう言って帰って行ったが、「みんな」とは誰を指すのかいまひとつ不明だった。相変わらず、古尾野先生を紗都《さと》さんにどう説明したらいいのかという問題には、まったく解決がついていなかった。

それよりも、わたしは改めて、会ったばかりのころの喜和子さんを思い出していた。喜和子さんは上野の公園のベンチにわたしを座らせて、

「ね、目を閉じてみて」

と言ったのだった。

上野公園にある美術館だのホールだのといった建物がみんなないところを想像してみろ、すべてをなくすとそこには、寛永寺が立ち上がってくると、喜和子さんはわたしに教えてくれた。けれど、彼女の閉じた目のうちには、美術館や音楽ホールが建たないころの、寛永寺の墓所だった土地に建ったバラックの風景が、立ち上がってもいたのだろうか。

「としょかんのこじ」という、詩のような童話のようなもののコピーを、わたしは仕事場に貼りつけた。

仕事場のパソコンの後ろの壁にはかなり大きなコルクボードが取り付けてあり、カ

レンダーやら試写会の通知やら、行く予定の音楽会や芝居のチケット、引き受けた原稿の企画書などが、いつもごちゃごちゃと貼ってある。ただ、上の方は手が届かないので、広くスペースが空いていた。自分の身長に合った場所に貼るものは、しょっちゅう取り換えているのだけれど、カレンダー上の空いたスペースには、これまでもこれからもほかに貼るものはないだろうと思って、わざわざ脚立を出して、複写した「としょかんのこじ」を貼ってみたのに、特別な意味があるわけでもなかった。ただ、それを目の前に置いておくことが、まだ取り掛からないがいずれは書き始める小説のための、準備というか、目星というか、なにかしら罪滅ぼしになるような気がしたのかもしれない。

「としょかんのこじ　きうちりょうへい・さく　すみやじろう・え」

ついでに思い立って、五十森《いそもり》さんから受け取った喜和子さんの遺品の中にあった、古い葉書のコピーも貼り付けた。例の、妙な数字がずらずらと並び、「なぞなぞです。といてごらん」と書いてある、人を食ったようなおかしな葉書だ。紗都さんにあげようと思って、一枚の紙にコピーしていたから、裏と表がちょっとハの字を描くような位置で印刷されていて、表書きには宛先の住所と「いとうきわこさま」、「瓜生平吉」という二つの名前があった。

ぼんやり眺めていて、なにかおかしなところがあるような気がした。

しかし、とくにその違和感を追求することもせず、日々の仕事に追われてそのまま忘れてしまい、パソコンばかりを見て数日を過ごした。

だから、とくになにかきっかけがあったわけでもないのだが、あるとき、少し疲れたので席を立って、マグカップにコーヒーを注いで戻ってきて座り直した。すぐに仕事に戻る気になれず、カップを口に運びながら目を上げるとそのコピーが目に入った。四つ、名前があるなあと、深い意味もなく思ったのだ。

きうちりょうへい
すみやじろう
いとうきわこ
瓜生平吉

そして、違和感の理由がわかった。

なんで、「瓜生平吉」だけ、漢字なんだろう。どうして、子どもの喜和子さん宛なのに「うりゅうへいきち」と平仮名で書かなかったんだろう。

深い理由はないのかもしれなかった。宛名は子どもが読めるように仮名で書いたが、自分の名前を書くときには、気遣いがなかった。それだけのことなのかもしれない。

ただ、頭の中で四つの名前を全部平仮名にしてみたときに、急に何かがわかった。

わたしは急いでペン立てからサインペンを抜き取り、机の上に散らかっていたメモ用紙を一枚ちぎって書いてみた。

きうちりょうへい

うりゅうへいきち

小さな発見に、笑いがこみ上げてきた。

「きうちりょうへい」は「うりゅうへいきち」のアナグラムだ。小さな「よ」と「ゆ」の違いはあれ、あとの七文字はすべて交換可能で、これが別人とは思えない。二人は同一人物だ。

もちろん、もともと、城内亮平《きうちりょうへい》は喜和子さんの大きい兄さんではないかという気はしていたのだ。でも、憶測にすぎなかったものが証明された。「としょかんのこじ」のトボケたユーモアと、子どもに「なぞなぞです」の葉書を書くセンスには、通じるものがある。しかも「なぞなぞ」好きなのだ。いかにも、アナグラムをペンネームにしそうだ。

喜和子さんは学校図書館で、大きい兄さんの書いた童話を見つけたのだ。作者の名前を憶えていなかったのは、それが大きい兄さんの名前じゃなかったからに違いない。

わたしは、この発見というのもおこがましいような小さな気づきを、誰かと分け合いたい気持ちになったので、紗都さんにメッセージを送った。

紗都さんからはすぐにかわいらしいスタンプの返事が来た。ちょっとムンクの『叫び』を思わせる、びっくりして口をぽかんと開けた宇宙人みたいなキャラクターが、「Ｗｏｗ！」と驚いてくれていた。ちょっと置いて、こんな返信がやってきた。

「ほんとだー。さすがはなぞなぞのお兄さんですね！　そして喜和子さんは、瓜生平吉という名前は憶えていたけど、城内亮平には心当たりがなかったので忘れてしまったと」

「ふむふむ」

「お兄さんの名前じゃなかったということだけは、なんでだろうと思ったから、頭に残ってたんでしょうね、きっと」

この文言の中の「ふむふむ」は、同じ宇宙人が顎に手を当てて考えているスタンプだった。

紗都さんからの返信ですっかり気をよくしたわたしは、落ち着いて日々の仕事にとりかかり、またしばらくの間はこの件を忘れていたが、二、三週間してから、ぽつりと唐突にメッセージが来た。

「だけど、どうして喜和子さんのお母さんは、怒ってその絵本を捨ててしまったんだろう。ちょっといろいろ考えてて。――お電話します」

お電話します、と書いてあって、紗都さんから実際に電話がかかってきたのは、その週の週末のことだった。

夢見る帝国図書館・20　動物たちは大騒ぎ②

帝国図書館からわずか二百メートルほどの場所に、上野動物園はあり、そこからは図書館の美しい屋根が見えるのだったが、この夜、トンキーと二頭だけ、夜の運動場に追い立てられた象の花子《はなこ》は、美しいメスの黒豹と、七年前の、やはり月の輝く晩に話し合ったことがあったのを思い出していた。

「危機が迫っていることに気づいているのは、あたしたち動物だけだもの。あなたが考えたいのなら、時間はあるわ」

そう、あのとき黒豹は言ったのだった。

花子はうなだれて、わが身を呪った。

彼女が正しかったのかもしれない。私たちはみんな檻を壊して街に飛び出すべきだったのかもしれない。ありとあらゆるものを蹴散らし、踏みつぶしてしまうべきだったのかもしれない。いくら考えても、なにもできないのなら。こんなことになるのなら。

こんな日を迎えなくてはならないのだったら、あの美しかったメスの黒豹と同じように、早く死んでしまいたかったと、花子は臍《ほぞ》を噬《か》んだ。黒豹は檻を飛び出して逃亡を図り、失敗して捕らえられた年から数えて四年後、まだ人間たちが戦争の本当の恐ろしさに気づくよりも前、アメリカやイギリスに戦争をふっかける以前、皇紀二千六百年の祝賀ムードで、東京が華やかに浮ついていた昭和十五年に、檻の中でひっそりとその生涯を閉じたのだった。

花子は静かに涙を流した。

象舎ではジョンの解剖作業が行われていた。

絶食の果てに餓死したジョンの最期は、ただ地面に横たわるだけで身動きもできず音も立てなかったが、それでも花子には、そしてトンキーにも、ジョンの悲鳴が聞こえるようだった。

「落ち着いて、ジョン。お願いだから。暴れると危険な動物だと思われてしまう」

そう言って、花子はジョンの怒りをなだめようとしたことがあった。まだ、ジョンに抵抗する体力があったころだ。なだめるべきではなかった。怒りに身をまかせたかったジョンの思いが、いまは夜の冴えた空気に乗じて花子に伝わって来る。

「落ち着いてなどいられるか！　花子、きみはわかっていない。これからおそろしいことが起きる。奴らはおそろしいことを始める」

「わかってる。昨年の春にドゥーリットルの空襲があったわね。檻が壊されて動物たちが逃げ出しては人間が危険に晒されるからと、人間たちは、私たちの処分を考え始めている」

「そうじゃない、花子。きみは半分もわかっていない」

「わかってるわ。もう七年も前から考え続けて、飼育員たちに働きかけているの。どこか、別の動物園に移れないかって。たしかに東京は敵の標的になりやすいけれど……」

「花子。目を開けて現実を見ろ。その大きな耳をもっと広げて奴らの声を聞けよ。俺はいますぐここを飛び出して、人間どもを嚙み殺してやりたい！」

「ジョン！　何を言うの！　象は草食動物じゃないの！」

「だから、なんだってんだ！」

ジョンが怒りにまかせて振り回した鼻が、花子の耳に当たった。

「痛い！　何するのよ！」

「ああ！　君に当てるつもりじゃなかった。君を傷つけるつもりはなかった。花子！」

ジョンは肩を落とした。トンキーはおろおろして、寝室の中をひたすら歩き回り続けた。

「花子。聞いてくれ。いま起きていることは君が考えているよりずっと酷い。奴らが俺たちを殺す理由は、俺たちが人間にとって危険だからじゃないんだ。空襲で檻が壊れることとも関係がない。食糧が減っていることとも関係ない。もっと別の理由があるんだよ」

「別の理由？」

「くそっ。こんなもの！」

ジョンは前脚に嵌《は》められた枷《かせ》を、いまいましそうに鼻で叩いた。

ジョンは苛立っていた。心底腹を立てていた。鼻を振り回し、地団駄を踏んで、怒りを隠そうとしなかった。それで、ジョンの暴走を恐れた人間たちが脚を鎖でつないだのだ。ジョンは荒ぶる鬼のような形相で抵抗した。

「いいかい、花子。奴らが俺たちを殺すのは、俺たちが危険だからじゃない。奴らが戦争をしたいからだ。戦争をする心を子どもたちに植え付けるためなんだよ」

「よく、わからないわ」

「さあ、動物を見て和む日々はもうおしまいです。我が国は戦争をしているのです。戦争には犠牲が必要です。お国のために命を捧げる覚悟が必要です。動物たちも死にます。お国のために死ぬのです。崇高な犠牲です。このような犠牲を強いたのは憎い憎い敵です。さあ、武器を取って、一人でも多くの敵を殺しましょう」

「意味がよくわからないんだけど、爆撃で檻が壊れたら私たちが逃げ出すからではないの？」

「爆撃とは関係ない。戦意高揚のために、俺たちは殺される」

「私たちが死ぬのと、敵がどうのこうのというのは、関係ないのでは」

「ないよ！　でも、そういう理由で殺されるんだ。いまいましいな、この鎖さえなければ、いますぐ出て行って、人間たちを踏みつぶしてやるんだが」

絶食から十七日目に、ジョンが死んだ。

象の死体は運び出すことができなかったので、午前十一時から解剖が始まった。解剖作業は深夜に及び、トンキーと花子は運動場に出された。

トンキーと花子への食糧が絶たれたのは、この日の五日前のことだった。

上野動物園の福田三郎《ふくださぶろう》園長代理が、大達茂雄《おおだちしげお》東京都長官から「猛獣処分」の厳命を受けたのは昭和十八年八月十六日のことだった。ちなみに同年七月、戦時首都機能を強化するため東京都制が誕生し、東京府は東京都と名を変えている。

福田園長代理は、来るものが来たと思った。

「一か月以内に毒殺せよ」

との命令だった。

「言っておくがね。戦局が悪化したからではないよ。そのように伝えられては困るから、気をつけてくれたまえ」

そう、大達都長官は念を押した。

ではなぜ、という問いを、福田園長代理は胸にしまった。

福田園長代理と井下清《いのしたきよし》公園課長は、なんとかして猛獣の一部だけでも助けたいと考えた。この件が浮上する前から、二人の耳にはずっと象の花子がささやきかけているような感覚があり、動物たちの疎開という選択肢が常に頭にあったのだった。

仙台市動物園の朴沢《ほうさわ》園長と、名古屋市東山動物園の北王《きたおう》園長からは、返事があった。

仙台からは象を譲り受けたいとの申し出があり、田端駅貨物係の佐藤《さとう》主任と相談の上、運搬費その他で百八十五円、夕刻に田端を出発すれば翌日正午に仙台到着という計画も練られた。

仙台市動物園からは、石井《いしい》技手が直接来園して、詳細を詰めた。

「象を殺さずに済む！」

園長代理はひそかに涙した。

ところが、この件を言上《ごんじょう》に都庁へ赴いた公園課長を、都長官は一喝した。

「許可できん。猛獣は毒殺。例外はなし！」

「しかし、象は厳密には猛獣と言い難く、草食動物であり、田舎で草などを食べていれば、生き延びることのできる優しい動物……」

「優しいとか、優しくないとか、関係ない！」

都長官は声を荒らげた。

「貴君ら、内地にいる人間は甘い。認識がおそろしく甘い。私はこの任に就く前は昭南特別市（シンガポール）の市長をしておりました。外地におりますと、戦地の過酷さ、わが軍の苦境も伝えられてまいります」

「しかし、戦況は悪化していないと、長官は先日……」

「勝っている！　あたりまえだろう。大日本帝国軍が勝っているのは、あたりまえのことだ！」

「はあ」

「戦況はもちろん、わが軍が圧倒している。しかし、ガダルカナルの苦渋の転進、山《やま》本《もと》五十《いそ》六《ろく》元帥の戦死、アッツ島の玉砕を見てもだ、ただ、漫然と勝っているわけではない。命を懸けて、犠牲を出して、勝っておるのです。決死の覚悟、火の玉の精神、これをもって戦況を有利にしておる。ぼんやりと、熊がのんきだ、象がかわいいと、言っておられる時期は過ぎました」

「しかし」

「内地の、銃後のみなさんにも、もっと覚悟をもっていただきたい。そうだ、捨身の覚悟をしてもらわねば。ゆるい。この国の人々はゆるすぎる。いいかげんな覚悟では聖戦は勝ち抜けんのだ。動物たちには死んでもらう。お国のために死んでもらう。象を疎開？　寝言はやめていただこう。一切の例外は認めない。猛獣は毒殺、以上！」

戦後、『かわいそうなぞう』という反戦絵本がベストセラー／ロングセラーになったが、その絵本には動物たちが殺された本当の理由は描かれなかった。

そして、かわいそうだったのは象だけではなかった。

ホクマンヒグマ、ニホンツキノワグマ、ライオン、ヒョウ、チョウセンクロクマ、トラ、黒豹、チーター、マレーグマ、ホッキョクグマ、アメリカヤギュウ、ニシキヘビ、ガラガラヘビ、そして象。合計十四種、二十七頭が殺された。毒殺には硝酸ストリキニーネが用いられたが、それで死なながったものは槍で刺殺、寝込みを襲って首にロープを巻き付け窒息死させたケースもあった。生後半年にならないヒョウの子も殺された。

九月四日には慰霊祭が行われた。

「時局捨身動物」

処分された動物たちはそう名づけられた。あたかも動物たちが自ら望んで身を犠牲に差し出したかのように。

慰霊祭が粛々と行われる中、黒白の鯨幕が張られ、目隠しされた象舎の奥で、二頭のメスのインド象はまだ生きていた。毒の塗られたジャガイモを投げ返し、衰えた体で芸を披露して、飼育員たちの良心にメスを突き立てながら、飢えに苦しむ花子とトンキーは生きていた。

最後の「猛獣」、花子は九月十一日に、トンキーは二十三日に絶命した。

トンキーの餓死に時間がかかったのは、衰弱する象を見かねた飼育員が少しずつ餌をごまかして食べさせたためともいわれている。

これが、昭和十八年八月から九月にかけて、帝国図書館からわずか二百メートルの場所で起こった悲劇だった。

そして帝国図書館においても、このころやはり「時局」に翻弄された、ある計画が実行されようとしていた。

紗都さんからの電話は土曜日の午後にかかってきて、その日の午後いっぱい、わたしたちは話し込んだ。

紗都さんは前の週末に宮崎に帰り、大伯父の通夜に参列したというのだ。

「実を言うと、会ったこともない人のお通夜でした。母からＬＩＮＥに連絡があって、ほとんど交流はなかったけれど、うちは地元で商売をやっている以上、礼を欠くわけにはいかない、とかなんとか書いてあって、ちょっと興味を持ったんです」

もちろんその亡くなった大伯父が喜和子さんの実の兄だったからだ。

祐子さんは告別式に出ると言って、葬儀の行われる寺の名前まで書いていた。紗都さんは、その寺の連絡先を調べ、電話して、お通夜の詳細を確認した。

喪主は亡くなった人物の長男で、農協の事務職員をしているらしく、寺にある花輪はほとんど農協関係のものだった。

弔問客も、喪主の関係者がほとんどで、息子はそれなりに人望のある人なのか、訪れる人は多かった。紗都さんは受付で「一般」のほうに名前と住所を書いて、包んだ香典を渡した。

写真を見ても、とくに感慨は浮かばなかった。親は違っても従兄だから、面影に似たところがあるかと探しても、喜和子さんとの共通点は見当たらないように感じた。

焼香を終え、喪主の挨拶を聞いた。伊藤弘和《いとうひろかず》、という故人は、無口で実直な人だったらしい。しかし、息子から見た父親が語られるばかりで、その父親の子どものころのことなどには一切触れられないのだから、喜和子さんの話題など出るはずもない。

場違いなところに来てしまった感覚は当然のことながらあったが、紗都さんは目的があってこの場に紛れ込んだのだ。喪服の集団と共に通夜振る舞いの席に移動した彼女は、適当に席を見つけて座った。周りの人々は和やかに話し込んでいた。

聞き流しながら、紗都さんは考えていた。この中には、喜和子さんを知っている人がいるはずだ。年を取っていて、故人の古くからの知り合いなら、知っているに違いない。

まずは、愛想よく周囲に話しかけてみたが、誰も喜和子さんのことは知らなかった。故人に妹がいると話しても、いないときっぱり言う人もいた。一人の愛想のいい老婦人に、故人の親戚か知人は来ていないのだろうかと尋ねると、ヒロカズさんは、あまりつきあいのない人だった、今日は息子さんの関係の人ばかり、という答えが返ってきた。

ヒロカズさんというのは、故人の名前だった。

向こうの親戚は来ちょらん、マサカズさんくらいかと、老婦人の連れ合いらしい白髪の男性が言った。

「マサカズさん？」

席を見渡すと、隅のほうに一人ぽつんと座っている老人が目に入った。

「ヒロカズさんの弟の。マサカズさんはヒロカズさんとは仲が良うなかったかい、一人で飲みよるとやが」

紗都さんは、喜和子さんのもう一人の兄を発見したのだ。

紗都さんは、心惹かれた孤高の老人に近づいた。

「こんばんは」

紗都さんは話しかけた。

老人はちらりと紗都さんを見ると、

「誰やった？　農協の人？」

と、尋ねた。

「うち？　うちはヒロカズさんの妹の孫」

アルコールの助けを借りて、紗都さんはそんなふうに返事をした。

「誰？」

老人は少し驚いたように、聞き返した。

「喜和子の孫やっちゃが」

「なんごてこんげところにキワコの孫がおるっちゃね？」

老人がそう言った。

ああ、この人は、喜和子さんのことを知ってる。そう思うと、なにか胸の騒ぐような感覚があったが、なるべく落ち着こうと紗都さんは考えた。

「うちがおってん、いいやろ。いかん？」

「ほんじゃまこち、キワコの孫かい？」

紗都さんはうなずいた。老人はほんとうに驚いた顔をして、しばらく言葉が出てこない様子だった。

喜和子さんの話を聞きたいのだと、紗都さんは言った。

自分は吉田喜和子の娘の祐子の、そのまた娘だということ。物心ついたときには、喜和子さんは東京に出ていて、自分は祖母の顔も知らずに育ったこと。祖父が亡くなったときに一度、それから東京で一度会ったきりで、自分の母親からも、喜和子さんのことはあまりよく聞かされていなかったのだということ。

喜和子さんのことを聞かせてほしいという問いに、老人はしばらく間をおいてから、自分も知らない、と言ったという。

「キワコのことは、よく知らない」

——自分が小学校の五年か六年だったころ、突然、キワコは現れた。戦争が終わって、五年かそこら経ってからのことだ。今日から妹だと言われても、五年生にもなれば、そうでないことはよく知っている。女の子と口を利くのも面倒になる年齢で、いきなり家でいっしょに暮らすと言われて困った。

キワコは痩せっぽちで色が黒くて目がぎょろぎょろしていて、悪いことに、こちらの言葉がわからなかった。何を言っても、ぽかんとした顔をしている。反応が鈍いので腹が立って、よくいじめた。

しばらくすると、こちらの言うことはわかるようになったが、意地を張って絶対に土地の言葉をしゃべらなかった。かといって、標準語を話せばいじめられるので、ほとんど口を利かなかった。

絶対にものを言わないとわかっていたから、キワコに濡れ衣を着せたことが何度かあった。自分は首謀者ではなかったが、そういうことはいつも一つ上のヒロカズが決めた。小銭を盗んだり、食べ物を誤魔化したり、小さなことだったが、母親に叱られてもキワコは、自分ではないと言わない。一人になると横を向いて、開いたままの目から涙を流していたのを見たことがある。人前では泣かず、かわいげがなかった。いまとなると悪いことをしたと思うが、子どもなんてそんなものだ。

中学から高校に上がって、就職で家を出て、あまり家には帰らなかった。キワコの結婚式にも出なかった。いっしょにいたのはほんの数年のことなので、ほとんど知らない。キワコは小さくて痩せていたが、どこかませたようなところがあって、年下のような気がしなかった。いっしょに遊んだ記憶はまるでない。

キワコはどうしてる？——

そう聞かれて、紗都さんが、亡くなったと答えると、一瞬、驚いた顔をした。

祐子さんは「商売柄」を気にして、名刺や住所録だけのつきあいの相手にも礼は欠かさない性格だから、喪中のはがきは送ったはずだった。あまり親しくない人から来た喪中はがきを、見てすぐに忘れてしまったのか。それとも、はがきを見てもいないのか。その日の通夜の雰囲気からして、この「マサカズ」という人が、あまり親類縁者によく思われていないことは、紗都さんにも感じられた。

キワコさんのお母さんがマサカズさんたちのお父さんと再婚する前に、お父さんの弟と結婚していたのは知っているかと聞くと、聞いたことはあると言う。叔父に会ったことがあるかと尋ねると、ない、と答え、戦死したと聞いた、と言った。

キワコさんが東京で暮らしていたころのことで、知っていることがあるかと尋ねると、少し意外な答えが返ってきた。

東京から来たふりをしたがって、言葉も頑固に都会風を変えなかったが、それは子どもがよくやるような、でたらめだというのだ。

上野にいたという話は知らないかと尋ねると、なぜそんなことを聞かれるのか意味がわからないようで、頭を左右に振った。

それから老人の話は、キワコではなく、ヒロカズの話に移って行った。潮時だと思って、紗都さんはその場を引き上げた。頭の中には疑問だけが残ったという。

電話の向こうの紗都さんが、口をとがらせるのが見えるような気がした。

「マサカズさんは、喜和子さん、上野にはいなかったって言うんです。そういう嘘を、喜和子はついたことがあるって。『すらごとん好きな子やった』って」

「それ、どういう意味?」

「すらごとは、嘘つきってことかなあ。それが全部、喜和子さんが頑固で標準語しか話さないことと結びついてて、悪い事みたいに、記憶されているんですよ」

不思議ですよね、と紗都さんはつぶやいた。

マサカズさん、という人の話がどこまで信用できるのかわからなかったが、それこそ、嘘をついているようには見えなかったと紗都さんが言う。喜和子さんの兄には、なにも知らされなかったのかもしれない、とわたしたちは結論するに至った。

喜和子さんの出身地は東京で、本郷界隈だった。それは祐子さんが原戸籍を調べたときに判明している。その区域が戦災に遭っていることもわかっている。ただ、区域が戦災に遭ったときに、そこに喜和子さんやお母さんがいたのかどうかは、定かではない。

原戸籍によれば、喜和子さんのお母さんが宮崎に嫁いだのは戦後で、昭和二十二年のことだという。ただ、喜和子さんを引き取るまでに三年のブランクがある。その間が、上野時代だと考えられそうだったが、家族の間では、それはなかったことになっている空白の時代なんだろうか。喜和子さんが暮らしたのが東京でも上野でもないとしたら、彼女はどこで何をしていたことになっているんだろうか。

「喜和子さんのお母さんが、『としょかんのこじ』が載っていた学校図書館の絵本を捨てちゃったって話があったじゃないですか」

頭の中を整理するように、紗都さんが言う。

「あれは、喜和子さんの上野時代のことを、黒歴史みたいに思ってたからなんでしょうか」

「くろれきし？」

「うん。塗りつぶしたいような過去っていうか。なかったことにしたい、みたいな。わかんないけど。お母さんとしては忘れたかったのかも。わかんないけど。だから、息子たちにも言わなかったし、誰にも言わなかったし、宮崎に来る前にいたのは、東京なんかじゃないよ、みたいな話にしたかったのかも。東京じゃなくてどこなのか、わかんないけど。だから、『としょかんのこじ』を見つけたとき、ものすごく怒っちやったのかも」

紗都さんが繰り返す「わかんないけど」を聞きながら、喜和子さんにとっては空白ではないその日々がどんな時間だったのかを、わたしは考えることになった。

そしてそれとは別に、紗都さんが老人から聞き出した、「すらごとん好きな子やった」という言葉が、なぜだか耳に残った。

すらごとん好きな子やった。

空言《そらごと》の好きな子だった。

老人が発したときの否定的なニュアンスを、わたし自身は受け止めていないので、その言葉はかえって、わたしの知る喜和子さんをよく表しているようにも思えた。

夢見る帝国図書館・21　そして蔵書たちは旅に出る

はるばる海を越えて来日した略奪図書の入った箱は、上野の帝国図書館の片隅に積み上げられた。多くのものが、中国大陸を旅して香港にたどり着き、そうしてまた日本に運ばれてきたことはすでに書いた。

帝国図書館の蔵書は、遠路はるばるやってきた貴重書たちの疲弊に、同情を禁じ得なかった。元来、図書館の本はそうそう旅をするものではないのである。どっしりと書庫に腰を落ち着けて、館内の貸し出しに応じるのが基本で、館外に持ち出されることがあっても、きちんと期限を決めて返却されるのが規則であった。

しかし、勘のいい本たちは気づき始めていたのだ。

彼らの旅がけっして他人事とは言えないことに。

上野動物園に「猛獣毒殺」の命令が出て、動物たちの「疎開」の提案が却下されてから二か月後、昭和十八年十月に、帝国図書館では約十万冊の貴重図書を疎開させる計画が立てられた。

「昨年の春にドゥーリットルの空襲があったから」

「いかに堅牢な我が帝国図書館といえども」

「もしものことがあってはならん」

「空襲の危険の少ない場所といえば山岳地帯」

「しかし、木造家屋では危険きわまりないから」

「なにがなんでも混凝土《コンクリート》の建物を探さねばね」

「帝国図書館の貴重図書なんだから」

「いわば国宝級」

「さしずめ疎開先候補は、長野県立図書館」

「もしくは山梨県立図書館」

「結局、受け入れてくれたのが長野県立図書館で」

「当館からも駐在職員を派遣し」

「十一月に第一次疎開図書として、約六万六千冊を輸送しよう」

こうして帝国図書館の蔵書たちは、はるばる長野へ運ばれていったのであった。

しかし戦況はまったくもって芳しくなく、東京への空襲は不可避と思われたため、昭和十九年五月に第二次疎開が行われ、このときも約六万四千冊が輸送されるに至った。さらに同年八月、第三次疎開が決行された。

昭和十六年十二月八日に始まった連合軍相手の戦争で、緒戦こそ有利に進めたものの、翌十七年六月のミッドウェー海戦で、日本海軍は赤城、加賀、蒼龍、飛龍の主力空母四隻を失うという大敗北を喫し、それから先は負け戦が続き、追い込まれていった。つまり、動物に「毒殺命令」が出され、帝国図書館が蔵書を疎開させなければならなくなった十八年には、すでにもう悲惨な未来予想図以外描きようがない状態だったのであった。もちろん、負けがこんだ戦況は大本営発表によって巧みに伏せられて、あくまでも「勝っている」ことにはなっていた。

そんな十八年、十九年を経て、翌二十年には戦局ますます厳しさを増し、空襲は大都市のみならず地方の小都市にも及ぶに至って、長野県立図書館も、もはや安全な場所ではない、との判断が下された。

帝国図書館蔵書の疎開先であったはずの長野県立図書館に、長野師管区司令部によって、軍需工場にあてる旨の申し入れがなされたことも衝撃であった。

「軍需工場？」

「図書館が？」

このように切羽詰まった時局にあって、帝国図書館の貴重図書たちは、もはやその紙の体を守る混凝土の建物もない飯山高等女学校へと、さらなる旅に出ることとなったのである。

雑誌の締め切りに間に合うように、短編やエッセイを書き上げる仕事の傍ら、わたしは上野公園や図書館の歴史を調べ始めた。帝国図書館が主人公の、帝国図書館の歴史。帝国図書館が樋口一葉《ひぐちいちよう》に恋をしたり、図書館に動物園の動物たちが訪ねてきたりする小説。喜和子さんが残した情報は、なかなか難題で、いったいどういうものになるのか想像もつかなかったが、調べものをするのは楽しかった。たとえば明治九年には、上野大仏の下に不忍池を一望できる勝覧所というのができて、なぜだかそこに体重計が置かれ、「二銭」で自分の体重を量ることができたというエピソードとか、明治十六年に不忍池の上空で白鷺が六、七十羽、半々に分かれて東西戦を繰り広げ、一時間も闘って二十羽が討ち死にし、東の軍勢が勝利して本郷方面に飛び去って行ったという話など、小説に使ってみたくなるシュールな話がいくつもある。

喜和子さんが書こうとしていたものは、どんな小説だったのか。瓜生平吉《うりゆうへいきち》氏が書きたがっていたのはどういうものだったのか。自分が書くことを考えずに、想像だけ巡らすのは楽しい時間でもあった。

紗都《さと》さんとは、その後もやりとりを続けて、流れの中で、喜和子さんの遺した作品（それが回想記なのか創作なのかわからないので、作品と呼ぶしかないのだが）について知らせることになり、やはり彼女には見せるべきだろうと判断して、ルーズリーフをスキャンしたものとワード文書に書き直したファイルとを両方、メッセージに添付して送った。

「これは祖母の創作なのでしょうか?」

紗都さんからは、誰もが持つはずの疑問が、ストレートに返ってきた。

「わたしにもわからないのです」

そう、わたしは返事を出した。

「記憶をもとにした作品だと思うのですが、なにしろ年月が経ってしまっているので、創作といったほうがいいのかもしれない。ただ、どの部分がフィクションで、どの部分が事実に基づくのかは、本人がいない以上、わからない。もしかしたら本人にも、区別がついていなかったかもしれませんね」

書きながら、喜和子さんの谷中の小さな部屋を思い出した。ひょっとして喜和子さんは、わたしと出会う前から、何度も何度も書き直しながら、彼女の生涯唯一の作品を、温めていたのかもしれない。

「ちょっとびっくりしましたけど、わたし、けっこう、これ、好きです」

紗都さんが、そう書いてきた。

「もう、喜和子さんの声を聞けないと思ってたけど、これを読んでるとなんか喜和子さんが側にいて話してくれているような気持ちになるから」

その言葉に続いて送られてきたスタンプは、女の子が茶色のスカートのすそをもってくるくる回ると、大小のハートが飛び散る、というものだった。わたしは喜和子さんの頭陀袋スカートを思い出した。

もう一人、件《くだん》の作品を読むことになったのは、かつての恋人、古尾野《ふるおや》放哉《ほうさい》先生だった。古尾野先生は奥様を亡くしてから千葉の立派な邸宅を売却して、単身、本郷エリアにできたばかりのケア付きマンションに入居した。入居費用がマンション購入費並みにかかる高級物件は、喜和子さんが最晩年を過ごした場所とは比較にならない贅沢さだったが、年の割に健康な古尾野先生は久々の独身生活を満喫しているようだった。引っ越し通知にメールアドレスがあったので、先生にもファイルを添付して送ったのだが、めんどうだから印刷して持ってきてくれという返事が来て、近所に住んでいることもあって出向くことになった。待ち合わせは、新しくできたケア付きマンションのエントランスだったが、どうしても万定《まんさだ》のカレーが食べたいと言い張るので、東大正門前のフルーツパーラーまでお供した。

読みやすいように拡大して印刷したものを持参すると、カレーを器用に口に運ぶ傍ら、誤植でも見つけそうなくらい丁寧に熟読した後で、古尾野先生は一言だけ、

「ふん、こりゃ、たしかに、喜和ちゃんの書いたもんだな」

と評した。

「僕は、九割がた真実だろうと思っているけどね。いや、なにをして一割引くのかと言えば、すべての記憶は創作であるという意味あいにおいてだけど」

口元のカレーを紙ナプキンで品よく拭《ぬぐ》いながら、古尾野先生は追加で「オレンジジュース」を注文した。

「子ども時代のことで思い出せるのは、あのころのことだけだという話は何べんも聞いたからね。その他のことは、みんな忘れちゃったんだって。なんだ、あのころって、どんなころなんだって聞くと、うまく話せないんだろう、黙ってしまう。喜和ちゃん、自分の内側に溜め込んでるもんがあったんだなってことは、そりゃあ、気づくもんだよ」

古尾野先生は、うまそうに目を細めて「オレンジジュース」を啜《すす》って、変わらぬ味に出会う嬉しさ、とかなんとか品評し、それからちょっと意外なことを言った。

「ただねえ、僕はときどき考えるんだ。喜和ちゃん、忘れていなかったんじゃないだろうかってね。憶えていようと思ったのが、兄さんたちのことだけだったんじゃないかって」

これもらっていいの？　と聞くので、もちろんですよ、そのために持って来たんですからと答えると、古尾野先生は古い傷のあるカバンにコピーを丁寧に仕舞い、立ち上がった。

「あの人、そういうところがあったよ」

帰りがけ、古尾野先生は言った。

「僕は、あの人のこと、ちょっとわからないところがあったよ。いつも、全部は明かしてくれないようなところがあったんだ、喜和ちゃんは」

そうして、茶色のカバンをぽんぽんと叩き、

「だからこれ、ありがとう」

と、言った。

その、明かされない過去の断片が、わたしたちのもとにやってきたのは、上野公園の銀杏《いちょう》に丸く黄色い実のつく季節だった。

雄之助《ゆうのすけ》くん経由で織部《おりべ》さんから連絡があった。

喜和子さんが暮らしていたと思われるバラック集落は、昭和三十年代の初めに焼けてしまって、その後には別の建物が建った。織部さんは、その建物に当時住んだことのある男性を見つけて、研究論文のための聞き取り調査をしていた。

雑談の中で織部さんが、バラックに住んでいた復員兵と男娼と小さな女の子の話をすると、その男性が「コウちゃん」という名前を挙げた。

コウちゃんという人物と男性は、一時期とても親しかったのだそうだ。年を取っているその男性の話は、あっちへ行ったりこっちへ行ったりしたらしいのだが、コウちゃんが「ヘイちゃん」という人とバラックで暮らしていた話をしてくれた。

「何より先に思い出したのが、コウちゃんは近衛兵だったたってことらしい。近衛兵は顔がよくないとなれないって話を何度もしたとかって。ともかくコウちゃんて人は、きれいな顔立ちだったんだろうね。コウちゃんとヘイちゃんのところに、女の子がいたことがあると、その人が言ったんだって」

雄之助くんのＬＩＮＥメッセージに、そんなことが書いてあった。

織部さんは、必要な調査をあらかた終えていたが、多少聞き残したこともあるし、自分自身も興味があるので、もしその男性に話を聞きたいのであれば日程を調整すると言ってくれた。男性は千葉の野田というところにいるのだという。

私たちは予定をすり合わせて、十一月の半ばの日曜日に出かけることにした。紗都さんとは喜和子さんの話でメッセージを送り合うことがあったので、考えた末に紗都さんに連絡を取ると、日曜ならば合流できるから、仙台から向かうという返事があった。

雄之助くんと織部さんは秋葉原からつくばエクスプレスに乗り、途中、東武線に乗り換え、紗都さんは新幹線で大宮まで来て、そこから私鉄という経路だった。私は午前中に別件があって、車で移動していた。野田市駅は、近くに醬油工場のある小さな風情のある駅で、駅のあたりにはうっすらと醬油の香りが漂っていた。紗都さんは、少し早く着いて、改札の外で待っていた。私が次に到着して、しばらく待つと雄之助くんと織部さんが現れた。どういう人たちがいっしょに来るのかは、事前に伝えていたのだけれど、紗都さんは少し不思議そうな表情で、トレンチコートの下からデニムのスカートをのぞかせている背の高い雄之助くんを見ていた。二人が同時に、

「お待たせして」

というと、にっこりして、

「喜和子の孫の紗都です」

と、あいさつした。

三人が私の小さな車に乗り込み、助手席には織部さんが座って道案内をしてくれた。駅前の通りを抜けると、昭和五十年代くらいにできたらしい、懐かしい住宅地が広がる。さらに進んで江戸川が近くに見えるあたりに、こちらはおそらく築四、五十年経つと思われる、四階建ての集合住宅が建っていた。いわゆる団地の造りだったが、そこには一棟しかその建物がなくて、外観は相当古びた印象があり、十二戸の住宅のいくつかは空き家だろうと思われた。

「取り壊しが決まってて、年内には別のところに移ることになってるんですよ。住ん

でるのは、ほとんどが高齢者ですね」

と、織部さんが言った。

三つある階段のまん中の、一階の右側、「104」という数字の横に「ワタナベ」とカタカナで書いてあるのが、その男性の住居だった。呼び鈴を鳴らすと、白髪交じりの中年男性が扉を開けた。

「今日は、大勢で押し掛けてしまって」

織部さんは頭を下げて、菓子折りを差し出した。

「こちらは、息子さんの大介《だいすけ》さん」

中年男性は、織部さんの言葉に軽く会釈した。部屋からは煙草の強いにおいが漂って来た。

わたしは自分が小説家で、話していただいたことを参考に作品を書く可能性はあるが、プライバシーには十分配慮するし、実のところ、書くかどうかもまだ決まってはいないのだというようなことを話した。

おそらくここで失敗すると、きちんと話をしてもらえないのではないかと思い、緊張しつつも、感じのいい印象が残るようにと前の晩にひそかに練習までしてきたのだったが、途中で「息子さんの大介さん」の顔を見ると、彼の目も意識もわたしを素通りして雄之助くんに注がれていることに気づいた。

「父は話好きなので。待っていましたよ。年寄りを訪ねてくれる人なんて、あんまりいないものだから」

大介さんは、雄之助くんの目を見たまま、そう言った。

丸テーブルのある小さな部屋に通された。そのテーブルの奥の席に、車いすに乗ったままの老人がいて、肩にも膝にも鮮やかな色のウールの織物を掛けて、指先に煙草を挟んでいた。煙草の脂《やに》のせいかところどころ金色に変色している白髪は、肩を過ぎるほど長いものがゆるく束ねてあり、唇には薄く淡いピンク色の紅が差してあるように見えた。

「人が来ることないから、椅子がないんだ。こっちに座ってもらいましょうか。座布団もなくてすみません」

そう言って、大介さんが襖を開けると、箪笥が置かれた六畳間があった。大介さんが襖を外して箪笥の横に立てかけるのを、織部さんと雄之助くんが手伝った。次に大介さんは、車いすの老人を奥からテーブルの手前に押してきた。これで、わたしたちの様子は、椅子に座った先生の話を車座になって聞く子どもたちのようになった。

父と息子が暮らす2Kは、印象的な場所だった。

それは喜和子さんの谷中の家とはまったく違ったけれど、やはり住む人の個性を感じさせずにはおかない場所だったからだ。壁や箪笥やカラーボックスなどには、ダンスや映画のポスターが貼ってあり、狭い部屋の至る所に灰皿が置いてあった。

「今日は、お父さんに『コウちゃん』と『ヘイちゃん』のことを話していただきたいんです。『コウちゃん』とは、会館にいらしたころ知り合われたんでしたね。いつごろからお友達だったんですか?」

と、織部さんはたずねた。

会館というのは、バラックの跡地に建った建物のことだが、不思議なことに、織部さんは何も直接ワタナベさんに聞かない。かならず大介さんに質問して、大介さんがお父さんの耳元に囁く。そうすると、お父さんはしばらく考えて、息子さんの耳元に囁き返す。そうすることでようやく、わたしたちは大介さんから話を聞くことができるのだった。

「東京タワーが建ったころだと、父は申しております」

と、大介さんが言った。

「昭和三十三年ですね。そのころ、コウちゃんはどこにいたんですか?」

大介さんはお父さんの耳元でごそごそと呟く。お父さんは呟きを返す。

「覚えていないとのことです。あ、待って」

お父さんは大介さんの腕を握って自分のほうに引き寄せる。

「東京タワーが建ったのを見てたという話をしていたから、こっちのほうじゃない。

海のほうだろうと言っています」

「海、というと品川なんかのほうでしょうか。大森とか」

「いや、地名などはわからないと思います」

そう言いながらも大介さんは、身体を傾けてお父さんに質問し、白髪の老人はぷるぷると首を左右に振った。そして、大介さんの耳に何かしら話し始め、息子の相槌も待たずに次々としゃべり、大介さんはその不自然な姿勢に疲れたのか畳に膝立ちになった。ひとしきり話し終わった老人が、息継ぎのように煙草の灰を灰皿に落としたのを機に、わたしたち全員の目が大介さんに注がれた。

「やあ、すみません。大森という名前に反応して、昔の知り合いを思い出したらしくて、ずっとその人のことを話しておりました。年寄りの話ですので、なかなか脈絡が」

緊張して正座していたわたしたちは、少し気が抜けて足を崩した。

お父さんは体をひねってテーブルの上のガラスのコップを手に取り、震える指で口元に運び、目をつぶってそれを飲んだ。水のように見えたが、少ししてコップの中身が底をつき、せっつかれた大介さんがお代わりを注ぐのを見て酒だとわかった。

「話があっちこっち行ってもかまわないですよ。コウちゃんとヘイちゃんに関することだったらなんでも。ね、そうだよね。ところで、コウちゃんとヘイちゃんの本名って、なんだったんですかね？」

ブルーのデニムスカートから長い脚を投げ出して、映画のポスターの貼られた壁に背をもたせかけた雄之助くんがそうたずねると、お酒で少し頬を紅潮させたお父さんの目がふいにそちらに注がれて留まった。

「コウちゃんは、近衛兵でね。あの日に宮城にいたって言ってた。コウちゃん、きれいだったからね。きれいじゃないと近衛さんにはなれない。まあ、ずっと内地だったでしょう。だから死なずに済んだわけよね。コウちゃんは、本土決戦で死ぬつもりだったって言ってたけどね」

座っていたわたしたちは、大介さんもふくめてみんな、ぽかんとした。唐突にワタナベのお父さんが聞き取れる音声でしゃべり始めたからだ。しかも視線はずっと雄之助くんのほうを見ていた。だから、お父さんが雄之助くんに話しているのはあきらかだった。

「アノ日にキューージョー？」

雄之助くんが、当然と言えば当然の反応を返したために、ワタナベのお父さんは楽しそうに「あの日」の話を始めてしまい、わたしたちはみな意に反して、天皇による終戦のラジオ放送が行われようとした日の未明、近衛師団が戦争を終わらせまいと皇居に立てこもった「日本のいちばん長い日」の話を、お父さんバージョンで聞かされることになってしまった。

結局のところ、ワタナベのお父さんはコウちゃんとヘイちゃんの正確な名前を知らないか、忘れてしまっていた。コウちゃんのコウは、名前ではなくて「幸田」とか「高村」とかいった、コウのつく名字の上一文字を取ったものだろうというのと、コウちゃんが「近衛第一師団歩兵第二聯隊」で、ヘイちゃんのほうが「陸軍第三八師団歩兵第二二八聯隊」だったことを思い出した。軍隊の話になるとやたらと楽しそうになるお父さんは、昭和十二年生まれで兵隊の経験はないらしい。

それから話はまたゆらゆら脱線していき、ワタナベのお父さんが若い時にどんなにモテたかとか、自分らの周りでは年を取ると女役のネコから男役のタチに「どんでん」するのが多いけれども自分はそうではなかったとかいった、ご本人に関する話がほとんどで、なかなかコウちゃんの話にもヘイちゃんの話にも辿り着かなかった。

わたしが理解し、重要だと思えたのは、ワタナベのお父さんがコウちゃんと知り合ったときには、コウちゃんはヘイちゃんといっしょには住んではおらず、ただ、上野界隈でよく会っていて、三人で酒を飲んだり浅草に落語や芝居を見に行ったりし、そんなときに、コウちゃんとヘイちゃんは、いっしょに暮らしていたころの昔話をしょっちゅうしていて、女の子の話も出たことがある、という部分のみだった。それは、話を軌道に戻そうとするたびに、織部さんが確認したことでもあり、かなりな精度で記憶されているようだった。

お父さんが、若かりし頃の武勇伝におそらくは脚色を加えて披露している最中、ずさっと音がして、振り向くと紗都さんが胸と頭を押さえてうずくまっていた。みんなの目が集中し、紗都さんは申し訳なさそうな表情で、

「私、昨日、仕上げなきゃいけない資料を作ってて一晩中寝てなくて。少しちょっと、いま、頭が割れるみたいに痛くなってきて」

と言う。

じつのところ、ワタナベさん親子がヘビースモーカーだったせいもあって、室内の空気はかなり濁っていた。それで、わたしは紗都さんを抱えるようにして外に出て、しばらく様子を見ていたのだけれど、あのスモーキーな部屋に戻すのは無理だと判断し、その場を織部さんと雄之助くんに頼んで、わたしは彼女を駅まで送ることにした。

送り先が野田市駅ではなくて、新幹線の停まる大宮になったのは、近くの駅に降ろして置いて行く気になれなかったからだ。

車を少し走らせると川べりに公園があって、少年たちの草野球チームが練習をしているのが見えた。外の空気を吸った方がいいだろうと、駐車場を探して車を停め、缶コーヒーを買ってきて草っ原に座った。車の中に薄いダウンのひざ掛けが二枚あったのでそれを出して、紗都さんにも渡し、冷えないように腰に巻いた。空気は少し肌寒

い程度で、秋晴れのいいお天気だったから、河原で深呼吸するのは気持ちがよかった。

「煙草が、ちょっと」

と、紗都さんが言った。

チェーンスモーカーという、いまとなっては古めかしく聞こえる言葉を思い出すほど、ワタナベさん親子は激しく喫《す》い続けていた。

横になって静かにしている紗都さんの隣で、わたしはワタナベさん親子に会いに来たのは失敗だったのじゃなかろうかと考えていた。お父さんの話があまりに蛇行するので、喜和子さんに関係する話を聞けたような気がしなかったし、おばあさんに関する情報がいままでほとんどなかった紗都さんにとっては、喜和子さんの友人だといって雄之助くんが現れるのだってびっくりすることだっただろう。少なくとも、紗都さんに来てもらう必要はなくて、わたしと雄之助くんが聞きにくれば十分だったのではないか。あとで、整理した話を紗都さんに聞かせる方がよっぽどよかったのではないか。

少したってから、紗都さんはむっくり起き上がって、ふーっと長い息を吐きだした。と、ほぼ同時に、ピロロン、と音がして、二人のスマートフォンに同時にメッセージが届いた。

「だいじょうぶ?」

雄之助くんから送られてきていた。事前に、待ち合わせ場所などを確認しやすいからと、LINEグループを作って情報をやり取りしていたのだった。

「心配しないで。後で連絡する」

そう返信して、わたしは自分のスマートフォンをバッグにしまい、

「返事しなくていいから。ほっといて」

と、紗都さんに言い、しかし、まさに雄之助くんが送ってきた言葉をつけ加えた。

「だいじょうぶ?」

「うん、少しマシになりました。さっきまでは、ガンガンして」

「ちょっとインパクトある親子だったしねえ」

少しだけ口元を緩めて、うなずくように下を向いた紗都さんは、しばらくなにも言わずに野球をする少年たちを見つめていた。

「あの人が話していた二人は、喜和子さんが会った人たちと、ほんとに同一人物なんですかね。どうなのかな」

ぬるくなってきた缶コーヒーを一口飲むと、少年たちに目を向けたまま紗都さんは言った。

「あれだけじゃね」

お父さんの話だけでは心許ないと、わたしも思った。

「名前だけでもわかればね」

もし、お父さんの言っていた「聯隊」名が本当のものならば、名簿かなにかを見つけるなりして、調べ方はあるのかもしれないと、わたしはぼんやり思ったが、口には出さなかった。いずれにしても、紗都さんがあまり積極的に知りたいと思っていない空気が伝わってきた気がしたからだ。紗都さんは、またなにも言わなくなって、考えるように草野球チームに目をやった。

「そろそろ車に乗れそう？」

彼女が少し寒そうに腕をさすったのを見て、そうたずねると、紗都さんは二度、うなずいた。わたしは彼女を助手席に座らせた。

わたしたちは話す気にもならず、ラジオの饒舌《じょうぜつ》なおしゃべりを聞く気にもなれなかったので、流れて来るヴラディーミル・アシュケナージの弾くショパンを聞きながら、大宮駅まで無言でドライブをした。

夢見る帝国図書館・22　帝国図書館の「日本のいちばん長い日」

接収図書の整理と貴重図書の疎開に明け暮れながらも、帝国図書館は戦時にあって一日たりとも臨時休館をしなかった。

連日空襲が続くようになると、さすがに夜間開館は中止、女子職員は四時退庁となったが、松本喜一《まつもときいち》館長が定期閉館日以外はけっして休館してはならないと厳命したからである。

「館長はイギリス贔屓だから」

図書館員たちはこっそり呟きあった。

「なんでも、先の大戦のころ、首都ロンドンがツェッペリン飛行船による大空襲のさなか、かの大英博物館図書室が一日も休まず閲覧者に扉を開き続けたのだそうで」

「そのイギリスのジェントルマンシップを、わが帝国図書館でも実現したいと」

「一人でも来館者のある限り開館せよと言うわけだ」

「だけどいま日本は鬼畜米英と戦っているわけで」

「そこだけ、イギリスを真似してもいいのかね」

「それは、ここでは言わぬ話だ」

図書館員は出征で櫛の歯が欠けたようにいなくなってはいたが、残った者で貸出業務のみならず、図書館の前庭、小泉八雲《こいずみやくも》記念碑周辺の芝生を掘り起こしてサツマイモを栽培するという戦時農園の造成作業も行った。

そして、昭和二十年八月十五日も当たり前のように開館し、終戦の詔勅を館長室でラジオに最敬礼して涙を流しながら聞いたのであった。


ところで、帝国図書館から数百メートルの範囲内には、上野動物園のみならず、東京美術学校もあったのだったが、この美術学校の建物が「日本のいちばん長い日」と同じように、敗戦を受け入れず徹底抗戦を叫ぶ陸軍将兵たちによって、占拠された事件を知る人は少ない。

近衛師団が皇居を占拠した八月十五日から遅れること二日の十七日、帝国陸軍水戸教導航空通信師団教導通信第二隊第二中隊は、終戦阻止のために蹶起《けっき》した近衛兵たちと合流し、帝国の聖戦を引き続き遂行すべく、水戸市郊外の宿営地を出発、水戸駅に入ってきた仙台行き下り列車を乗っ取り、機関車の頭とお尻をつけかえて、一路、東京へ向かった。

鶯谷駅付近で列車を止めて下車、行軍しつつ上野公園に入った第二中隊は、無人となっていた東京美術学校を占拠、蹶起に向けて着々と準備を開始した。

しかし、皇居での蹶起は鎮圧され、終戦の詔勅は真実であり、もはや帝国軍の蹶起はありえないとの情報も入り、錯綜する。

おかしい。

水戸で聞いていた話とは、どうもなんだか違うのであった。

そうはいっても、もう一旦やると決めたからにはどうしてもやりたい派と、「蹶起すれば武力で鎮圧される」というお達しに矛を収めたくなった派とが対立し、将校たちの間でも意見はまったくまとまらなかった。

高まる緊張、事態混乱への苛立ち、敗戦の屈辱、恐怖、怒り、疑心暗鬼、その他もろもろの帰結として、円陣会議を開いていた将校たちはついに決裂。銃口が火を噴き、刀剣がひらめき、東京美術学校は突如、血の海となったのである。

阿鼻叫喚《あびきょうかん》の末に、蹶起は未遂に終わった。

むろん、その詳細は、数百メートル先の帝国図書館に知らされることもなく、この日も図書館員たちは、律義にイギリス流ジェントルマンシップを発揮していたのであった。

さらに言えば、このジェントルマンシップに加えて、「ＧＨＱが来る前に、見つかるとまずい軍事資料を即刻引き取り処分したいので準備してほしい」という、軍の諸機関からの要請に、しゃかりきになって応えなければならなかったという事情もあった。

ワタナベのお父さんは、その後さらに饒舌になり、大きな声で楽しそうにありとあらゆることをしゃべった。その多くが、終戦直後の上野界隈のセックスワーカーに関するものだったという。

どのエリアにパンパンが居て、どのあたりに「おんながた」と呼ばれた男娼がいて、その男娼たちはたいがい山谷《さんや》、車坂《くるまざか》、万年町《まんねんちょう》あたりで暮らしていたというようなこと。彼らの呼び名はたいてい「おたか」とか「おみね」とか、二文字に「お」がついていたが、兵隊くずれの多い彼らはもともと「高田」とか「峰岸」とか、軍隊風に名字で呼び合っていて、名字の上一文字をとって源氏名らしきものをつける慣習があったこと。それから話は上野以外にも広がって、ノガミ（上野）のパンパンとラクチョウ（有楽町ガード下）のパンパンがいかに不仲だったかとか、そんなような話だった。雄之助くんは、どの話も初耳で熱心に聞き込んだので、ますますお父さんは彼を気に入ったようだったが、インタビューを終えた帰り道では、織部さんが不機嫌な顔をして、

「あの人、終戦の時、まだ子どもだよ。しかも青森生まれで上京したのが東京タワー建った年なんだからさ。何にも知ってるわけないじゃん。あれはみんな、角達也《すみたつや》の『男娼の森』っていう、昭和二十年代半ばに書かれた小説だかルポだかわかんないようなやつをパクってしゃべってるんだよ。もう何度聞いたかわかりゃしない」

と言ったのだそうだ。まあ、それだけではなくて、先輩たちから聞いた話をいつのまにか見てきたように話す癖がついたのだろうと、雄之助くんは解説していた。

辛抱強く聞きだした情報の中で有益なのは、こんなところかもしれない。


昭和三十二年か三十三年当時、コウちゃんとヘイちゃんはともに三十代くらいで、ヘイちゃんのほうがいくらか年上だった。二人はそのころ別々に暮らしていたことは前にも触れたが、コウちゃんはゲイで、ヘイちゃんは、公言こそしていなかったが、

「あの人もそうだった」とワタナベのお父さんは断言した。コウちゃんは男娼からは足を洗って映画関係の仕事をしていて、ヘイちゃんは英語の翻訳かなにかをしていた。コウちゃんは都下の豆腐屋の息子で、ヘイちゃんは名古屋の商家の生まれ、遊び人で中学は中退だったが、とにかく無類の本好きだったという。


わたしにとって最も興味深かったのは、『夢見る帝国図書館』に関する逸話だ。

「ワタナベのお父さんは、『夢見る』じゃなくて『恨みの』だって、言うんですよ」

そう、雄之助くんのメッセージには書いてあった。

「たしか『恨みの帝国図書館』というのを書いていて、帝国図書館が、金がなくて金がなくて、金のある博物館を妬んで恨んで化けて出るとかなんとかかっていう」

とあったが、それはまさしく『夢見る帝国図書館』だ。


この時点で、ヘイちゃんは瓜生平吉《うりゅうへいきち》だと、わたしは確信した。そして確信する理由

はもう一つあった。

「それから、喜和子さんの葉書の妙な数字のことがわかりそうです。あの話をしたら、お父さんは笑ったんです。それは図書館の本の整理番号だって。ヘイちゃんは、なにかというといっつも整理番号の話をしたって」

図書館の本の整理番号。

それはなんとも、図書館小説を書こうとしていた人物らしい数字の選び方だった。なんで思いつかなかったんだろうねと、わたしと雄之助くんはお互いの勘の悪さを半ば嘆きつつ、笑いのネタにすることになった。ともかく図書分類法の本にでも当たれば、葉書の「なぞなぞ」の答えにはたどり着けるらしい。

ただ、どうしてもよくわからなかったのが、そもそもどういう経緯で女の子がその二人といっしょに暮らしていたのかということだった。知り合いの子を預かっていたような話でもあり、「あのへんには大勢いた浮浪児の一人」が、いつの間にか居ついたような話でもあり、「尋ね人」の広告を出したら、親が連絡を寄こしたというような話でもあった。

ヘイちゃんは「あの子がなあ。どうしてるかなあ」という話をよくしていて、「親元に帰ったんだから心配ない」とコウちゃんのほうが言うのだそうだ。女の子だし、早く親のところに行かせたほうがいいと、骨を折ったのはコウちゃんのほうだったらしい。

「もう一つ、気になるのは、女の子がいた期間です。何年もいたような話じゃない。何か月か、長くても一年にはならないだろうと、ワタナベさんは言うのです。でも、こちらも、ワタナベさんがよく知らないだけかもしれません」

それでも、瓜生平吉と図書館小説の関係がわかったことが、わたしにとっては大きな収穫だった。喜和子さんの話の中ではぼんやりしていたものが、くっきりしたアウトラインを引き始めたような気がした。

その後、紗都さんからはとくに連絡がなかったし、雄之助くんもなんとも言ってこなかった。

ただ、わたしは、例の「図書館の整理番号」が気になったので、また国立国会図書館に出かけることにした。けれどその前に、思い立って、本郷のケア付きマンションに住んでいる古尾野《ふるおや》先生に会いに行った。いかにも「隠居」という風情の古尾野先生はちゃんちゃんこ姿で、わたしが訪ねるとロビーに設置されたソファに深々と座り、ゆったりと新聞をめくっているところだった。

「おう、いらっしゃい」

先生は目を上げて、ホルダーに挟まれた新聞をテーブルに置き、ずり落ちた眼鏡の位置を直した。

「ごぶさたしてます」

そう、紋切り型の挨拶を切り出すと、

「そうでもないよ。あんたには、うちの息子よりよく会ってる」

先生はリアクションに困るような返事を寄こした。

ケア付き高級高齢者向けマンションのロビーは、広さはないが洗練されていて、ジョージ・クルーニーが宣伝しているコーヒーメーカーが置いてあった。果たして、先生と同世代の入居者があれを使いこなせるのだろうかと睨んでいるわたしを見て、コーヒーを飲みたがっているのかと勘違いした先生が、

「淹れてきてよ。なんでもいい。なんでもいいから」

と言うので、わたしは自分と先生にラテ・マッキャートなるものを淹れてみた。

ふわふわと泡立ったミルクをすすりながら、わたしはそれまで先生に話していなかったもろもろのことを報告した。

先生は、ふんふんとうなずいて聞いていたが、葉書に書かれた数字が図書館の整理番号で、というところに来ると、さすがに苦笑した。

「そうだったのか！　で、どういう意味なの、全体的に」

「今日、これから図書館に行って、調べてくるつもりです」

「なんだ、まだ、わかってないのか。図書分類か。口惜《くや》しいな。気がつくべきだった

よ」

無念さをあらわにした先生は、ワタナベのお父さんが開陳した戦後上野のセックスワーカー地図などには、それなりに興味を持って、感心しつつ聞いていた。そして、喜和子さんがバラック集落にいつからいつまでいたのかは不明、という話をすると、何か考えるようにしばらく押し黙って、静かにラテ・マッキャートを口に運んだ。

「あれなあ」

と、先生は、口を開いた。

「あったろう。喜和ちゃんの話で、『戦後まもなく、親の用事で東京に出てきたが、迷子になった。それで、しばらくの間、血のつながりのないお兄さんたちといっしょに暮らしてた』というやつ」

「ああ、そういえば、いつか言ってましたね。つまり、喜和子さんが親と離れたのはすでに宮崎の養父のもとに引き取られた後の話ということですか？　宮崎の両親とともに東京に出てきて、そして一時期、東京で暮らしていたと」

「だからねえ、そこだよ」

「はい？」

「だって、それじゃあ、喜和ちゃんの兄さんという人の話と、合わないじゃないか」

「そうなんですよ。喜和子さんのお兄さんのマサカズさんは、戦後何年かしてから急に妹が現れたと言ってたそうなんです。戸籍上の養女となった時期とも一致します。嘘をつくような場面でもなければ、記憶違いするようなことでもないので、喜和子さんの言ってたことのほうが間違いなのかなあと思っているんですが。いずれにしても、曖昧な話だったし」

「あれなあ。親といっしょに出てきたが迷子になったという話なあ。あれは僕の話だよ」

そう、先生が言ったので、私はびっくりして口を開けたまま何も言えなくなった。

ケア付き高齢者向けマンションはレンガ色をしていて、建物を囲むように植樹してあった。それはよく目隠しの役割を果たし、かつ、無機質なマンションからの眺めにやわらかさを与えていた。古尾野先生はその植栽に何か気になるものでも見つけたかのように、ちゃんちゃんこの衿《えり》の部分から首を伸ばすようにして、顔をそちらに向けた。乾いて、皺がより、薄い色のほくろの浮いた老人の白い肌が見えた。たしか、この先生は喜和子さんより年上だったはずだと、当たり前だがそんなことを思った。

「あれは、僕の話だ」

静かにもう一度、先生は言った。

「大陸から引き揚げて両親と姉といっしょに汽車で目的地に向かったんだが、大阪に着いて、食べ物の屋台が目について、においに惹かれてふらふらと一人で歩きだしてね。気がついたら両親と姉がいないんだ。駅の周辺を駆けずり回って探して、声を嗄らして叫んだが、どこにもいない。日が暮れてくると、ますます人が増えて、厚化粧の女たちやら、物乞いやら、得体のしれない物売りやら、それこそ駅の子と呼ばれた家のない子どもたちやら、そこをねぐらにしたり、客を待ったりしている連中が集まってきて、ひどいにおいが立ち込めて、何がなにやらわからない。どうしたらいいのか、途方に暮れたまま、置いて行かれてもう二度と会えないと恐怖心でいっぱいになって、そうなるとこんどは、足が竦んで動けない。結局、同じような年恰好の男の子に促されて、ガード下の暗がりのようなところへ連れて行かれて、そこでうずくまって寝てしまった。眠れないかと思ったら、疲れた子どもの体は正直だね。眠りこけて、そこで一夜を明かしたんだ。その日のことを、生涯忘れたことはないが、人に詳しく話したこともない。　喜和ちゃん以外にはね」

「喜和子さんに？」

　古尾野先生は、外を見つめたまま、うなずいた。

「なんでその話になったのかは覚えてないよ。ともかく喜和ちゃんに話したんだ。目を大きく開けたまま、喜和ちゃんはじっと聞いてた。それからしばらくして、そうだな、そんなにすぐじゃあ、なかったなあ。何か月か経ってたと思うね。喜和ちゃんの思い出話に、あれが入るようになった。駅で、迷子になったと」

「じゃあ、それまでは」

「子どものころのことは一切思い出せないと言ってた」

「古尾野先生は、ご両親とお姉さんに会えたんですね？」

「翌日、駅に迎えに来た。親の勘が働いたんだろう。よく見つけてくれたもんだ。大阪では市電を乗り継いで親戚の家に行ったんだが、僕はそれを知らなかったから、駅に泊るのかと思っていてね。両親は、僕がついてきているものと思い込んだまま、混みあった市電に乗って、慣れない土地で緊張して親戚の家にたどり着いたら、息子がいなかったわけだ。駅に戻ろうにも、もう夜でねえ。母親は半狂乱になったらしい。それから朝一番の市電で来て見つけてくれたんだが、僕はあの大阪の夜を忘れないね。それから」

そう言って、先生はしばらく言葉を探した。

「それから、僕を自分のねぐらに案内してくれた子が、僕と僕の親を見たときの目を忘れたことはない」

古尾野先生は、少し苦しそうに二回ほどしわぶいた。

「だって、あの当時いっぱいいたからね。駅の子と呼ばれた戦災孤児がさ。あの子供たちくらい、ひどいめにあったのはないんだから。大人の始めた戦争で親も家もなくしてね」

それでは喜和子さんは。

そう、わたしが問いかけようとしたのを遮るように、先生はちゃんちゃんこの衿の内側の細くなった首を左右に振った。

あの人のこと、ちょっとわからないところがあったよ。

そう、以前に、古尾野先生は言った。

いつも、全部は明かしてくれないようなところがあったんだ、喜和ちゃんは。

喜和子さんは、先生の思い出話を聞いて、自分の話のように思ったんだろうか。なにか思い出すことがあったんだろうか。それとも、思い出せない自分の物語の代償として、その小さなエピソードを採用することに決めたんだろうか。

いくつもの物語が喜和子さんを取り囲んで回り出す。

小さな子どもを背嚢《はいのう》に入れて図書館に行く復員兵や、人でごった返した駅で子どもの手を放してしまう親や、バラック暮らしの復員兵と男娼、それらは喜和子さん自身の体験なのかそれともそうではないのか。そもそも何が体験と呼ばれるべきなのか。

ゆるゆると首を振っていた古尾野先生は目を上げて、言った。

「僕は、あまりいい相手じゃあ、なかったね」

この人には奥さんがいて、息子が二人いて、大学の先生という立派な仕事があったから、喜和子さんに会うのは、そうした時間の合間をぬってのことだった。喜和子さんにとって、それがどういう時間だったのか、わたしは聞いていない。しかも、わたしが古尾野先生と知り合ったのは、二人が濃密な時間を過ごした日々より後のことだった。

それでも時々考える。喜和子さんは結婚生活に疲れ、複雑な思いを抱えて東京に出てきて、広小路で働き始めて、そしていろんな話をしてくれるこの人に出会った。博識な彼は、『たけくらべ』をおもしろく語ってくれた人に、どこか似ていたかもしれない。その上、子ども時代のエピソードにも彼女の思い出に響く何かがあったのなら、喜和子さんがこの人に惹かれたのには、十分な理由があったに違いない。すべてを明かすことがなかったにしても。

「いや、お似合いでしたけど」

ほかに言いようもないので、茶化すようにそう口走ると、古尾野先生は照れて口を尖らした。

「先生、喜和子さんがバラックでいっしょにいた、そのお兄さんなんですけど、南方帰りの復員兵だったというの、確認する方法ってありますか？　どの部隊にいたのかは、わかってるんですけど」

別れ際にふと思いついて聞いてみた。

「陸軍？」

「陸軍ですね」

「階級は？」

「さあ」

「師団とか、聯隊とか、わかってるの？」

「第三八師団歩兵第二二八聯隊です」

わたしがメモを見ながら答えると、やけに詳しいね、そこだけ、と先生は言い、

「聯隊史かなんかがありゃあ、わかるんじゃないのか」

とつけ加えた。

「レンタイシ？」

「うん。聯隊ごとに作る、記録文集みたいなやつさ。名簿が載ってるんじゃないかな。あんた、なぞなぞ調べに図書館に行くんだろう。ついでに聯隊史を探してきたらいい」

ともかく、数字のなぞなぞは解いて知らせてくれと言われて、わたしはケア付きマンションを後にし、本郷三丁目から丸ノ内線に乗った。

いつものように、ロッカーに荷物をあずけて筆記用具と財布だけを持つと、登録利用者カードをかざして図書館に入り、検索用のパソコンの前に陣取る。あいかわらず、利用者の数は多く、空いているパソコンを見つけるのに少し手間取った。

あまりなにも考えずにサーチエンジンに「聯隊史」と入れてみた。

五百六十四件ものヒットがあって驚いた。

戦前に出ているものはたいてい「帝国在郷軍人会」などが編纂していたが、戦後のものはそれぞれの聯隊のサバイバーが、個々に「聯隊史編纂委員会」を作っている場合が多く、個人名義で出している私家版などもあった。ほとんどが、一九七〇年代から八〇年代あたりに出版されていた。まだ生存者が多く、実際の戦闘からは四半世紀以上の時が流れて、記録をとどめようという動きが盛んになったのだろう。

五百六十四件を一つずつ見るのは面倒なので、「歩兵第二二八聯隊史」と入力して検索すると、昭和四十八年に編纂されたものがヒットした。

聯隊史は閲覧請求が必要だったが、昭和二十五年の九月に初版を出した『図書分類法要説』という本はデジタル化されていて、その場のパソコン画面で見ることができた。なぞなぞのほうが気になって、先に『図書分類法要説』のほうを開いてみることにした。

もともとは、戦時中に書かれた分類法の本だったそうだが、戦後に「図書館法」が変わって、日本十進分類法（ＮＤＣ）が採用されることになったのを機に出版された「改訂増補版」というものだった。

ともあれ、わたしが知りたいのは図書分類だ。たいへん立派な分類法の講義本の中から「日本十進分類法主綱表（昭和二十五年七月新訂第六版）」というものを見つけ出し、手元のメモの数字を見ながら、ノートに書き写した。

870・イタリア語
690・通信
430・化学
010・図書館
270・傳記
240・アフリカ史
730・版画
850・フランス語

この際、数字ではなく、分類された項目のほうに、何か意味があると考えるのが正しかろうと思うものの、にらみつけてもそのバラバラな言葉から何かが浮かんでくるような気がしなかった。「イタリア語」と「フランス語」には共通点がある。ひょっとして「アフリカ史」も？　一つだけ、やはり気になるのは「図書館」という言葉だった。それは意図的に選択されたもののように思えた。

出掛けに、紗都さんに渡し損ねたまま仕事場に貼っておいた葉書のコピーをはがしてバッグに突っ込んだのを思い出し、舌打ちしてからロッカーにそれを取りに行った。コインロッカーからバッグを引き出し、たたんだ紙を取り出して、もう一度バッグをロッカーに入れ、という二度手間の作業をしてから、また登録利用者カードを機器に通して席に戻る途中で、手元の紙を開いて見ると、「なぞなぞです。といてごらん」の前に並んだ数字の、「010」にマルがついているのが確認できた。

数分前に取ったメモを見ると、「010・図書館」と書いてある。

このマルはやはり、この数字に注目しろ、「図書館」だぞ、という意味があるように思われた。だとすると、他の数字はなんなのか。

わたしはもう一度、若干、眉間にしわをよせて「010」のマル印を見た。マルは縦長で、ちょうど「010」という数字を囲むような形をしている。試験の採点のマルのようなものとは違って、縦長のマルの中に数字が入って収まっている。

丸めていた背中を伸ばして、もう一度、手元のメモを凝視した。これはつまり、このマルはつまり、「010」の「図書館」だけは「図書館」と読むことにする、というルールなのでは、という解釈が頭に浮かんだ。ほかのものはもっと、記号として扱うべきなのでは。たとえば、頭文字だけを読むとか。

「イ通化（図書館）傳ア版フ」

書きながら頭の中で音にし、それからもう一度、小さな声で音読した。

くすぐったいような笑いが、お腹から口元に上って来る。「図書館」以外は、最初の音だけ読むのだ。

「イッカ図書館デアハフ」

喜和子さんは、このなぞなぞを解いていたに違いない。

「いつか、図書館で会おう」

それは、喜和子さんが、宮崎の孫娘に送った葉書の文面と同じだった。

夢見る帝国図書館・23　宮本百合子《みやもとゆりこ》、男女混合閲覧室に坐る

昭和二十年夏、日本は連合国に敗戦し、長い戦争の時代が終わった。九月二十七日には早くも進駐軍が帝国図書館にやってきた。軍服を着たアメリカ人が、

「米国戦果調査団員海軍中尉」

という日本語の名刺を、図書館員に静かに差し出した。

戦時中から病のために休みがちだった館長・松本喜一《まつもときいち》は、その年の十一月にこの世を去り、翌年にはGHQ民間情報教育局（CIE）のフィリップ・キーニーが占領期の初代図書館担当官として赴任した。

この年、略奪図書の返還と疎開図書の引き上げが始まった。香港から略奪してきた図書のうち、ボクサー文庫と呼ばれたイギリス軍人ボクサー少佐の個人文庫は、早くも一月のうちに本人に返還され、少佐はその保管状態の良さに感謝した。長野に疎開していた貴重書も戻ってきた。

そして昭和二十一年五月、岡田温《おかだならう》が館長に就任するのだが、翌年の四月に、はやくもキーニーは解雇されている。理由は彼とその妻が共産党員であったことによる。禿

げ頭で五十過ぎのキーニーは、しかしユーモアのある人情家でもあり、帰国にあたっては「自分には子どももいないから、着て帰る服だけあればいい」と言って、図書館員たちにあるだけの衣服を残した。着るものに不自由していた図書館員たちは、キーニーのお下がりのダブダブの服に身を包んで戦後の激務をこなした。

後日談となるが、キーニーは帰国後、マッカーシー旋風の吹き荒れる母国アメリカで職を奪われる。五年後に日本から訪ねて行った図書館員は、そのかつてのGHQ図書館担当官が、ニューヨークの場末のクラブで切符のもぎりをして辛うじて糊口をしのいでいる姿を見ることになった。

ともあれ、昭和二十一年である。

この年の秋、帝国図書館を訪ねたのは、少女時代に足しげくここに通った旧姓中《ちゅう》條《じょう》、宮本百合子だった。

大正時代はお嬢様の天才少女で、一つ二つ年を誤魔化しても図書館の本を読みふけった才媛だったが、その後、アメリカ留学を経て最初の結婚をし、離婚。湯《ゆ》浅《あさ》芳《よし》子《こ》との同棲、ソ連行きを経て、共産党に入党、九歳年下の宮本顕《けん》治《じ》と結婚、弾圧、検挙、執筆禁止などなど、この世の修羅場という修羅場を潜り抜けて、このとき百合子は四十八歳。戦時中に無期懲役判決を受けて服役していた夫の顕治は、ようやく二年前に出所してきていた。

七年ぶりに帝国図書館を訪れた百合子は、その様変わりに驚く。

「婦人閲覧室はどこでしょう」

百合子はそこにいた学生に尋ねる。

「ここです」

不思議そうに、学生が答える。百合子は「ここ」と指さされた「一般閲覧室」に入る。

終戦の一年後の秋、そこでは男女が隣り合って座り、おもいおもいに読書をしたり、調べものをしたり、なにやらノートに書きつけたり、居眠りしたりしている。

百合子はその「一般閲覧室」の、硬い木の椅子を引いて腰を下ろす。少女のころから通った場所の、いままでは見たこともなかった光景を目にしながら、この図書館で過ごした日々のいくつもの思い出が、百合子の脳裏に蘇って来る。

昭和二十二年、十二月四日、帝国図書館の名は廃止になり、国立図書館が誕生する。

なぞなぞの意味が解けたので、こんどは『歩兵第二二八聯隊史』にとりかかろうとしたが、古尾野《ふるおや》先生のところへ寄り道していて図書館に行った時間が遅くなったので、書名だけメモして家に戻った。

そして喜和子さんの「上野の古本屋」に書名を伝えて、見つけておいてくれるように頼んだら、数日も経ずに連絡が入った。

「よそだと二万から三万で出ていますよ」

古本屋の親父は相変わらず恩着せがましく言った。

「特別に四千円でお出ししますからね」

遠くもないのだから出かけて行けばいいのだが、締め切り仕事を抱えていると出るのも億劫で、郵送を頼んだ。手元に届いたその本はきれいな箱に入っていて、赤い表紙も新品のように美しかった。ほとんど読まれていないものと思い込んでページを繰っていると、唐突に書き込みがあり、文章に波線が引かれていたり、人物名が書き出してあったりした。こうした本は、聯隊にいた人物か、もしくはその遺族に渡るのがせいぜいなところだろうが、それだけに自分自身、あるいはその係累と関連する人物や事件は、舐めるように読むものなのだろう。第三八師団の一部として、第二二八聯隊が愛知県及び岐阜県下で編成されたのは、昭和十四年のことだ。この年に二十歳以上だった人で、存命の人物はまずいないと思われる。

巻末に名簿があったので、本来ならそこで「瓜生平吉《うりゆうへいきち》」という名前を探せばいいのだが、つい波線の引かれた「各隊の記録」のほうに目が行った。

この「各隊の記録」は、何かきちんとした方針があって、記録係のような者がいて、書き残されたものというのでもないらしい。各隊で誰かが書いていた日記を引き写していたり、後から作戦内容を思い出して記録したり、バラバラな印象があった。でもそれだけに断片を集めて整理する作業はたいへんなものだっただろうと想像できた。なにかしら記録を残していた人も、それらを集めて編集した人も、もう多くが鬼籍に入《い》ったと思うと、自分がそれを手に取っている不思議に驚かされる。

ともあれ、この「各隊の記録」の中の、「第一三中隊」の記述の中に、わたしは「瓜生」という名前を発見した。

「第一三中隊」の記録に多く名前を見るのは、金田任三郎という人物で、この人は小隊を率いていたらしい。まめに日記をつけていただけでなく、その内容も、他の人とはちょっと違って、戦死した部下の遺品から女性の写真を見つけ出して、まだ恋人の逝ったのも知らずにいるのだとため息をついたり、原住民の抱いている子どもがかわいいと書いていたりする。「瓜生」という名前は、部隊が昭和十五年三月に中国の中山県に上陸した翌日の記述にあった。中山県は広東省にあり、広州とマカオの中間くらいの位置にある。

上陸の日は暗くなってから雨が降り、日本とは違って三月は雨季でじめじめして生暖かく、部隊はひっきりなしに蚊の来襲に遭って、眠れぬ夜を過ごし、しらじらとあたりが明るくなり始めたところへ、歩哨《ほしょう》が原住民を連れてくる。上陸の夜にあたりをうろついていて、戦闘に巻き込んでは危ないので保護したが、朝になって何やら大声でわめき出した。現地の言葉は皆目わからないので、ともかく金田小隊長のところへ連れて行こうということになったらしい。

日本人と中国人なのだからと、筆談を始めるがどうもうまくいかない。身振りを入れてもわからない。どうしようもないので困っていると、瓜生という名前の一等兵が「英語を話せるか」と原住民にたずねた。

驚いたことに、筆談もおぼつかないかにみえたその原住民の男は、なにやらぺらぺらと話し始めた。「眼鏡をかけた」「背の高い」「瓜生一等兵」は、しばらくその男をにらむようにして話を聞いていたが、やがて向き直って、金田小隊長に「この辺には兵隊はいない。危ないことはないから、もう家に帰らせてほしいと、言っておりますす」と報告するのだ。

それ以外に「瓜生一等兵」に関する記述はなく、金田小隊長はマカオや香港に近い地となると、野良着のような恰好の原住民でも英語を話すのかと衝撃を受ける。

しかし一方で、それに応じて英語を話してしまっては、敵国イギリスの偉さばかりが引き立ってしまうのではないかと、小隊長は悶々とするのである。英国の将校は日本語などぜったいに学ばないし、ぜったいに話さないだろうと思うと、自分も八年間、英語を学んだけれども、それをここで原住民に知らせるのも国威を失墜させるような気がして、英会話は瓜生一等兵に任せた、という記述の中にのみ「瓜生」は登場する。

わたしはそのあと、ともかく「第一三中隊」の記録にしつこく目を走らせたが、英語を話す背の高い「瓜生」は、どこにもあらわれなかった。そして金田小隊長の日記もいつのまにか見当たらなくなる。

部隊はその後、香港を攻略し、ガダルカナルからラバウルへと、激戦地を転戦した。香港は攻め落として意気揚々とした記述も目立つが、「餓島」と呼ばれたガダルカナルでの記録は、凄絶なものに変わった。昭和十七年十一月、部隊は上陸を果たすが、翌十二月にはすでに飢え始める。「糧秣《りょうまつ》はほとんど無給、木の芽、草の根、『トカゲ』、『モグラネズミ』、口に入るものはありとあらゆるものを食べ、燃料は椰子の実の干したものを、マッチ軸のように細い木片で燃やし」、水は「ボーフラが湧いていれば心配ない」ということで、浮いた木片や木の葉をかきわけて飯盒《はんごう》で泥水を掬《すく》って飲む。

そして砲弾にあたりもしないうちに、兵隊たちはぞくぞくと、マラリア、脚気《かっけ》、大腸炎のいずれかで死に至るのだ。

人数の減った部隊は、混成部隊として新たに編成され、ラバウルに向かうが、「第一三中隊」は昭和十九年三月に急遽クムクムという、ラバウルの主陣地を離れた場所での守備を命じられる。ここで、「第一三中隊」は、執念のように畑を作って穀物を収穫し、ワニを獲ってさばいたりしながら終戦を迎えるのだった。

昭和二十年八月二十三日に、オーストラリア軍に降伏した部隊は、占領下におかれ、翌二十一年、三月と四月に、復員部隊がそれぞれ浦賀と名古屋に到着している。

巻末の「第一三中隊」には、金田小隊長の名前があった。戦死者欄だった。

そして、生還者名簿の最後のほうに、瓜生平吉の名も（死去）という補足付きで記されていたが、住所や連絡先はわからなかったようだ。戦地から帰った彼が、いつ上野に出てきたのかは不明ながら、それはあきらかに昭和二十一年の春以降だったはずだ。

喜和子さんは、いったいどういう経緯で、いつごろからこの人物と暮らし始めたものか。それは赤い表紙の「聯隊史」をいくら睨んでもわからないことだった。

夢見る帝国図書館・24　ピアニストの娘、帝国図書館にあらわる

帝国図書館は、敗戦の年から二年と数か月の間だけ、「オキュパイド・ジャパンの帝国図書館」として存在した。これはそんな、占領下の図書館の話だ。

昭和二十一年二月四日、一台のジープが上野の山を上ってきた。ジープは帝国図書館の前に停まる。運転手と車を待たせて、若い女性が一人降りてきた。つややかな黒髪に、彫の深いエキゾチックな顔立ちをしていた。

彼女は、当時日本にいた約二十万人のアメリカ軍人のうちの一人で、その二十万のうちのたった六十人の女性軍人の一人でもあった。前年のクリスマスに来日し、民政局に配属されたばかりだった。

「憲法関連の本を探しているのですが」

ＧＨＱ職員であり、アメリカ人であり、女性でもあるそのカーキ色の制服の人物の登場に、すっかり恐れをなして固くなっていた図書館司書は、彼女が正確で聞き取りやすい日本語を話していることに目を丸くして、ますます固まった。

「急いでいるんです。ここで見つからなければ、他も回らなければならないので。日比谷図書館と帝大にはもう行きました。憲法に関する書物なら、何語で書かれていて

も構いません。英語はもちろん、フランス語、ドイツ語、ロシア語でも。アメリカ独立宣言もお願いします。イギリスのものに関しては、マグナ・カルタから始まる一連のものを探してください。ワイマール憲法に関するものも必須です。——ちょっと」

彼女は少しいらいらして、語気を強めた。

「聞いてくださってますか？　わたし、急いでいるんですけど」

司書は同僚と顔を見合わせて、それから、はじかれたように蔵書の検索を開始した。

一人の若い司書が、恐る恐る顔を上げた。

「スカンジナビア諸国の憲法は、どうしますか？」

彼女は表情のこわばりを解いて、二十二歳の娘らしい快活な笑みを浮かべて言った。

「ありがとうございます。お借りしたいと思います。書庫に入らせていただける？」

帝国図書館にもし心があったなら、このとき、はっと思い出したかもしれない。あ、この娘をたしかに見たことがあると。

図書館は記憶を遡らせるかもしれない。まだ、日本が中国とも戦争を始めていないころに。時は大正から昭和になったばかり。

帝国図書館と東京音楽学校は隣同士にあったから、音楽学校にピアノを教えに通う背の高いユダヤ系ロシア人が、時折その小さな娘の手を引いて上野の公園を歩いている姿を眺めたのを思い出すかもしれない。

その背の高いユダヤ系ロシア人の名前は、レオ・シロタといって、ウィーンを拠点に活躍し、リストの再来と謳《うた》われたピアニストだった。演奏旅行でこの極東の島国にやってきた天才は、だいじそうに楽譜を抱えて熱心に演奏会にやってくる聴衆の多いこの国に好意を持った。まさか、ヨーロッパから遠く遠く離れたアジア人ばかりの国に、こんなにまじめに西洋音楽を聴く人々がいるとは思わなかった。クラシックだけではなく、日本人たちは当時の現代音楽も理解した。

シロタを日本に呼んだ東京音楽学校教授の山田《やまだ》耕筰《こうさく》は、日本に滞在して学生たちにピアノを教えてもらいたいと熱心に訴えた。天才的な演奏家だったにもかかわらず、自分が演奏するよりも、教えるほうが好きだったシロタは、ピアノ科の教授になることを引き受けて、ウィーンで暮らしていた妻と小さな五歳の娘、ベアテを連れて来日したのだった。契約は半年の予定だったが、結局レオ・シロタはその後十七年をこの国で生きることになる。ナチスがオーストリアを併合してユダヤ人迫害が始まり、ウィーンへは帰れなくなったのだ。

父や、父の弟子の演奏を聴くために、ベアテは乃木坂の家から上野にやってきた。帝国図書館は、ピアニストの娘の成長を、折に触れて目にしたものだった。

小さかった女の子は十五歳になり、戦争が激しくなる前に一人でアメリカに留学した。そしていままた一人で、両親の住むこの国に帰ってきたのだった。連合国軍最高司令官総司令部に勤務する職員として。帝国図書館は、二十二歳になったベアテをその懐に受け入れた。

書庫の隅の机に積まれた憲法関連本の借り出し手続きをしながらベアテ・シロタは、司書に向かっていたずらっぽく笑いかけた。

「キノコがいっぱい採れたわ」

「なんですって？」

日本語を操る外国人女性に対応するのでいっぱいいっぱいの司書は、もうこれ以上、わけのわからんことはごめんだといった表情で、恨みがましく彼女を見つめたが、ベアテは大喜びだった。

「こんな広い書庫で原書を探すって、なんだか秋の山でキノコを収穫してるみたいな感じがするじゃない？」

司書は黙って頭を振った。

この日、ベアテ・シロタが東京中ジープを駆って回って借り出した本たちが、その日からの九日間を作った。日本国憲法の「ＧＨＱ草案」を準備する運命の九日間だ。

その日の朝、ベアテはＧＨＱ本部の民政局の一室で、これから、民政局に所属する二十五人で、日本の新しい憲法を作るのだと聞かされた。それはトップシークレットだったが、ともかく大至急取り掛からなければならない難題だった。

弱冠二十二歳のベアテは、人権に関する委員に任命された。極秘指令を書きとったメモを後ろ手に隠すようにして部屋に戻ると、同じ委員会のロウスト中佐に声をかけられた。こっそりと、耳元で囁くように。

「あなたは女性だから、女性の権利を書いたらどうですか？」

何冊もの原書を抱えながら、帝国図書館の廊下を歩いている時、ベアテはロウスト中佐の言葉を思い出していた。

わたしはこの国で五歳から十五歳まで育ったから、少なくともほかのアメリカ人よりは、この国のことをよく知っている。この国の女の子が十歳にもなるやならずで女郎屋に売られていることも、女たちには財産権もなにもないことも、子どもが生まれないという理由で離婚されてもなにも言えないことも、「女子ども」とまとめて呼ばれて成人男子とあきらかに差別されていることも、高等教育など受けさせなくていい存在だと思われていることも、親が決めた結婚に従い、いつも男たちの後ろをうつむきながら歩いていることも、わたしは知っている。

ベアテは小さいころから仲良しだった女中の美代ちゃんを思い浮かべた。わたしは彼女のような、この国の女たちのためにできることをしなければならない。

わたしが憲法草案を書くなら、と、ベアテは考えた。

この国の女は男とまったく平等だと書く。

神様がわたしのようなちっぽけな人間に、こんな大きな仕事をさせようとしているなら、間違えちゃいけない。わたしはこのチャンスを、彼女たちのために使わなきゃいけない。西洋のように「個人」という概念のない日本という国では、この千載一遇のチャンスに男女平等を謳っておかなければ、この先、百年だって、いまのままだ。基本的に男尊女卑のこの国では、女性の権利を保障するどんな法律だって、思いつかれることすらもないに違いない。まっさきに、憲法に書いておかなければ。

胸の前で、ベアテは借り出した本をしっかりと抱え直し、帝国図書館を後にした。

帝国図書館と、敗戦下の東京中の図書館が、一人の若いアメリカ人女性にありったけの憲法関連書籍を貸し出した。それらの本はベアテだけでなく、九日間で憲法草案を作り上げた二十五人の民政局員全員にとっての、最重要参考文献だった。

それは帝国図書館にとって、最後にして最大の仕事だったかもしれない。

つけ加えるなら、それらの本はGHQ職員にだけ「日本国憲法」の参考にされたわけではなかった。九日間で草案を書き上げるという難題を押しつけられた民政局の二十五人が、最も頼りにしたのは、ある日本人研究者グループによる民間草案だったが、実際のGHQ草案に多大な影響を与えたと言われるその草案を起草した「憲法研究会」の中心人物だった鈴木《すずき》安蔵《やすぞう》は、戦時下の東京で、帝国図書館に熱心に通った。だから、憲法研究会の「憲法草案要綱」を準備したのも、帝国図書館だった。結果的に、自らその終わりを準備したことになるのだろう。

日本国憲法は、大日本帝国議会での審議を経て、昭和二十一年十一月三日に公布され、翌年の五月三日に施行された。日本は帝国ではなくなった。帝国図書館は、政令二五四号をもって、国立図書館と改称された。

ビブリオテーキを持たなければ西洋列強に伍する国になれない。福沢諭吉《ふくざわゆきち》の意見に基づいて建てられ、明治維新以来約八十年、その間、何度か名前を変え、変遷したものの、唯一最大の国立図書館であった上野の図書館は、こののち、国立国会図書館にその役割を譲り、自らはその支部図書館となったのである。

その知らせは、思いもかけないところからやってきた。

郵便受けに白い封筒を見つけ、筆耕士が書いたような達筆の宛名書きから、どこかの出版社の役員交代のお知らせか何かかと思いながら裏を返すと、そこには宮崎県の住所と祐子さんの名前が、かすれもないしっかりした判で押してあった。

祐子さんがわたしに何かを書いて寄こす理由など、ひとつも思いつかず、胸騒ぎに襲われて、やぶるようにして封筒を開け、その内容にまた驚かされた。

謹啓で始まって謹白で終わる型通りの文面には、

「母・吉田貴和子の散骨葬をいたします。つきましては、ご多用中誠に恐縮ではございますが、ご列席賜りますようお願い申し上げます」

と、書いてあった。

散骨は生前の喜和子さんが望んで、祐子さんに頼んではねつけられていたことだったから、いったいどういう風の吹き回しでそんなことになったのやら、皆目見当がつかなかった。紗都《さと》さんから、追いかけるように手紙がやってくるまで、呆然としたまま日を送ることになった。


「ごぶさたしています。お元気ですか。

お目にかかってからずいぶん時間が経ってしまいましたが、あれから少しわかったことがあるので、お知らせしたいと思います。

雄之助《ゆうのすけ》さんたちと、あの不思議なアパートに行ったあと、喜和子さんのことをもっとよく知りたいという気持ちと、それにはどんな方法がいちばんいいんだろうという疑問が、自分の中でうまくまとまらなくて、しばらく考えずにいた時期もありました。

でも、どうしても知りたくなって、お正月に宮崎に帰ったとき、喜和子さんのお兄さんのマサカズさんに会いに行きました。いろいろあったんですが話を省略すると、母を説得して連絡先を聞き出したのです。

宮崎といっても、マサカズさんは大分に近い延岡市に、一人で住んでいました。わたしが訪ねていくと、ものすごく驚いて、でもお通夜のことを覚えていて部屋に入れてくれました。喜和子さんのことで思い出せることは、あまりないようでしたが、わたしがどうしても知りたいと言ったからでしょう、自分ではなくて、この人に聞いてみたら何かわかるかもしれないと言って、ある人の名前を教えてくれました。

名前はとくにお知らせしませんが、喜和子さんやマサカズさんのお母さんの友達だった人です。亡くなった長兄のヒロカズさんの幼馴染のお母さんだそうで、子どもたちが大きくなってからも交友関係は続いていたし、よく愚痴を聞かせ合う仲だったから、何か聞いていたかもしれないと言うのです。

ご本人はとうに亡くなっているのですが、その娘、つまり、ヒロカズさんの幼馴染の方はお元気で、あの日、お通夜にも現れたと、マサカズさんは話してくれました。それで、ヒロカズさんの奥さんにお願いして連絡先を聞きました。この人は、宮崎市内のマンションに、ご主人と二人で暮らしています。

電話で事情を話し、近くの喫茶店まで出てきてもらって話しました。そんな話を聞きに来るようなのがいるのかと始めは怪訝そうでしたが、話好きの明るい方で、古いことはよく覚えているのだと言って、話してくれました。

そこで知って、わたしがいちばん驚いたのは、喜和子さんがお母さんと別れたのは、お母さんが宮崎の義兄の家に後妻に入るのが決まったからだということでした。

喜和子さんとお母さんは、戦時中のある一時期から、千葉にあるお母さんの親戚の家に身を寄せていたのだそうです。お父さんが亡くなったのがいつだったのかは定かではないけれど、それに伴ってのことだったのかもしれません。あるいは、東京の空襲の後だったのかも。それも、はっきりしません。

喜和子さんとお母さんが身を寄せたのは千葉だけではなかったようです。戦争が終わって食糧事情がさらにひどくなり、千葉に居づらくなって別の親戚を頼ったという話でした。それは八王子のほうだったとも、埼玉か群馬の奥のほうだったとも、あるいはいくつかの親戚を転々としたという話だったとも、ともかく母娘がいたのは、一か所ではなかったと聞いたそうです。どこも事情は一緒で、居候の母娘にとってはつらい時期だったろうと。

宮崎の義兄の嫁が体を壊して亡くなり、喜和子さんのお母さんは後妻となるのですが、このときの条件が、娘は置いて一人で嫁ぐということだった。子どもはもう二人もいるからと。

なんでそんなことになるのか、わたしには理解しがたいところですが、そのころは人一人をどうやって食べさせるかでたいへんな時期だったから、母親のほうだけでもどこかに嫁いで、親戚宅での食い扶持を減らせるならそのほうがいいという判断だったのだろうし、嫁いだ先はそこそこ裕福で、置いてきた子どものために多少の仕送りもできる目算があったのだろうと、その方は話してくれました。

だから、場所がどこかは特定できませんが、お母さんと離れた喜和子さんが暮らしていたのも、『東京・上野』ではなかった。それは、マサカズさんの言っていたことと一致します。

しばらくの間、喜和子さんは親戚の家で暮らしていたのだと思います。この間のことは、本人の口からは聞けませんでしたし、もしかしたらほんとうに、『忘れてしまっている』ことなのかもしれない。でも、お母さんと一緒ですら居づらかった親戚の家で、どんなふうに一人で過ごしたのかと考えると、せつなくなります。

喜和子さんは、あずけられた親戚宅から逃げ出したのだそうです。何度も逃げ出したような話でもあったし、あっちからもこっちからも家出したような話でもあり、そこは少し話を大げさにしているのかもしれないです。ともかく、喜和子さんはまずお母さんといっしょに親戚の家に暮らし、次に一人であずけられ、そこから出て一人で上野に行ったのだろうということです。上野にまっすぐ行く列車があることを考えると、埼玉か群馬の親戚の家からだったのかもしれません。

その後のことは、ほんとうにわからないのです。

喜和子さんが家出していたのがどれくらいの期間だったのか。その間ずっと、上野のバラックにいたのかどうか。喜和子さんはどんなきっかけで、バラックで暮らすようになったのか。そしてそれは、どれくらいの長さだったのか。喜和子さんのお母さんが宮崎に嫁ぎ、喜和子さんをひきとるまでの三年間のブランクのうちの、どの時期なのか。

ヒロカズさんの幼馴染が知っていたのは、親戚の家から、『逃げ出してしまった、こんな聞かない子はもうあずかれない』と言われたお母さんが、途方にくれて、婚家に何度も何度も頭を下げて、娘を引き取った、という話です。家出した娘を探すために、新聞広告を出したり、人づてに聞いてもらったりして、苦心して探し出したということでした。

上野のバラックでいっしょにいた人物のことは、喜和子さんのお母さんはあまり話さなかったようでした。居場所を知らせてくれた人がいたが、正直、どういう人だかわからない、娘を見つけて最初にしたことは、間違いがないか、医者に連れて行くことだった。そう、話していたのを、ヒロカズさんの幼馴染は聞いて覚えているそうです。

喜和子さんはその当時、まだ七歳くらいだったはずなので、それを聞いたとき中学生だったヒロカズさんの幼馴染は、とてもびっくりして、あんな小さな女の子なのにと、気の毒に思ったと話してくれました。そしてそのころのことは、暗黙の了解として、友達同士の秘密で人には話さないことになっていて、喜和子さんが宮崎の暮しに慣れるころには、二人の間でもしなくなったということでした。

息子たちには、知らせてないことがほかにもいろいろあったようで、喜和子さんのお父さんは軍人ではなく、戦死でもないそうです。喜和子さんのお母さんが『戦死なら恩給だって遺族年金だってもらえるのに』と言っていたから、息子たちには嘘を吐《つ》くか、誤解させていたんじゃないかという話でした。

わたしにわかったのは、ここまでです。

もしかしたら、もっと調べようもあるかもしれないけど、これ以上、知らなくてもいいと思っています。喜和子さんは、知らせる気がなかっただろうと思うからです。お母さんが宮崎に行ってしまって、一人で親戚の家に残されて、小さな喜和子さんはどんな思いで逃げ出してしまったんだろうとか。

誰にも頼れない喜和子さんは、いったいどうやって列車に乗り、どうやって東京にたどり着いたんだろうとか。

すぐにバラックのお兄さんに出会ったんだろうか、そうでないなら、喜和子さんはひとりぼっちでどんな夜を過ごしたんだろうかとか。

いろんな想像が頭をめぐるのですが、それらはみんな答えの出ないことです。

あれから何度も、喜和子さんが遺したバラックの思い出を読みました。そこには喜和子さんが書き留めておきたかった何かがあり、遺しておきたかった何かがあったんだと思います。

喜和子さんの遺灰を海に撒こうと提案したのはわたしです。

母の祐子は、いったん納骨したものを取り出して撒くなんて嫌だとか、法律違反だなんて出まかせまで言い出し、えらい騒ぎになりました。でも、こっそりやれば誰にもわからないことだし、母のやりたかったお葬式や法事の数々はちゃんとやって、喜和子さんも一度は『吉田家の嫁』としてお墓に収まり、『貴和子』と名前だって彫ってあるんだから、もう解放してあげてもいいんじゃないかと思います。喜和子さんから家出のDNAを受け継いだ孫として、それだけはどうしてもしたかったのです。

そのあたりのことは、こんど、お会いしてゆっくりお話ししたいです。

急なことで恐縮ですが、散骨式は来ていただけそうでしょうか。

わたしは、母と二人で参加する形の比較的リーズナブルな合同散骨でも喜和子さんは満足ではないかと思ったのですが、どうしても散骨するというなら、やり方は自分が決めると母が譲らず、東京湾でボートを借り切ることになりました。定員が六名までなので、もし可能でしたらいらしていただけたらとてもうれしいです。雄之助さんにお声がけしました。うちからは、母とわたしが行きますが、喜和子さんの東京のお友達でどなたかお呼びできる方がいらっしゃったら、お知らせください。式は夕方からなので、その前に、お目にかかってお話しできたらうれしいです。LINEしてもいいですか？　よろしくお願いします。

紗都」

散骨は二週間後の日曜日だった。

考えた末に、古尾野先生をお誘いした。古本屋の店主は、そういうのはご家族だけでやるもんだろうから遠慮すると言い、多摩川の五十森《いそもり》さんには連絡がつかなかった。

「どっちにしろ来ないと思うな」

と店主が言った。

「もうずっと前にお別れは済んでるしね」

とも。

考えてみたらあのとき五十森さんは、喜和子さんの形見を渡すためにだけ、多摩川からきてくれたのだった。あの、小さな丸っこい字でびっしり書かれた、喜和子さんの上野の物語を渡すためにだけ。

散骨は午後の四時からで集合場所は晴海埠頭だったので、私と紗都さん、雄之助くんは銀座の老舗喫茶店で待ち合わせ、少し遅れて古尾野先生が、キャメルのウールコートに暖かそうなマフラーをして現れた。喪服でなくてもいいと言ったのに、コートの下は黒いスーツ、ネクタイも黒だった。紗都さんが白いニットの、雄之助くんはモスグリーンのワンピースを着ていた。

「はじめまして」

紗都さんは、興味深そうに、元大学教授に挨拶した。

「こちらが、この間話した、喜和子さんの親友の古尾野放哉《ほうさい》先生」

雄之助くんが言い、古尾野先生は何を思ったかはじかれたように背を伸ばして、

「親友？」

空に向かって一言放ってから、一拍置いて心を落ち着けてから紗都さんの方を見て、

「ソウルメイトというところです」

という、奇妙な自己紹介をした。

古尾野先生が喜和子さんのソウルメイトだったことにもびっくりしたが、いつのまにか雄之助くんが紗都さんと「話し」たりしていたことにも驚いた。

「あれ？　いつ？」

「あ、いま、仙台にある会社と仕事してて。それで出張したときに会ったんだよね」

「暮れ、かな。最初は。ね」

雄之助くんと紗都さんはお互い確認し合ったが、「話し」ただけではなく、出張の度に会っているらしいことも、わたしはまったく知らなかったのだった。

「お母さんは、どこ？」

たずねると、紗都さんはニコニコして、

「お買い物。三越の前で待ち合わせます」

と、言った。

古尾野先生は、喜和子さんとの関係を孫娘に説明する気はまったくないようだったので、話題はかなりの割合で、瓜生平吉に偏り、例のなぞなぞの葉書の答えを発表すると、雄之助くんは眉根にしわを寄せて少し口を開け、遠くを見つめるような変な顔をして、ほお、ほお、とうなずき、古尾野先生は、

「そんなところじゃないだろうかと思ってはいた」

と負け惜しみを言い、紗都さんは笑い出した。

『いつか、図書館で会おう』って、それ、喜和子さんがわたしにくれた葉書とおんなじだ！」

そして、紗都さんがひとしきり、家出話を披露した。

「そのころね、会ってるんじゃないかと思うんだ」

そう言って、雄之助くんは、人差し指で自分と紗都さんを交互に差した。

「会ってないと思う」

「そうかなあ」

「会ってたら、覚えてるでしょ、どう考えても」

「そうかなあ。でも時期的には」

「時期的には可能だけど、会ってないから」

「そうかなあ」

食い下がる雄之助くんだったが、紗都さんのほうに分があると古尾野先生も判断した。

「ただ、夏だったから、冷たいものは二階の冷蔵庫から出してって言われて、二階には行ったけど」

「来たんだ！」

「だって、二階にしか冷蔵庫なかったから」

そうだった、そうだったと、わたしたちは口々に言って、あの小さな木造の家を思い出した。細い路地を入ると、無造作におかれた石畳のようなものがあって、突き当りまで行くとそこに、建てつけの悪い引き戸がついた、ちょっとひしゃげたような屋根の、あの喜和子さんの家があったことを。入ると古い本が崩れそうなほどに積まれていて、ものすごく狭い台所があった。一葉全集があって、小さな卓袱台と細長い簞笥があった。黒光りする急な階段も、よく覚えている。

「あの部屋にいた喜和子さんは、とっても幸せそうでした」

紗都さんはやさしく目を細めた。

「家を出て、東京に来て、喜和子さんは自分のなりたかった自分になったんだと思います。だから、散骨も宮崎ではなくて、東京の海にって、決めたんです」

「海としちゃあ、宮崎のほうがきれいだろう」

古尾野先生がとんちんかんな合いの手を入れ、

「ま、そうですけど」

紗都さんは笑った。

「それより、よく、あのお母さんが納得したね。絶対、散骨はしないって言ってたのに」

そう言うと紗都さんは、深呼吸するようにゆっくり息を吸い、ふーっと吐き出すと、

「それはもう、ほんっとに、ほんっとに、たいへんでしたよ」

と言った。

紗都さんが、喜和子さんの上野時代のことを話しだしたとき、祐子さんはとても強く抵抗して、そんなのはぜんぶ妄想だと言った。創作である可能性はあるにしても、まるごと妄想ではないのだと、紗都さんは知る限りのことを話した。最初は、嫌がっていた祐子さんも、最後は静かに聞いてくれたという。けれど、途中で祐子さんは、ぽつりと言った。

――その上野の生活のほうが、宮崎で人並みに暮らした日々よりもお母さんにとってだいじだとでも言うの？　それは、あなたのお祖父さんはああいう人だったから、思うようにならないことがたくさんあったのはわかるけど、ここで家族と暮らして、父と結婚して、娘を授かった生活よりも、そのなんだかよくわからない戦後のどさくさ紛れみたいな日々のほうが、だいじだったたって言うの？　普通は、普通の人なら、忘れたいのはそっちのほうじゃないの？――

「それで、こう答えたんです。だいじだったのは、戦後のどさくさ紛れの生活ではなくて、自分で決断して家を出てきて始めた、四十代からの生活だったんじゃないかって。思うようにならなかったのは、小さいころからずっとそうだったわけでしょう？うんと小さいときのことはわからないけど、物心ついたときは親戚の家にいて、そこは居心地がいいとは言えなかったわけでしょう？　宮崎に行っても、きっと喜和子さんのお母さんごと、肩身の狭い思いは消えなかったわけでしょ。そして結婚生活も」

紗都さんの隣で、すっかり小さいお爺さんになってしまった古尾野先生がハンカチを出して鼻をかんだ。じつのところ、喜和子さんの幼少時代、ことにお母さんと二人で親戚の家を転々とし、そのお母さんにも去られて、親戚の家から家出して上野にたどり着いたくだりから、古尾野先生は泣き通しだった。

「だから、喜和子さんは、娘を十八まで育ててから、一人で東京に出てきて、図書館に通って、自分で自分を育て直したんじゃないかって。記憶の断片をたどって、自分が自分であるために必要な物語を、作ろうとしたんじゃないかって」

わたしは、あの小さな部屋に古い本を積み上げて、大真面目に「図書館小説」を書こうとしていた喜和子さんを思い出した。頭陀袋《ずだぶくろ》みたいなスカートをはいていたショートカットの喜和子さんは、髪の毛が白くても、いつもどこか少女のようだった。

三越の前で待ち合わせた祐子さんは、どこか突き抜けた感じで、雄之助くんのことは紗都さんから聞いていたのか、さして驚きもせず、古尾野先生にもわたしにも、「今日はわざわざ」と大人の挨拶をすると、娘と二人でさっさとタクシーを拾って行ってしまった。

わたしと雄之助くんと古尾野先生は、少し待ってつかまえた車に乗った。埠頭までは十五分ほどかかった。

「僕はあの人、嫌いじゃないな」

タクシーの中で雄之助くんが言った。

「あの人って、祐子さん？」

「そう。嫌いじゃないっていうか、わかるんだよ。正直なんだと思うよ」

助手席に乗った古尾野先生からは何の反応もなかった。耳が少し遠いので、聞こえていないようだった。

「わかるって？」

「親って、難しいじゃない。親子っていうのは。うまくいかないと、しんどいよね」

「でも、雄之助くんのお母さん、お着物くださるんでしょう」

そうたずねると、雄之助くんはうん、と言ってから別の話を始めた。

「僕は、トランスジェンダーじゃなくて、クロスドレッサー。トランスヴェスタイトっていう言い方もあるんだけど、性別を女性にしたいと思ってはいなくて、でも女性の服を着たほうが心地よくて自由を感じるんだよね。恋愛対象は、女性のほうが多かったけど、過去には男性とつきあってたこともある。わかる？」

考えて、わたしはうなずいた。

「わかるのは、難しいよね。そう、母はがんばってるよ。でも父親はね」

雄之助くんは、そのまま少し黙って外を見た。銀座の喧騒を抜けて、もう埠頭は近いようだった。

「それに、わりあいと服の趣味が似てるし」

窓から目を逸らし、こちらに向き直った雄之助くんがそう言ったので、わたしは話の流れを見失い、少し混乱した。

「誰と誰の？」

「僕と祐子さんの」

埠頭の、指定された船着き場には、コンサバティブな服装をした祐子さんが、娘と二人で立っていた。

乗船した船の中には祭壇のようなものが設けられ、美しい花びらに埋もれるようにして、遺灰が置いてあった。喜和子さんの遺灰は、粉骨というのを施されて、水溶性の袋に納められていた。一連のセレモニーの担当者であるらしい紺のスーツを着た女性が、うやうやしく五センチ四方くらいの箱を二つ取り出して、遺灰の両脇に置いた。

紗都さんがわたしと雄之助くんに小さな声で、

「指輪です。喜和子さんの骨の一部が入ってるんです」

と言った。

「母が、散骨サービスの会社のカタログで見つけたんです。それで、どうしても指輪作るんだって。わたしと母に一個ずつ。それが、母が折れる最後の条件だったんです」

「え？　骨？」

「いいんじゃない？　小指の先の骨くらいなら、持ってても」

「散骨してもらえるんだ。喜和ちゃんもそう難しいことは言わんだろう」

古尾野先生が真面目な顔でそう言った。

船室の奥に陣取ってイヤホンで音楽を聴いている祐子さんと、動きたくないという古尾野先生を残して、わたしと紗都さん、雄之助くんは甲板に上がった。

「このあいだまた観たんですよ、『魔笛』。仙台で公演があって、雄之助さんがチケット取ってくれて」

と、紗都さんが言った。

「クライアントにもらったからさ。どうだった？」

「よかったですよー。で、わたしの『魔笛』観がちょっと変わって」

「マテキカン？」

「うん。母親の支配から逃れる娘の物語だと思ってたんだけど、母親視点で見ると違ってて」

「母親視点？　夜の女王視点ていうこと？」

「そう。女性が結束して男性の支配と闘おうとする話に見えてきて」

「夜の女王VSザラストロの闘い」

「夜の女王は娘を説得していっしょに闘おう、ザラストロを倒そうとするんだけど、結局負けてしまうという」

「演出がそうだったんだよね」

「なるほどね。モーツァルトが作品にそういう意図を込めたとは思えないけど、現代的に解釈すると、その演出も成り立つかも」

「喜和子さんは、母にいっしょに闘ってほしかったかもしれないなと思って」

「喜和子さんが、夜の女王なわけね。あのアリアを絶唱する」

「祐子さんが娘のパミーナで、ザラストロの軍門に下り、タミーノと結婚してしまうと」

「母はほら、喜和子さんの価値観を受け入れなかったから」

「それはどうかな。まだわかんないじゃない」

と、雄之助くんが言った。

紗都さんは大きく一回うなずき、

「でもね、『魔笛』をそんなふうに観るのって、どうかと思っちゃった。結局、わたしの『魔笛』観はね」

と、続けた。

「紗都さんのマテキカンは？」

「あのオペラのいちばんいいとこはね。ありとあらゆる試練に失敗するパパゲーノが幸せになるとこですよ！」

「それはいいね」

「それは同感」

そんな会話をしているうちに、船は羽田沖に出て、そこで散骨するというアナウンスが船長からあった。古尾野先生と祐子さんがコートを着て甲板に出て来た。午後がもう終わろうという時間で、太陽は西に傾いていた。三月の海は暖かくはなかったが、快晴の一日で波もなく、お別れをするにはいい日だった。

紺のスーツの女性が二つの箱を開け、祐子さんと紗都さんはシルバーに小さな石がいくつか埋め込まれたおそろいの指輪をそれぞれ右手の薬指に嵌《は》めた。

娘と孫は白い袋に納められた遺灰を、紙風船を空に抛《ほう》り上げるような手つきで海に投げ落とした。わたしたちは花びらを掬《すく》っては海に投げ入れ、それから少しだけお酒を撒いた。遺灰は海に呑まれるようにして沈んでいったが、花びらはゆらゆらと水面を漂った。

静かなお別れで、挨拶も音楽も何もなく、誰も泣かなかった。喜和子さんがどこかで微笑んでいるような気がした。船は羽田沖を旋回して晴海埠頭へともどりはじめ、陽はゆっくりと西に沈んでいった。

「これは葬式じゃあない。祝祭だね」

甲板で、雄之助くんの腕につかまりながらかろうじて立っている古尾野先生が、海の中に溶けていく夕陽を見送って、そう言った。

「祝祭？」

「あぁ。喜和ちゃんがこの世に生を受けて、その生を全うしたことを寿《ことほ》ぐ祝祭だよ」

船を降りると、母娘と古尾野先生は埠頭にタクシーを呼び、わたしと雄之助くんはそれぞれ行き先の違うバスに乗ることにした。母娘は二人でホテルに一泊し、明日の朝、宮崎と仙台に帰るのだということだった。

別れ際に、これも祐子さんに聞こえないように耳元でたずねた。

「お母さん、立派だったね。どうやって説得したの？」

紗都さんは照れ隠しに鼻の頭にぎゅっと皺を寄せ、憎まれっ子のような顔をしてみせた。

「ママのことがだいすき。生んでくれてありがとうって、言ったんです」

ひとつだけ胸にひっかかることがあったので、わたしは翌日の午前中にもう一度、国会図書館に出かけた。

　瓜生平吉という名前を、どこかで見たことがあるような気がしたのだ。聯隊史を、目を皿のようにして見たのだから、その名を活字で見ているのはあたりまえなのだけれど、そうではないどこかで、その名が印刷されているのを見たように思い、考えてみれば「城内亮平《きうちりょうへい》」というペンネームで童話を書いている人物が「瓜生平吉」という本名で他に何か書いている可能性は十分にありうると思えてきた。

　けれども、検索用のパソコンに「瓜生平吉」という名前を打ち込んでも、何も出てこなかった。本名で遺した書物はないということなのだろう。次に、「城内亮平」のほうを打ち込んでみたが、これもヒットしたのは例の「としょかんのこじ」だけだった。

　結局、この人が遺したのは、いまはもう読まれることのなくなった薄い子ども向けの叢書の一冊しかないらしい。

　せっかく国会図書館まで出向いたのに収穫がないのも寂しいので、わたしはもう一度「としょかんのこじ」をパソコン画面に呼び出した。

　以前にも一度目を通した童話集だったが、瓜生平吉という人物の断片を知ってから読むと、「としょかんのこじ」以外の童話もそれなりに興味深く思えてきた。たとえば、「ワニとへいたい」という物語は、ラバウルでの体験がもとになっていると思われたし、はっきりそうとは書かれていないけれど、香港を舞台にしたと思われる幻想譚のようなものもあった。

「としょかんのこじ」を読み直しながら、喜和子さんは復員兵のリュックサックに入れるほど小さくはなかったのではないかと思ったりした。喜和子さんはこの童話を読んでから、自分の記憶のほうに少し修正を加えたのかもしれない。

最後のページまでスクロールして、手を止めた。

見たのはここだったのか、と驚いた。

薄い冊子の最終ページに、童話よりも細かい字で「後記」と書かれたものがあった。前に見たときは、名前が違うので読まずに見過ごしていたのだった。そこには一篇の詩のようなものが印刷されていて、おそらく作者と思われる「瓜生平吉」という名前があった。

「後記」から一行空けて、「この叢書は、お子様方の情操教育に寄与すべく編まれたものです。『長ぐつ文庫』は一般書店では取り扱っておりません。全国の公立図書館、学校図書館にのみ所蔵されるものであります。公立図書館および学校図書館の意義は、こんにち、益々高まっていることは言うまでもありません。」とあり、また一行空けて唐突に始まるのが、タイトルも何もない、詩のようなものなのだった。

とびらはひらく
おやのない子に
脚をうしなった兵士に
ゆきばのない老婆に
陽気な半陰陽たちに
怒りをたたえた野生の熊に
悲しい瞳をもつ南洋生まれの象に
あれは
火星へ行くロケットに乗る飛行士たち
火を囲むことを覚えた古代人たち
それは
ゆめみるものたちの楽園
真理がわれらを自由にするところ

瓜生平吉

真理がわれらを自由にする——。
どこかでその言葉を聞いたように思って目を上げると、わたしが座っていた国立国会図書館東京本館の目録ホールの、目の前の図書カウンターの上部に、ギリシア語の原文と並んでそれは刻まれていた。

夢見る帝国図書館・25　国立国会図書館支部上野図書館前

復員兵が図書館の前に立った。その図書館は、彼が以前に通ったときとは、名前を変えていた。少し傾斜した入口から入ろうとして、彼は木陰に何かが動いたのに気づいた。目をやるとそこには子どもが一人、うずくまっていた。

そのままにして中に入り、調べものをして外に出ると、何時間か前に見かけた子がまだそこにいる。

「どっから来た？　何してんの？」

復員兵は話しかけた。子どもは何も言わなかった。

「なんて名前？」

こんどは、小さな声でその子が答えた。

「きわこ」

謝辞

この作品を書くにあたり、国立国会図書館国際子ども図書館に、貴重な資料をご提供いただきました。図書館情報学をご専門とされる中林隆明先生と高橋和子先生のご研究からも多くの示唆を得ました。『上野図書館八十年略史』『国立国会図書館三十年史』を始めとして、ネット上のものも含め、さまざまな文献のお世話になりました。小説内に登場する先行作品、先行研究に、この場を借りて深く、厚く御礼申し上げます。

なお、この作品はフィクションであり、創作の責任はすべて著者に帰します。本書の出版に力を貸してくださった方々に心から感謝いたします。

解説　夢を見ているのは誰か

京極夏彦

日本における〝書籍〟受容の歴史は、とても面白い。尤《もっと》も、どんな業種もそれぞれユニークな来歴を持っているのだろうし、僕は他の文化圏の出版事情に精通している訳ではないから、果たしてそれがどの程度特殊なものであるのかは判らない。しかし小説を書くことを生業《なりわい》とし、〝本〟を読むことに人生の半分を溶《と》かしてしまった僕のような人間にとって、それは単に面白いというだけに留《とど》まるものではないのだ。知る度《たび》にこの世の仕組みの幾許《いくばく》かを垣間《かいま》見るような気持ちになるのである。

敢《あ》えて〝出版〟文化の発展とせずに、〝書籍〟受容の歴史としたのには、理由がある。勿論《もちろん》、江戸と呼ばれている時代から明治大正を経て現在に至るまでの出版業態の変遷は極めてダイナミックである。版元が出版・印刷製本・取次ぎ・小売り、そして古書販売業に分化していく過程——所謂近代出版文化史は、それだけで大変に興味深いものだ。だがそれは、多くの場合作る方、売る方の視点で語られることが多いものであり、ともすると買う方、読む方——読者の存在は忘れられがちになる。

とはいうものの、ビジネスモデルというのは当然ながら市場の動向に根差して形成されるものなのだから、ユーザーの在り方が無関係という訳ではない。本を買うという行為、読書という文化の醸成が、ダイレクトに反映していることは間違いない。

だが。

買うまでのこと、読んだ後のことは、あまり顧みられない。とはいえ読書子にとってそこは実のところ何よりも問題となるところではあるまいか。買うのにはお金がかかるし、所持するには場所が要る。〝本〟を巡る悩みごとの九割はそこではないか。

本来、〝本〟は商材ではなかった。それは記録でしかなかった。仏典にしても漢籍にしても、一般人が読むものではないし、況《まし》て購入し、所持するものではない。和漢典籍を蒐集・所蔵したということでは、北条実時《ほうじょうさねとき》の金沢文庫《かねさわのふみくら》が嚆矢《こうし》として挙げられることが多いのだが、いうまでもなくそれは個人の蔵書とは一線を画するものだ。権力者だったり僧侶だったり儒者だったり、蒐書に手を染めた人は古来幾人もいる訳だけれども、それもまあ、僕らのようなその辺の人ではないのだ。

蔵書という概念が一般の生活者にまで敷延《ふえん》されるのは、やはり明治を待たなければならない。〝売る／買う〟というシステム構築に関してはどちらが先とも言えないのだけれど、〝所持する〟行為が発生するのは確実にその後である。明治以降、学儒から好事家《こうずか》に、そしてその辺の僕らへと、蔵書という疾《やまい》は広がったのだ。

告白するなら、僕は「その図書館にしか所蔵されていない本が読みたい時」以外に図書館を利用しないという半生を送ってきた。それは、今もそうである。別に図書館が嫌いな訳ではなく、ただ、読んだ本はなるべく手許に置いておきたいという困った性向を持っていたからに過ぎない。読みたい本は買う。食事を抜き、乏しい家財を売り払ってでも資金繰りをして、買う。なければ探す。探して、探して、何年かかろうが見付け出して、買う。工夫に工夫を重ね、技巧を磨き手間をかけて、整理収蔵をする——それが正しい在り方だなどとは微塵も思っていない。それは単に、僕にはそうした癖があるというだけのことなのだ。だから、図書館に敬意を持っていなかった訳ではないし、まして否定的だった訳では、決してない。

それでも、そんな僕は図書館に関して些《いささ》か冷淡であったと思わないでもない。僕も明治期の書籍事情に関わる小説を書いている。執筆に当たって書籍館《しょじゃくかん》／帝国図書館の成立や変遷はもっと知っておくべきだと考えた。建物の構造や所在地、収蔵目録の遍歴などは興味深いものだったし、永井久一郎《ながいきゅういちろう》や田中稲城《たなかいなぎ》にも強く魅《ひ》かれた。

関わった人物、収蔵されている書籍、立地や設備、そして存続を賭けた攻防——そうしたものに関しては、逐一面白く感じたものだし、様々な知見を得ることもできたと思う。でも、図書館そのものに関してはどうだったただろう。

ただの公共機関としか考えていなかったのではなかったか。

鎌倉時代の金沢文庫とそう違わないものとして捉えていたようにも思う。まるで違うというのに。

そして僕は、本書を一読してはたと膝《ひざ》を打った。

書籍館／帝国図書館の歩みは、まさに明治以降、書籍という魔物に取り憑かれた者ども――読書する者どもの歩みそのものではないか。

本を買うにはお金がかかるのだ。幾価《いくら》でもかかるのだ。買ったら買ったで保管場所が要るのだ。書架はみるみる埋まるものなのだ。そして買って持っているだけでは意味がないのだ。ちゃんと読めないのであれば、本は無意味な紙束である。整理整頓をし、いつでも読めるようにしておくには手間がかかるのだ。際限なくかかるのだ。

これは、読書子の悩みそのものである。

明治大正昭和と、出版システムが整備されればされる程にその懊悩《おうのう》は肥大する。帝国図書館の懊悩も肥大する。一番の難敵は、戦争である。ある時は予算削減、ある時は思想言論統制、ある時は物理的攻撃と、常に戦争は図書館の前に立ち塞がる。

悲嘆に暮れるのは図書館職員だけではない。読者である。本を欲する者である。

本書に記されているとおり、帝国図書館はそれはもう多くの人に活用されていたのであるが、樋口一葉《ひぐちいちよう》も菊池寛《きくちかん》も、ただ「図書館に通っていた」のではない。彼ら彼女らは「本を読みに行っていた」のだ。僕は、その辺を失念していたのだと思う。

「図書館そのものを語り手とする」という中島さんの奇手奇策によって、僕はその点に漸く思い至り、膝を打った――という次第である。

ただ、ご承知のとおり、この『夢見る帝国図書館』は、擬人化された図書館に半生を語らせるというファンタジーめいた小説――ではない。

そのたくらみは周到である。

小説というのは、まあウソである。でも何から何までウソという訳ではない。現実からなにがしかを借りてこなければ、小説は書けないし、書いても通じにくい。小説というものは、ウソとマコトが不可分にブレンドされているものなのである。だからこそ、嘘を真実っぽく書くことも、現実を面白可笑《おか》しく書くこともできるのだ。その匙加減《さじかげん》が、小説の、延《ひ》いては小説家の腕の見せどころということになるのだろう。

中島さんの小説の佇《たたず》まいは、とても優しい。気の好《い》いご近所さんがかけてくれた朝の挨拶の如く、優しい。時に苛烈《かれつ》な先行きが待ち受けていたりもするのだけれど、優しい。だから読者は迷うことなくその優しげな日常に入り込んでしまう。微細に描写されるディテールも、語り手の心の機微の積み重ねも、それをやんわりと後押ししてくれる。だから読む者はなんの躊躇《ためら》いもなく上野で喜和子《きわこ》さんと出会うことになる。

当然、僕らはその書物の中の日常で、図書館や、本や、人のことを考える。読み手は語り手と同調して、この先何が起きるのかを夢想し、起きたことを反芻《はんすう》する。

その辺の書き方はもう、手練《てだ》れである。とても巧い。

ところが。

突然、「夢見る帝国図書館」というそれまでとは異質なパートが挿入される。

同名の作品は現実（と読者が思っている）パートにも登場する。喜和子さんいうところのお兄さんが書いたらしい、そして喜和子さんが書くつもりでいるらしい、そして語り手がいつか書くかもしれない物語がそれである。読んでいる方は、このパートがそのいずれかなのだろうと、そう思う。だが、どうもそうではないのだ。

作中作として中盤に登場する喜和子さんの文章がまったく違う扱いになっていることからも、それは明らかだろう。各所に挿入される「夢見る帝国図書館」は、作中作ではないのだ。

金欠を憂え、戦禍に怯え、閲覧者に恋をする。動物たちも、時に蔵書までもが語り合う。「夢見る帝国図書館」パートは、ある意味で自由自在、融通無碍である。けれどもこのパートで語られるものごとは、何もかも史実、実際にあった（と思しき）ことばかりである。

ラストに到って、地と図は反転する。それまで語り手が紡いでいた現実（と読者が思っていた物語）は、「夢見る帝国図書館」パートのひとつのパーツに過ぎないのではないか。この小説の主人公は、やはり図書館だったのではないか。

否——それはどちらでも同じことなのだ。たしかに、語り手と喜和子さんと、その二人を取り囲む人々との物語は、本と、そして図書館の物語へと回収されていく。すべては図書館の見た夢であるかのように。そしてその図書館の見た夢という夢を見たのは、喜和子さんであり、語り手であり、読者なのだから。

不確かな記憶と不確かな記録。そのあわいに屹立するものは、限りなくリアルであり、限りなくフィクショナルである。フィクションがリアルに、リアルがフィクションに呑み込まれ、それは干渉し合い補完し合う。おそらく小説というものはそうやって醸造されるものなのだ。

本書『夢見る帝国図書館』は、小説でしか為し得ない技法で、小説という装置を用いる以外に行き着けない場所に連れて行ってくれる、そうした小説なのである。

僕は、二十年くらい前に取材で国立国会図書館の地下深くに降りたことがある。我が国唯一の法定納本図書館の内部は、やはり凄かった。書物を偏愛する者としては得難い体験だったと、それはそう思う。でも、国会図書館はどうしたって公共機関なのである。

一方、帝国図書館はそうではない。彼は、僕らである。

何しろ夢を見るくらいなのだから。


（小説家）

作品中に、今日では不適切とされる表現がありますが、
引用元の表現や時代背景を反映したものであり、
差別を助長する意図は一切ありません。（文春文庫編集部）

文春文庫

夢見《ゆめみ》る帝国《ていこく》図《と》書館《しよかん》

定価はカバーに表示してあります

2022年5月10日　第1刷

著　者　中《なか》島《じま》京《きよう》子《こ》

発行者　花田朋子
発行所　株式会社 文藝春秋

東京都千代田区紀尾井町3-23　〒102-8008
TEL 03・3265・1211㈹
文藝春秋ホームページ　http://www.bunshun.co.jp

落丁、乱丁本は、お手数ですが小社製作部宛お送り下さい。送料小社負担でお取替致します。

印刷・萩原印刷　製本・加藤製本
Printed in Japan
ISBN978-4-16-791872-9